Persuasão

JANE AUSTEN

Persuasão

Tradução e introdução de LUIZA LOBO

3ª edição

EDITORA
NOVA
FRONTEIRA

Editora Nova Fronteira Participações S.A.
Rua Candelária, 60 – 7º andar – Centro – 20091-020
Rio de Janeiro – RJ – Brasil
Tel.: (21) 3882-8200 – Fax: (21) 3882-8212/8313

Imagem da guarda: http://ywft.us/2d6659091

CIP-Brasil. Catalogação na publicação
Sindicato Nacional dos Editores de Livros, RJ

A95p

Austen, Jane, 1775-1817
Persuasão / Jane Austen; tradução Luiza Lobo. - [3. ed.]. - Rio de Janeiro: Nova Fronteira, 2019.
(Grandes obras de Jane Austen 2)

Tradução de: Persuasion
ISBN: 978.85.209.4229-1

1. Romance inglês. I. Lobo, Luiza. II. Título. III. Série.

18-49810 CDD: 823
CDU: 82-31(410)

Printed in India

INTRODUÇÃO

I

Os Austen eram uma família tradicional, composta de vários membros do clero anglicano, oriunda do condado de Kent, perto de Sevenoaks. O pai de Jane casou-se com sua mãe, Cassandra, em 1764, depois de se ordenar na Igreja Anglicana como reitor em 1760. Mudaram-se em seguida para Steventon, pequena vila de Hampshire. Ali Jane nasceu e viveu até a juventude. Era a irmã mais moça de uma família de oito filhos: James, Edward, Henry, Cassandra, Francis, Jane, Charles e George, nascido em 1766, que foi criado longe da família, por ter problemas de atraso mental. Como Virginia Woolf, teve na figura do pai o seu maior educador. Uma rápida experiência didática em Oxford com uma preceptora, a sra. Cawley, viúva do reitor, quando as irmãs Jane e Cassandra tinham sete e nove anos, redundou em fracasso.

A senhora pouco se preocupava com o ensino, e as duas meninas quase morreram de uma febre que ali contraíram. Jane teve uma formação autodidata, ajudada pelo pai e pela cultura da família. Esta apreciava as composições de veia cômica — peças, romances, poemas — que os primos encenavam. Jane viveu em companhia da família, tendo grande admiração pelos irmãos, principalmente os dois que seguiram a carreira da Marinha, conforme percebemos em *Persuasão* pela descrição da vida dos capitães Wentworth, Harville e Craft. Visitou Londres poucas vezes, sempre com a família, nunca foi ao exterior, e sua existência se passou em Steventon, Southampton, Bath e Chawton (perto de Alton).

Jane Austen teve apenas quatro pretendentes, com os quais nem chegou a noivar; entre eles o mais sério foi um jovem, possivelmente do clero, que conheceu em Sidmouth em 1801, mas que morreu pouco depois, sem chegar a se declarar.

Tinha uma viva visão crítica sobre as limitações que o decoro consubstanciado na discrição e nas convenções sociais impingiam ao comportamento feminino, conforme expressa seguidamente neste livro na personagem Anne Elliot. Entretanto, não podia deixar de pensar que o casamento era, para a mulher, pelo menos uma libertação da família paterna.

II

Apesar de 17 anos de sua vida terem se passado no século XIX, Jane Austen era, eminentemente, uma seguidora dos moralistas racionalistas do século XVIII, como dr. Johnson e Pope. Não aceitava a vulgaridade de emoções do personagem Evelina do livro homônimo (1778), de Fanny Burney, e detestava o romantismo adotado por Samuel Richardson em *Pamella* (1741), aliás, o primeiro romance epistolar inglês, ou também seu *Clarissa* (1748). De Cowper, poeta pré-romântico da década de 1780, aproveitava apenas as longas descrições bucólicas e detalhistas da natureza. Em *A abadia de Northanger*, ridiculariza a moda do romance de terror ou "gótico" como *Os mistérios de Udolfo* (1794), de sua contemporânea Ann Radcliffe. Segundo David Cecil, em *A portrait of Jane Austen* (New York, Farrar, Straus and Giroux, 1979, p. 18), a autora não apreciava Byron, e o desinteresse por parte dos românticos foi recíproco. Quando *Razão e sensibilidade* foi publicado, em 30 de outubro de 1810, como sempre sob pseudônimo de "Por uma senhora" (By a Lady), afirma que "como seria de se esperar, não despertou qualquer interesse entre os novos escritores do movimento romântico, mas foi apreciado pela aristocracia Whig" (p. 156).

Ao contrário dos aristocratas Whig, as irmãs Austen eram ardorosas defensoras do partido das classes rurais altas, o Tory. Explica-se o fato de Jane ter dedicado o romance *Emma* ao príncipe regente, futuro

George IV, por este seu admirador tê-la convidado a visitar Carlton House, em Londres, em 1815. Tal dedicatória foi-lhe explicitamente solicitada; na verdade, ela confessou à irmã Cassandra que o odiava (ver David Cecil, p. 176-177).

Nenhum dos grandes eventos políticos do final do século XVIII e início do XIX penetrou nas páginas de Jane Austen, pois, com exceção do fracassado romance epistolar *Lady Susan*, interessava-lhe a descrição realista das cidades provincianas onde viveu e o convívio tão apreciado da família e da natureza. Dentro de seu espírito minucioso e até certo ponto identificado ao "feminino", jamais cometeu as distrações e os enganos nas descrições que Ian Watt aponta no romance *Moll Flanders*, de Daniel Defoe (ver *The rise of the novel)*.

Era uma autora tão mais excepcional quanto vivia entre poucas representantes de seu sexo: Mary Wollstonecraft (1759-1797), valente defensora dos direitos da mulher e mãe de Mary Shelley, autora de *Frankenstein* (1817); Charlotte e Emily Brontë; Fanny Burney, autora de *Evelina* (1778); Ann Radcliffe, autora de *Os mistérios de Udolfo* (1794); Clara Reeve, apenas para citar alguns nomes na língua inglesa. Mas Jane Austen distinguia-se da maioria delas por ser uma das poucas escritoras de todos os tempos que se dedicaram à exploração crítica do cômico, apesar de adotar enredos tradicionais, com finais felizes. De Fanny Burney retirou a noção feminina de comédia humana, e de Samuel Richardson, a percepção interior dos personagens (ver David Cecil, p. 47-48).

O cerne de seus personagens femininos era a defesa moral do caráter — tão ao gosto dos pensadores do século XVIII —, não sua descrição romântica e apaixonada. As relações matrimoniais serviam para esboçar antes o bom senso, o decoro e a conveniência financeira, conservados por um sentido de classe, do que algum sentimento íntimo mais ardente.

III

Tanto em seus enredos como em seu estilo, Jane Austen opta pelo equilíbrio, pelo tom crítico e perspicaz — sendo uma das pioneiras da literatura "feminina". Para Hélène Cixous, a escrita feminina tem um poder genuinamente revolucionário "quando se dá o retorno do recalcado da cultura e da sociedade (...)" (ver "O riso da medusa", *apud* Elaine Showalter, Introd. *The new feminist criticism*, New York, Pantheon, 1985, p. 9). Como Machado de Assis e Proust, Jane Austen trabalha corrosivamente sobre os valores da sociedade que focaliza, como numa verdadeira arte em miniatura, descosturando cada aspecto do cotidiano.

A correspondência da autora — basicamente com a irmã Cassandra — pode decepcionar. Nada há que se compare às cartas artificialmente preparadas como juízos psicológicos e morais, como as que vemos no século XVII por mme. de Sévigné (publicadas postumamente em 1726). A correspondência de Jane foi em parte destruída pela irmã após a morte da autora, preocupada em manter uma imagem de sobriedade e equilíbrio, tão ao gosto do século XVIII. Mas provavelmente não deveriam conter grandes expansões emotivas e íntimas, segundo o editor Chapman, devido ao extremo rigor da educação anglicana do reverendo Austen. Nas cartas que restaram, entremeiam-se as descrições de um baile, compras e comentários irônicos sobre algum vizinho — como sugere este parágrafo de uma carta datada de 9 de janeiro de 1796, enviada para Cassandra:

> Ontem de manhã tivemos a visita do sr. Benjamin Portal, cujos olhos continuam lindos. Todos estão ansiosos por vê-la de volta, mas como você não poderá retornar antes da ocasião da festa dos Ashe, alegro-me por não lhes ter incutido vãs esperanças. James dançou com Alithea [Bigg], e ontem à noite cortou a carne de peru com grande perseverança. Você não disse nada sobre as meias de seda, portanto felicito-me por Charles [Fowle] não as ter comprado, pois quase não tenho mais como pagá-las: gastei todo o meu dinheiro com as luvas brancas e rosa da Pérsia. Gostaria que Charles estivesse em Manydown, pois então poderia ter-lhe descrito o meu amigo; acho que você deve estar impaciente para ouvir falar dele. (Ver Austen, Jane, *Letters 1796-1817*, selected and edited by R. W. Chapman. London, Oxford University Press, 1966, p. 4-5.)

Apesar de não poder ser considerada uma autora memorável de cartas, Jane Austen fez várias tentativas, ao gosto de Richardson, de escrever romances epistolares, como *Lady Susan* (póstumo), e os de juventude, *Amor e amizade* e *Elinor e Marianne*.

Quanto à questão do gênero literário, na passagem abaixo Jane Austen parece ecoar George Sand (pseudônimo de Aurore Dupin, baronesa de Dudevant), quando esta, na nota de 1851 ao prefácio de *Companheiro da viagem pela França*, de 1840, ao comparar-se com seu mestre Balzac, afirma que enquanto ele escrevera a "comédia humana" ela só ousaria escrever a "écloga humana":

"Eu não conseguiria escrever nem um romance romântico nem um poema épico. Não conseguiria me sentar com afinco para escrever um romance romântico sério a não ser para salvar minha vida. E se fosse indispensável escrevê-lo até o fim, sem nunca poder me permitir um pouco de alívio ao riso a meu respeito ou dos outros, não tenho dúvida de que seria enforcada antes de terminar o primeiro capítulo" (*apud* David Cecil, p. 144).

Jane Austen foi, sem sombra de dúvida, mestre no gênero joco-sério e na prosa de ficção do grande romance inglês realista, ao lado de Richardson e de Defoe.

IV

Jane Austen empregou o estilo indireto livre, que depois seria desenvolvido, pelo fluxo de consciência, por Dujardin, Dorothy Miller Richardson (autora de *Peregrinação*, 1915-1938), Proust, Joyce e Virginia Woolf. Frequentemente mergulha na análise do caráter do personagem para depois racionalizar seu comportamento em face da atitude moral que dele seria esperada pelos padrões sociais da época. Há mesmo um conflito declarado entre a percepção afetiva interior e a determinação social explicitada. Em *Persuasão*, Lady Russell é o símbolo do bom senso e do conjunto das expectativas sociais sobre o decoro feminino, enquanto Sir Walter, o pai de Anne, representa a sedimentação dos interesses de classe — ao manusear o livro do baronato, registra com orgulho apenas casamentos e óbitos que não prejudicam a linha da nobiliarquia.

A Marinha vem aureolada e idealizada como uma profissão invejável que preserva a glória nacional. A autora, em tom moralista, reitera a vigência do *status quo*; por outro lado, o humor, a sátira e a ironia marcam subterraneamente a descrição do caráter de cada personagem e o tom geral do estilo do romance nos seus aspectos mais críticos. Conforme nos lembra o biógrafo de Austen, David Cecil, por trás de situações apenas divertidas surgem "verdadeiros quadros da vida humana e realizações artísticas de uma perfeição quase mozartiana" (David Cecil, p. 8).

Jane Austen, porém, é romancista e não cientista social. Seria ilustrativo citar a passagem na qual, no seu afã de preservar sincera e discretamente a nobreza rural (como boa Tory que era), opõe-na aos novos-ricos e chega a afirmar que a sra. Clay, burguesa de nascimento e situação, "não pertencia a classe alguma" — como se isso fosse possível.

Por trás da atitude convencional que prende os personagens a uma moldura de classe, no entanto, está implícito o requisito fundamental de verossimilhança que lhe era exigida no século XVIII. A noção de verossímil provinha da crença na existência de um simulacro entre a natureza e a cultura, justificando toda a ação dos personagens. Como nos lembra Wolfgang Iser em *O ato da leitura*, sempre que o herói viola as normas sociais ou que o leitor julga a norma uma drástica redução da natureza humana, essa violação tem de ser justificada pelo autor com base nas imperfeições da natureza humana. Ao modo de Henry Fielding, Jane Austen abre múltiplas interpretações para as atitudes de seus personagens — dependendo da ênfase que se dê a esta ou àquela cena. Mas esses incidentes dispersos são enfeixados por um quadro geral de norma social regulado pela noção filosófica de natureza humana. É por isto que os personagens só podem violar as normas sociais até certo ponto: porque estão atados a uma estrutura geral de "manifestação reificada" da natureza.

Os "vazios" do texto, que, na expressão de Wolfgang Iser, são próprios de todo grande artista de uma arte duradoura, triunfam e inscrevem-se na obra de Jane Austen, apesar de todas as convenções sociais defendidas e de toda a obediência à tradição do moderno romance inglês — aspecto já percebido por Virginia Woolf em *O leitor comum*, quando analisa a predecessora:

"Jane Austen possui portanto uma emoção muito mais profunda do que parece à primeira vista. Ela estimula-nos a suprir o que não nos fornece. O que oferece é, aparentemente, uma ninharia, mas esta é composta de algo que se expande na mente do leitor e dota cenas externamente triviais de uma forma vital mais duradoura. As peripécias dos diálogos nos mantêm presos ao suspense. Nossa atenção está em parte no momento presente, em parte no futuro... É sem dúvida nesse enredo principal mas inferior que residem todos os elementos da grandeza de Jane Austen."

Jane Austen foi, como a maioria das desbravadoras da literatura feminina, uma autora típica daquilo que Virginia Woolf descreve como "situação feminina" em *A room of one's own* (1928): nem sequer possuiu um quarto próprio, pelo menos até a residência de Chawton, em 1809; sempre dividiu o seu com a irmã. Virginia Woolf cita a sua forma de escrever como peculiar da mulher: em Steventon, utilizava uma escrivaninha no saguão de passagem entre a cozinha e a sala de estar, de modo que era constantemente interrompida. Não permitia que azeitassem a porta, com o fim explícito de rapidamente esconder o que estivesse escrevendo, apesar de todo o apoio da família. Só nos últimos anos de fama, após a publicação de *Razão e sensibilidade*, em 1811, e *Orgulho e preconceito*, em 1813, já admirada até pelo príncipe regente e por toda a nobreza Whig, é que se dispôs a não mais esconder sua arte, apesar de continuar escrevendo na sala. Para Virginia Woolf, essas constantes interrupções na composição do texto, feito entre outras ocupações domésticas, levaram as mulheres a produzir mais romances, com sua consequente linearidade de enredo e fragmentação em capítulos, do que poesia, que exigiria maior concisão e concentração nas imagens.

Jane Austen é uma digna representante da era dos Fieldings e dos Sternes, dos Richardsons e dos Defoes. Dentro da sua proposta de um romance racional e moralista, mas pleno de digressões psicológicas e até filosóficas sobre a natureza e a razão humana, ela soube equilibrar a tradição do pragmatismo inglês com um sedutor senso de humor e ironia, o famoso *wit*, raramente encontrado entre as mulheres, e muito menos com tanta maestria.

Luiza Lobo

1

Sir Walter Elliot, de Kellynch Hall, Somersetshire, era um homem que, para seu próprio deleite, não se ocupava de nenhum livro senão o do baronato. Aí encontrava ocupação para suas horas de ócio e consolo para os momentos de tristeza; aí sua mente se exaltava em admiração e respeito, ao contemplar os poucos remanescentes dos mais remotos títulos; aí quaisquer desgostos e preocupações domésticas convertiam-se naturalmente em compaixão e desprezo. Ao folhear as nomeações quase infinitas do último século — em que, se as outras folhas fossem insuficientes, podia ler sua própria história com um interesse sempre inesgotável —, esta era a página em que o volume favorito se abria:

ELLIOT DE KELLYNCH HALL

"Walter Elliot, nascido a 1º de março de 1760, casado a 15 de julho com Elizabeth, filha de James Stevenson, senhor de South Park, no condado de Gloucester, de cuja dama (falecida em 1800) teve os filhos: Elizabeth, nascida a 1º de junho de 1785; Anne, nascida a 9 de agosto de 1787; um filho natimorto a 5 de novembro de 1789; Mary, nascida a 20 de novembro de 1791."

Era esse exatamente o parágrafo original conforme saíra das mãos do impressor, mas Sir Walter o aperfeiçoara, acrescentando-lhe, para o próprio conhecimento e o de sua família, as seguintes palavras, após a data de nascimento de Mary: "Casada a 16 de dezembro de 1810 com Charles, filho e herdeiro de Charles Musgrove, senhor de Uppercross, no condado de Somerset", e inserindo com a maior exatidão o dia do mês em que perdera a esposa.

Seguiam-se a história e a ascensão da antiga e respeitável família nos termos usuais: a instalação em Cheshire; referências ao cargo de alto magistrado em Dugdale, à representação de um burgo em três parlamentos sucessivos; ao desempenho de funções inerentes à sua dignidade de baronete, concedida no primeiro ano de reinado de Carlos II, com todas as Marys e Elizabeths com que se casaram, constituindo ao todo duas belas páginas em duodécimo, e finalizando com as armas e a divisa: "Sede principal, Kellynch Hall, no condado de Somerset", e novamente a letra de Sir Walter:

"Herdeiro presumível, William Walter Elliot, bisneto do segundo Sir Walter."

A vaidade constituía a base e a essência do caráter de Sir Walter Elliot; vaidade pessoal e de posição. Fora extraordinariamente belo quando jovem, e, aos 54 anos, ainda era um homem muito atraente. Poucas mulheres cuidariam da aparência mais do que ele. Tampouco o criado de qualquer novo lorde poderia se sentir mais satisfeito com a posição que ocupava na sociedade. Considerava o dom da beleza inferior apenas ao do baronato, e o Sir Walter Elliot que reunia esses dons era o objeto constante de seu mais fervoroso respeito e devoção.

Sua beleza e posição justificavam os sentimentos que merecera, pois a isso se deu ser aquinhoado com uma mulher de caráter muito superior a qualquer qualidade sua. Lady Elliot fora uma excelente esposa, sensível e amável, cujos bom senso e comportamento — se perdoada pela extravagância juvenil que a tornou Lady Elliot — nunca exigiram indulgência depois disso. Ela condescendera, atenuara ou ocultara as fraquezas do marido e promovera sua verdadeira respeitabilidade durante 17 anos. E embora não fosse a criatura mais feliz do mundo, encontrara em seus deveres, nos amigos e nos filhos razão suficiente para apegar-se à vida a ponto de não se sentir indiferente quando foi chamada a abandoná-los. Três moças, as mais velhas de 17 e 14 anos, eram um terrível legado para uma mãe transmitir, uma terrível carga para se confiar à autoridade e orientação de um pai tolo e presunçoso. Tinha, entretanto, uma amiga íntima, mulher sensata e digna, que fora levada, pelo forte afeto que lhe dedicava, a se instalar perto dela, na aldeia de Kellynch; e foi sobretudo em sua bondade e conselhos que Lady Elliot confiou para o amparo e a preservação dos bons princípios e educação que ansiosamente ministrara a suas filhas.

Ao contrário do que seria de esperar, essa senhora e Sir Walter *não* se casaram — por mais que tivessem especulado a respeito os conhecidos. Treze anos se haviam passado desde a morte de Lady Elliot e eles continuavam vizinhos próximos e amigos íntimos, ambos viúvos.

O fato de Lady Russell, de idade e caráter respeitáveis, e extremamente bem provida de recursos, não haver cogitado um segundo casamento não necessita nenhuma justificativa para com o público, antes propenso a ficar irracionalmente descontente quando uma mulher torna a se casar, do que em caso contrário. Mas a permanência de Sir Walter no celibato requer explicação. Leve-se em conta, ademais, que Sir Walter, como bom pai (tendo sofrido uma ou duas decepções em particular em uma ou duas solicitações muito pouco razoáveis), orgulhava-se de haver permanecido solteiro por amor a sua querida filha. Por sua filha mais velha, teria realmente renunciado a qualquer coisa — o que não era muito de seu agrado. Elizabeth já herdara, aos 16 anos, tudo o que era possível dos direitos e da importância de sua mãe; e, sendo muito bonita e muito parecida com ele, sua influência fora sempre grande e se deram da melhor maneira possível. As outras duas filhas foram relegadas a segundo plano. Mary adquirira certa falsa importância ao tornar-se sra. Charles Musgrove, mas Anne, cuja delicadeza de espírito e suavidade de temperamento a teriam valorizado entre pessoas de real discernimento, nada representava para o pai e a irmã — suas palavras não tinham o menor peso; sempre cedia no que lhe convinha. Era apenas Anne.

Para Lady Russell, entretanto, era a afilhada mais querida, sua amiga e favorita. Lady Russell amava a todas, mas só em Anne podia imaginar reviver o sentimento maternal.

Alguns anos antes, Anne Elliot fora uma jovem muito bonita, mas sua beleza cedo desaparecera. Como, mesmo no auge de sua beleza, o pai pouco encontrara que admirar nela (tão totalmente diferentes eram suas feições delicadas e seus meigos olhos escuros dos dele), agora que estava magra e enfraquecida, nada podia haver que lhe despertasse o afeto. Ele nunca sentira grande esperança — e agora nenhuma — de algum dia ler o nome dela impresso em outra página de sua obra favorita. Toda igualdade de aliança caberia a Elizabeth, pois Mary se unira simplesmente a uma antiga família rural de respeitabilidade e grande fortuna, tendo portanto *concedido* toda a honra, sem receber nenhuma — Elizabeth, mais dia, menos dia, se casaria convenientemente.

Às vezes acontece ser uma mulher mais bela aos 29 anos do que o era dez anos antes, e, de modo geral, se não sofreu nenhuma enfermidade nem angústia, é um período da vida em que quase não se perdeu encanto algum. Assim se deu com Elizabeth; continuava a mesma bela srta. Elliot de há 13 anos, e Sir Walter, portanto, podia ser desculpado por esquecer a idade, ou, ao menos, ser considerado apenas parcialmente tolo por imaginar que ele e Elizabeth permaneciam jovens como nunca, em meio à ruína dos demais, pois podia ver claramente como toda a família e os conhecidos envelheciam. O abatimento de Anne, a rudez de Mary, os rostos da vizinhança fenecendo e o rápido aumento dos pés de galinha nas têmporas de Lady Russell há muito constituíam para ele um tormento.

Elizabeth não se equiparava muito ao pai em satisfação pessoal. Treze anos viram-na senhora de Kellynch Hall, presidindo-a e dirigindo-a com uma segurança e decisão que nunca poderiam dar a ideia de que fosse mais nova do que era. Durante 13 anos, fizera as honras da casa, instituíra as normas domésticas, precedera os outros na carruagem, e saíra imediatamente após Lady Russell de todas as salas de visita e de jantar da região. Treze cíclicas geadas de inverno assistiram-na a abrir todos os bailes de boa reputação que a escassa vizinhança conseguia oferecer, e 13 primaveras floresceram enquanto viajava para Londres com o pai, para algumas semanas de divertimento anual na alta sociedade. Lembrava-se de tudo isso; tinha consciência de estar com 29 anos, o que lhe dava alguns remorsos e apreensões. Sentia-se plenamente satisfeita por ainda permanecer quase tão bela como antes, mas também sentia a aproximação de uma idade perigosa, e ficaria alegre em saber que seria devidamente solicitada por um aristocrata de sangue dentro de um ou dois anos. Então poderia tornar a se ocupar do livro dos livros com a mesma alegria dos primeiros dias de sua juventude, mas agora não o apreciava. Sempre deparar com a data de seu próprio nascimento e não ver nenhum casamento em seguida, a não ser o de uma irmã mais moça, tornava o livro maléfico. Mais de uma vez, quando o pai o deixara aberto sobre a mesa, perto dela, fechara-o, desviando o olhar, e o afastara.

Além disso, sofrera uma desilusão que esse livro, principalmente a história de sua própria família, sempre manteria presente. O herdeiro presumível, o próprio William Walter Elliot, esquire, cujos direitos haviam sido tão generosamente sustentados por seu pai, decepcionara-a.

Ainda menina, assim que soubera que ele, no caso de ela não ter um irmão, seria o futuro baronete, pretendera desposá-lo, e seu pai sempre tivera a mesma intenção. Não o haviam conhecido na infância, mas logo após a morte de Lady Elliot, Sir Walter tentara a aproximação, e embora suas tentativas tivessem sido recebidas sem a menor cordialidade, perseverara nelas, levando em conta a modesta timidez da mocidade. Numa de suas excursões de primavera a Londres, quando Elizabeth estava no começo da juventude, o sr. Elliot fora forçado a uma apresentação.

Era, nessa época, um rapaz muito jovem, que iniciara recentemente seus estudos de direito. Elizabeth achou-o extremamente agradável, e todos os planos a seu respeito se confirmaram. Foi convidado a Kellynch Hall; falou-se dele e esperou-se por ele todo o resto do ano, mas nunca veio. Na primavera seguinte, foi novamente visto na cidade, considerado igualmente agradável, de novo encorajado, convidado e esperado, e mais uma vez não apareceu. A última notícia foi que estava casado. Em vez de promover sua fortuna na sucessão planejada para o herdeiro da casa de Elliot, adquirira independência unindo-se a uma mulher rica de origem inferior.

Sir Walter ofendeu-se. Como chefe da casa, achava que deveria ter sido consultado, principalmente depois de ter tão publicamente agradado ao rapaz: "Pois devem ter sido vistos juntos", observou, "uma vez no Tattersal's e duas no saguão da Câmara dos Comuns." Sua desaprovação foi expressada, mas aparentemente muito pouco considerada. O sr. Elliot não tentara se desculpar e mostrou-se tão desinteressado em que continuassem a mencioná-lo na família quanto Sir Walter o considerava indigno disso. Toda relação entre eles cessara.

Esse embaraçoso episódio do sr. Elliot ainda era, passado um espaço de sete anos, lembrado com rancor por Elizabeth, que dele gostara pelo que era, e mais ainda por ser herdeiro de seu pai, e cujo forte orgulho de família só podia ver *nele* um partido conveniente para a filha mais velha de Walter Elliot. Não havia um único baronete, de A a Z, que seus sentimentos aceitassem de tão bom grado como um igual. Contudo, ele se comportara de maneira tão desprezível que, embora estivesse no momento (no verão de 1814) usando tarja de luto pelo falecimento de sua esposa, não podia considerá-lo digno de que pensasse nele outra vez. A infâmia de seu primeiro casamento talvez pudesse ser desculpada, já que não havia motivo para supô-lo perpetuado por descendência, não tivesse ele feito coisas piores. Como haviam sido informados pela habitual intervenção de bons amigos, falara de todos da forma mais desrespeitosa, referira-se com o maior desdém e menosprezo à linhagem a que ele próprio pertencia e aos títulos que no futuro seriam seus. Isso não podia ser perdoado.

Tais eram os sentimentos e as sensações de Elizabeth Elliot, as inquietações a moderar, as agitações a evitar, a monotonia e elegância, a prosperidade e insignificância de sua perspectiva de vida — tais os sentimentos que emprestavam interesse a uma longa e rotineira permanência num círculo social rural que preenchiam o vazio da ausência de qualquer gesto de altruísmo ou dons e prendas do lar.

Agora, porém, outra ocupação e ansiedade de espírito vinham se somar a essas. Seu pai começava a sofrer dificuldades financeiras. Sabia que, agora, quando ele pegava o livro do baronato, era para desviar a atenção das pesadas contas de seus fornecedores e das indesejáveis insinuações do sr. Shepherd, seu agente. A propriedade de Kellynch era boa, mas não igual à estimativa de Sir Walter quanto à situação necessária a seu proprietário. Enquanto Lady Elliot vivera, existiram método, moderação e economia, que o mantiveram dentro de sua renda, mas com ela desaparecera qualquer prudência, e desde então ele exorbitara continuamente. Não lhe fora possível gastar menos; nada fizera senão o que Sir Walter considerara imperioso, mas, por menos culpado que fosse, não só estava ficando terrivelmente endividado como também ouvia falar disso com tanta frequência que se tornou inútil tentar escondê-lo da filha por mais tempo, mesmo em parte. Fizera algumas insinuações sobre isso na cidade, na última primavera. Chegara mesmo ao extremo de dizer: "Será que poderíamos economizar? Ocorre-lhe alguma coisa em que poderíamos economizar?" E Elizabeth, justiça lhe seja feita, no primeiro ardor de sua apreensão feminina, pusera-se a pensar seriamente no que poderia ser feito. Finalmente propôs as seguintes medidas de economia: cortar algumas obras de caridade desnecessárias e não remobiliar a sala de visitas; a esses expedientes acrescentou depois a feliz ideia de não levar esse ano, como de costume, um presente para Anne. Essas medidas, entretanto, por melhores que fossem em si mesmas, eram insuficientes diante da verdadeira dimensão do mal — o que Sir Walter viu-se obrigado a confessar-lhe, pouco depois. Elizabeth não tinha nada mais eficaz a propor. Sentiu-se injustiçada e infeliz, como o pai, e nenhum dos dois foi capaz de inventar qualquer meio de reduzir as despesas sem comprometer a dignidade, ou renunciar ao conforto de maneira suportável.

Sir Walter só podia dispor de pequena parte de sua propriedade, mas mesmo que cada acre fosse alienável, não faria diferença. Condescendera em hipotecá-la, enquanto tivesse o poder, mas jamais condescenderia em vendê-la. Não, nunca degradaria a tal ponto seu próprio nome. As terras de Kellynch deveriam ser legadas intatas e inteiras, como as recebera.

Seus dois amigos íntimos, o sr. Shepherd, que morava numa cidade vizinha, e Lady Russell foram chamados a aconselhá-los, e tanto o pai quanto a filha pareciam esperar que um deles imaginasse repentinamente algo que lhes afastasse as dificuldades e lhes reduzisse os gastos sem envolver a perda de qualquer privilégio do gosto ou da vaidade.

2

O sr. Shepherd, um advogado cortês e prudente, qualquer que fosse a sua influência e opinião sobre Sir Walter, preferia ver o desagradável transtorno resolvido por qualquer outra pessoa. Isentou-se de oferecer a menor sugestão e limitou-se a pedir que lhe fosse permitido fazer uma recomendação implícita ao excelente julgamento de Lady Russell — de cujo conhecido bom senso aguardava a sugestão de medidas tão decisivas quanto as que esperava ver adotadas.

Lady Russell ficou extremamente apreensiva com o assunto e deu-lhe a mais séria importância. Era mais uma mulher de raciocínio sensato do que rápido, cuja dificuldade para chegar a uma resolução nesse caso foi grande devido à oposição de dois princípios básicos. Era uma mulher de rigorosa integridade, com escrupuloso senso de honra, mas estava tão desejosa de poupar desgostos a Sir Walter, tão ansiosa com a reputação da família, tão aristocrática em suas ideias sobre o que lhes era devido quanto estaria uma pessoa honesta e de bom senso nas mesmas condições. Era uma boa mulher, caridosa e benevolente, capaz de profundas amizades, impecável na conduta, rigorosa nas suas noções de decoro e de uma distinção considerada um modelo de boa educação. Era culta e, em geral, coerente, racional, mas tinha alguns preconceitos quanto à tradição. Valorizava posição e prestígio, o que a tornava um tanto cega às falhas de quem os possuía. Ela própria, viúva de um fidalgo apenas, dava o devido valor ao título de baronete, e Sir Walter — independentemente de seus direitos de velho conhecido, vizinho atencioso, senhorio prestativo, marido de sua querida amiga, pai de Anne e suas irmãs — era, apenas como Sir Walter, em sua opinião, merecedor de muita condescendência e consideração em suas atuais dificuldades.

Precisavam economizar, não restava dúvida. Mas estava muito preocupada em consegui-lo com o mínimo de sacrifício possível para ele e Elizabeth. Traçou planos de economia, fez cálculos exatos e, o que ninguém mais pensou fazer, consultou Anne, que os outros nunca pareciam considerar como tendo algum interesse no assunto. Consultou-a, e até certo ponto deixou-se influenciar por ela ao estabelecer o plano de economia, que foi finalmente submetido a Sir Walter. Todas as emendas de Anne tinham sido a favor da honestidade, em detrimento do prestígio. Queria medidas mais enérgicas, uma reformulação mais completa, uma libertação mais rápida da dívida, uma atitude de muito maior indiferença a tudo que não fosse justiça e equidade.

— Se conseguirmos persuadir seu pai de tudo isso — disse Lady Russell, examinando o papel —, muito poderá ser feito. Se ele quiser adotar essas regras, em sete anos estará livre das dívidas; e espero que consigamos convencê-lo e a Elizabeth de que Kellynch Hall possui uma respeitabilidade intrínseca, que não pode ser afetada por essas reduções; e de que a verdadeira dignidade de Sir Walter Elliot em nada diminuirá aos olhos das pessoas sensatas, se agir como homem de princípios. Na verdade, o que estará fazendo, senão o que muitas de nossas principais famílias já fizeram — ou deveriam fazer? Não haverá nada de isolado em seu caso, pois é a singularidade que muitas vezes causa a pior parte de nossos sofrimentos, como sempre ocorre em nossa conduta. Tenho grande esperança em nosso êxito. Devemos agir com seriedade e decisão — pois, afinal, a pessoa que contraiu dívidas tem de pagá-las, e embora muito se deva aos sentimentos do cavalheiro e chefe de uma casa, como seu pai, mais ainda se deve ao caráter de um homem honesto.

Era esse o princípio que Anne desejava que seu pai seguisse com o estímulo dos amigos. Considerava um dever indispensável liquidar as dívidas dos credores, com toda a rapidez que o mais amplo corte de despesas podia assegurar, e não via dignidade em nada fora disso. Queria que isso fosse recomendado e sentido como uma obrigação. Tinha em alta conta a influência de Lady Russell, e, quanto à suprema abnegação que sua própria consciência sugeria, julgava ser pouco mais difícil persuadi-los a uma reforma completa do que a uma parcial. Seu conhecimento a respeito do pai e de Elizabeth predispunha-a a pensar que o sacrifício de um par de cavalos dificilmente seria menos doloroso que o de todos os dois pares, e assim por diante, do começo ao fim da lista de moderadas reduções de Lady Russell.

Como seriam recebidas as exigências mais rigorosas de Anne, pouco importa. As de Lady Russell não obtiveram o menor resultado — não seriam toleradas, não seriam suportadas. O quê?! Desistir de todo o conforto da vida?! Viagens, Londres, criados, cavalos, mesa — reduções e restrições por toda parte?! Não mais viver com a dignidade, nem mesmo de um criado particular?! Não! Antes deixar Kellynch Hall imediatamente do que permanecer ali em termos tão ignominiosos.

— Deixar Kellynch Hall?! — A sugestão foi imediatamente aproveitada pelo sr. Shepherd, cujo interesse coincidia com a necessidade de economia de Sir Walter, e que estava absolutamente convencido de que nada se faria sem uma mudança de domicílio. Uma vez que a ideia partira exatamente da pessoa que deveria decidir, não tinha escrúpulos em confessar que estava inteiramente de acordo. Não lhe parecia que Sir Walter pudesse alterar materialmente seu estilo de vida numa casa que tinha uma reputação de hospitalidade e antiga dignidade a manter. Em qualquer outro lugar, Sir Walter julgaria por si mesmo, seria respeitado, mesmo restringindo seu estilo de vida, não importa a forma que escolhesse para organizar sua casa.

Sir Walter sairia de Kellynch Hall. Depois de mais alguns dias de dúvida e hesitação, foi resolvida a grande questão de para onde iria e formulado o primeiro plano para essa importante mudança.

Houve três alternativas: Londres, Bath ou outra casa no campo. Todos os desejos de Anne voltaram-se para a última. Sua única ambição era uma pequena casa nas vizinhanças, onde ainda poderiam privar da amizade de Lady Russell, estar perto de Mary e ter o prazer de rever, às vezes, os gramados e as alamedas de Kellynch. Mas a habitual sina esperava Anne, pois, como sempre, a resolução foi algo totalmente oposto às suas inclinações. Não gostava de Bath — não achava que combinasse com ela —, e Bath seria a sua casa.

De início, Sir Walter pensara mais em Londres, mas o sr. Shepherd percebeu que não se poderia confiar nele em Londres, e foi bastante hábil para dissuadi-lo disso e fazer recair a preferência sobre Bath. Era um lugar muito mais seguro para um cavalheiro nas suas condições — lá poderia ser importante com gastos relativamente baixos. Claro que se deu toda ênfase às duas vantagens substanciais de Bath sobre Londres: a distância mais conveniente de Kellynch — apenas cinquenta milhas — e a possibilidade de Lady Russel ali passar parte do inverno todos os anos. Para grande satisfação desta, cujos primeiros planos relativos à projetada mudança foram para Bath, Sir Walter e Elizabeth foram induzidos a pensar que não perderiam quer em dignidade, quer nos divertimentos ao instalarem-se ali.

Lady Russell viu-se obrigada a se opor à conhecida vontade de sua querida Anne. Seria demais esperar que Sir Walter se rebaixasse a aceitar uma pequena casa nas redondezas. A própria Anne se sentiria mais mortificada com isso do que previa, e para a suscetibilidade de Sir Walter seria terrível. Quanto à aversão de Anne por Bath, considerava-a um preconceito e um erro, resultante, primeiro, das circunstâncias de ter ali passado três anos no colégio, após a morte da mãe, e em segundo lugar pelo fato de não se encontrar em muito bom estado de espírito no único inverno que mais tarde passara ali, em sua companhia.

Em suma, Lady Russell gostava de Bath e estava disposta a achar que isso satisfaria a todos; e quanto à saúde de sua jovem amiga, se passasse os meses quentes com ela em Kellynch Lodge, se evitariam todos os perigos. Tratava-se na verdade de uma mudança que faria bem tanto ao corpo quanto ao espírito. Anne estivera muito pouco fora de casa, fora muito pouco vista. Não era muito alegre. Um círculo social maior a beneficiaria. Desejava que ela se tornasse mais conhecida.

A inconveniência de outra casa na mesma região era sem dúvida muito reforçada num aspecto, e num aspecto muito material, que pudera ser estabelecido desde o projeto inicial. Não se tratava apenas de deixar a casa, mas também de vê-la em outras mãos, uma prova de coragem que indivíduos mais resistentes que Sir Walter julgariam excessiva. Kellynch Hall seria arrendada. Isso era, contudo, um profundo segredo, e não deveria transpirar além de seu próprio círculo.

Sir Walter não teria suportado a degradação de saberem que pretendia alugar sua casa. O sr. Shepherd uma vez mencionara a palavra "anúncio", mas nunca mais ousou sugeri-la; Sir Walter rejeitou a ideia de que fosse oferecida em qualquer hipótese; proibiu que deixassem escapar a menor insinuação de que tinha tal intenção; e apenas na hipótese de que algum inatacável pretendente viesse solicitá-la espontaneamente, aceitando seus próprios termos, como um grande favor, concordaria em alugá-la.

Como encontramos rápido razões para aprovar o que nos agrada! Lady Russel tinha à mão outra excelente razão para se sentir extremamente contente com a partida de Sir Walter e sua família do campo. Elizabeth ultimamente estabelecera uma amizade que desejava ver interrompida. Era com uma filha do sr. Shepherd que voltara, depois de um casamento malsucedido, para a casa do pai, com o fardo adicional de dois filhos. Era uma jovem inteligente, que entendia da arte de agradar, pelo menos da arte de agradar em Kellynch Hall; e se fizera tão agradável à srta. Elliot que já lá se demorara mais de uma vez, apesar de todas as insinuações de Lady Russell, que considerava essa amizade bastante imprópria, no sentido de guardar prudência e discrição.

Na realidade, Lady Russell quase não tinha influência sobre Elizabeth, e parecia amá-la antes por querê-lo do que porque ela o merecesse. Nunca recebera dela mais que uma atenção superficial, nada além das formalidades de cortesia; jamais a convencera de nada, ao contradizer uma disposição prévia. Inúmeras vezes insistira ardentemente para que Anne fosse incluída na visita a Londres, extremamente cônscia de toda a injustiça e desprezo das disposições egoístas que a excluíam. Em muitas ocasiões menos importantes esforçara-se por mostrar-lhe as vantagens de seu julgamento, melhor e mais experimentado, mas sempre em vão; Elizabeth queria ser independente, e nunca o foi com tão decidida oposição a Lady Russell quanto na escolha da sra. Clay, ao evitar o convívio com uma irmã de tantos méritos e dar seu afeto e confiança a alguém que não deveria ser para ela senão objeto de uma distante formalidade.

Na opinião de Lady Russell, a sra. Clay ocupava posição social muito inferior e constituiria, por sua índole, uma companhia muito perigosa. Uma mudança que a separasse da sra. Clay e possibilitasse uma escolha de um círculo de relações mais convenientes para a srta. Elliot constituía, portanto, assunto da maior relevância.

3

— Permita-me observar, Sir Walter — disse o sr. Shepherd certa manhã, em Kellynch Hall, enquanto pousava o jornal —, que a atual conjuntura está francamente a nosso favor. A paz trará de volta à terra todos os nossos ricos oficiais da Marinha. Todos hão de querer um lar. A época não poderia ser melhor, Sir Walter, para escolher arrendatários muito responsáveis. Muitas fortunas respeitáveis se fizeram durante a guerra. Se aparecesse um rico almirante, Sir Walter...

— Seria um homem de muita sorte, Shepherd — retrucou Sir Walter. — Eis tudo o que tenho a observar. Kellynch Hall seria realmente um prêmio para ele; ou melhor, o maior prêmio de sua vida, se é que já recebeu algum, hein, Shepherd?

O sr. Shepherd riu desse dito espirituoso, como convinha fazê-lo, e acrescentou:

— Atrevo-me a observar, Sir Walter, que, no ramo dos negócios, os cavalheiros da Armada são pessoas com as quais se pode tratar facilmente. Tive alguma experiência com seus métodos de transacionar e permito-me admitir que têm noções bem liberais tornando-se prováveis locatários desejáveis. Portanto, Sir Walter, tomaria a liberdade de sugerir que, se acaso se espalhar qualquer boato de sua intenção, o que deve ser considerado plausível, pois sabemos como é difícil resguardar atos e planos de certa parte da sociedade do conhecimento e da curiosidade alheia, pois o prestígio tem o seu custo, eu, John Shepherd, poderia esconder quaisquer problemas de família que julgasse conveniente, pois ninguém me acharia interessante para me observar. Mas sobre Sir Walter, ao contrário, estão pousados olhos que seriam difíceis de iludir; portanto, aventuro-me a afirmar-lhe que não surpreenderia muito se, apesar de toda a cautela, transparecesse algum rumor da verdade. Nessa hipótese, como lhe dizia, já que propostas indiscutivelmente virão, consideraria qualquer dos nossos prósperos oficiais da Marinha particularmente dignos de se apresentarem e, permita-me acrescentar, duas horas ser-me-iam suficientes, a qualquer momento, para poupar-lhe o desgosto de tratar pessoalmente do assunto.

Sir Walter limitou-se a concordar com um aceno de cabeça. Mas logo depois, erguendo-se e caminhando pela sala, comentou com sarcasmo:

— Deve haver poucos oficiais da Marinha, suponho, que não se surpreenderiam em se ver instalados numa casa dessa categoria.

— Sem dúvida olhariam à sua volta e agradeceriam à própria sorte — disse a sra. Clay, que se achava presente. Seu pai a trouxera, pois nada fazia tão bem à sua saúde como um passeio a Kellynch. — Mas concordo plenamente com meu pai quando julga que um marítimo seria locatário bastante desejável. Conheço bastante a profissão, e, além de sua liberalidade, são tão metódicos e cuidadosos em tudo o que fazem! Esses valiosos quadros, Sir Walter, se decidir deixá-los, estariam perfeitamente protegidos. Todos os objetos, no interior e nas imediações da casa, seriam otimamente cuidados, e os jardins e bosques mantidos quase nas mesmas condições atuais. Não precisa temer que seus lindos canteiros de flores seriam negligenciados, srta. Elliot.

— Quanto a isso — retrucou Sir Walter calmamente —, supondo-se que fosse levado a alugar minha casa, de forma alguma resolvi que privilégios lhe serão incorporados. Não me sinto particularmente inclinado a beneficiar um locatário. E claro que o parque estará aberto a ele e a uns poucos oficiais da Marinha, ou homens de qualquer outra categoria. Mas quanto às restrições que possa impor ao uso dos jardins, isso é outra coisa. Não me agrada a ideia de haver livre acesso a meus parques e bosques, e recomendaria à srta. Elliot que se acautelasse com respeito a seu jardim de flores. Estou muito pouco disposto a conceder ao arrendatário de Kellynch Hall qualquer privilégio extraordinário, asseguro-lhe, seja ele soldado ou marinheiro.

Após uma breve pausa, o sr. Shepherd se atreveu a dizer:

— Em todos esses casos, há costumes estabelecidos que tornam tudo claro e fácil entre senhorio e locatário. Seus interesses, Sir Walter, se acham em muito boas mãos. Pode contar comigo no sentido de evitar que qualquer locatário tenha mais que seus justos direitos. Ouso dizer que Sir Walter Elliot não pode ter nem a metade de zelo pelo que lhe pertence do que John Shepherd.

Nesse instante Anne interveio:

— A Marinha, que tanto fez por nós, tem, creio, pelo menos o mesmo direito que qualquer outro grupo a todos os confortos e privilégios que uma casa possa oferecer. Os marinheiros trabalham arduamente para seu bem-estar, todos devemos reconhecer.

— É verdade, é verdade. O que a srta. Anne diz é a pura verdade — foi a resposta do sr. Shepherd. — Ah! Certamente — foi a de sua filha, mas Sir Walter limitou-se a observar, logo em seguida:

— A profissão tem sua vantagem, mas ficaria triste de saber que algum amigo meu pertence a ela.

— É mesmo? — perguntou a sra. Clay, com um olhar de surpresa.

— Sim, ela me é repulsiva sob dois aspectos; tenho dois fortes motivos de objeção. Em primeiro lugar, por ser um meio de fazer pessoas de nascimento obscuro alcançarem distinção e granjear-lhes honrarias com que seus pais e avós nunca sonharam; depois, por acabar com a juventude e o vigor de um homem de uma forma terrível. Um marinheiro envelhece mais rápido que qualquer outro homem; sempre observei isso. Um homem, na Marinha, corre maior risco de ser insultado com a promoção de alguém cujo pai teria sido considerado indigno de receber uma palavra de seu próprio pai, e de ele mesmo tornar-se rapidamente motivo de desagrado do que em qualquer outra atividade. Certo dia, na primavera passada, me encontrava na cidade em companhia de dois homens, admiráveis exemplos do que eu dizia, Lord St. Ives, cujo pai, como todos sabemos, foi um cura do interior que vivia na maior miséria. Ia dar passagem a Lord St. Ives e a um certo almirante Baldwin, a pessoa de aspecto mais deplorável que se possa imaginar: rosto cor de mogno, rude e áspero ao extremo, cheio de linhas e rugas, nove fios de cabelo grisalho de um lado, e nada senão uma camada de pó no alto. "Em nome de Deus, quem é este sujeito velho?", perguntei a um amigo, que estava por perto (Sir Basil Mortley). "Sujeito velho!", exclamou Sir Basil. "É o almirante Baldwin. Que idade lhe dá?" "Sessenta, talvez

62." "Quarenta", retrucou Basil, "não mais que quarenta." Imaginem meu espanto. Não me será fácil esquecer o almirante Baldwin. Nunca vi um exemplo tão lastimável do que a vida no mar pode fazer, mas, até certo ponto, sei que o mesmo se dá com todos eles: são maltratados, expostos a todos os tipos de clima e a todas as intempéries, até que já não se pode mais olhá-los. Pena que não sejam liquidados de uma vez, antes que atinjam a idade do almirante Baldwin.

— Não, Sir Walter — exclamou a sra. Clay —, está sendo severo demais. Tenha um pouco de piedade dos pobres homens. Nem todos nascem para serem bonitos. O mar não embeleza, certamente; os marinheiros cedo envelhecem, já o observei várias vezes; logo perdem o ar de juventude. Mas também não acontece o mesmo em muitas outras profissões, talvez na maioria? Soldados, na ativa, não estão em melhor situação; e mesmo nas profissões mais tranquilas, há um esforço e uma fadiga da mente — se não do corpo — que raramente deixam que a aparência do homem sofra apenas o desgaste natural do tempo. O advogado se afaina, atormentado; o médico levanta-se a qualquer hora e viaja com qualquer tempo; e até o clérigo — deteve-se um instante para pensar o que se daria com o clérigo —, e até o clérigo, sabe, é obrigado a entrar em aposentos infectos e expor sua saúde e aparência a todos os danos de uma atmosfera perniciosa. Na realidade, como há muito me convenci, embora cada profissão seja honrada e necessária a seu modo, só os que não precisam exercer alguma, que podem viver de maneira metódica no campo, escolhendo seu próprio horário, dedicando-se a suas próprias atividades e morando em sua propriedade, sem o tormento de procurar obter mais, apenas *estes*, digo, possuem o dom da saúde e da boa aparência até o fim. Não conheço nenhum outro grupo de homens que não perca um ponto de sua elegância quando deixa de ser jovem.

Parecia que o sr. Shepherd, na ânsia de solicitar a benevolência de Sir Walter na aceitação de um oficial da Marinha como locatário, fora dotado de antevisão, pois a primeira proposta partiu de um almirante Croft, com quem pouco mais tarde se encontrou, ao assistir às sessões trimestrais do tribunal de justiça em Taunton; e de fato recebera uma indicação do almirante, vinda de um correspondente de Londres. Segundo a referência, que se apressou a levar a Kellynch, o almirante Croft nascera em Somersetshire e, tendo adquirido uma bela fortuna, desejava se estabelecer em sua terra natal. Fora a Taunton examinar algumas casas anunciadas nas cercanias, que, contudo, não o satisfizeram. Tendo ouvido falar disso por acaso (sucedera exatamente o que ele havia previsto: os assuntos pessoais de Sir Walter não podiam ser mantidos em segredo, observou o sr. Shepherd) — tendo ouvido falar acidentalmente da possibilidade de Kellynch Hall ser alugada, e percebendo a sua (do sr. Shepherd) ligação com o proprietário, apresentou-se a ele a fim de fazer algumas indagações específicas, e no decorrer dessa entrevista um tanto longa expressara uma simpatia tão grande pela casa quanto um homem que só a conhecia por descrição podia sentir e dera ao sr. Shepherd, na pormenorizada descrição que fez de si mesmo, provas de ser um locatário extremamente responsável e qualificado.

— E quem é o almirante Croft? — foi a pergunta fria e suspeitosa de Sir Walter.

O sr. Shepherd respondeu que era de uma família de cavalheiros e mencionou um lugar. Anne, depois da breve pausa que se seguiu, acrescentou:

— É um contra-almirante da esquadra real. Esteve presente na batalha de Trafalgar, e desde então permaneceu nas Índias Orientais. Creio que ali ficou num posto durante vários anos.

O sr. Shepherd apressou-se em afirmar que o almirante Croft era um homem muito vigoroso, cordial e bem-apessoado, um tanto castigado pelas intempéries, para ser preciso, mas não muito, e um verdadeiro cavalheiro em todos os seus princípios e conduta, incapaz de criar a menor dificuldade acerca de condições. Desejava apenas encontrar uma casa confortável e nela se acomodar o mais rápido possível; sabia que tinha de pagar por sua comodidade; sabia em que comportaria o aluguel de uma casa mobiliada dessa distinção; não se surpreenderia se Sir Walter tivesse pedido mais por ela. Perguntara sobre a propriedade, e ficaria satisfeito de receber certos direitos, naturalmente, mas não fazia muita questão disso; disse que às vezes utilizava uma arma, mas nunca matava — um verdadeiro cavalheiro.

— Então devo deduzir — observou Sir Walter — que a cara dele é tão vermelha quantos os punhos e as capas da minha libré.

O sr. Shepherd foi muito eloquente a esse respeito, salientando todas as particularidades da família do almirante que o tornavam particularmente conveniente como locatário. Era um homem casado, mas sem filhos — exatamente a condição desejável. Uma casa nunca seria bem cuidada sem uma senhora — observou o sr. Shepherd —, não sabia onde uma mobília sofreria mais danos: se numa casa sem uma senhora, ou numa casa com crianças. Uma senhora sem filhos era a melhor preservadora de mobília do mundo. Ele também vira a sra. Croft; encontrava-se em Taunton com o almirante e estivera presente durante quase todo o tempo em que discutiam o assunto.

— Pareceu-me uma senhora muito polida, distinta e perspicaz — continuou. — Fez mais perguntas sobre a casa, condições e taxas que o próprio almirante, e parecia mais entendida em negócios. Além disso, Sir Walter, descobri que não era inteiramente sem conhecimentos nessa região, nem tampouco o marido. Quero dizer que é irmã de um cavalheiro que viveu entre nós algum tempo; ela mesma me contou isso: irmã do cavalheiro que morou em Monkford, há alguns anos. Valha-me Deus! Qual era o nome dele? Neste momento não consigo me lembrar do nome, embora o tenha ouvido tão recentemente. Penélope, querida, pode me ajudar a lembrar o nome do cavalheiro que vivia em Monkford... o irmão da sra. Croft?

A sra. Clay conversava tão animadamente com a srta. Elliot que não ouviu o apelo.

— Não tenho a menor ideia da pessoa a quem pode estar se referindo, Shepherd; não me lembro de nenhum cavalheiro que tenha residido em Monkford desde o tempo do velho Governador Trent.

— Valha-me Deus! Que estranho! Em breve esquecerei meu próprio nome, imagino. Um nome que me é tão familiar. Conhecia tão bem esse cavalheiro de vista; vi-o centenas de vezes; veio me consultar uma vez, recordo-me, acerca de uma transgressão de um vizinho... o trabalhador de um fazendeiro que invadira seu pomar, pulando o muro, roubara maçãs e foi apanhado em flagrante. Depois, contrário à minha opinião, resignou-se a um acordo amistoso. Muito estranho, deveras!

Depois de esperar um momento:

— Refere-se ao sr. Wentworth, suponho! — disse Anne.

O sr. Shepherd era todo reconhecimento.

— Wentworth, o nome era exatamente esse! O sr. Wentworth é exatamente a pessoa. Foi cura em Monkford durante dois ou três anos, algum tempo atrás, sabe, Sir Walter. Lá pelo ano ...5, creio. Lembra-se dele, com certeza.

— Wentworth? Ah, sim... sr. Wentworth, o pároco de Monkford. O senhor me desorientou com o termo *cavalheiro*. Pensei que estivesse falando de algum homem de posse. O sr. Wentworth não era ninguém, bem me recordo, realmente sem relações; nada tinha a ver com a família Strafford. Pergunto-me como podem muitos dos nomes de nossa aristocracia se vulgarizarem tanto.

Quando o sr. Shepherd percebeu que essa ligação dos Crofts não lhes traria vantagem alguma com Sir Walter, não mais a mencionou; voltando, com todo o entusiasmo, a insistir nas condições mais indiscutivelmente favoráveis a eles: sua idade, o reduzido número de pessoas, a fortuna, o elevado conceito que faziam de Kellynch Hall e a extrema ansiedade pela primazia de alugá-la, dando a impressão de que nada para eles sobrepujava a felicidade de serem inquilinos de Sir Walter Elliot — um gosto estranho, certamente, se pudessem imaginar a opinião de Sir Walter sobre os deveres de um locatário.

Entretanto, deu tudo certo, e embora Sir Walter sempre encarasse com hostilidade qualquer pessoa que pretendesse morar naquela casa, e a considerasse infinitamente venturosa por lhe permitir alugá-la nas mais elevadas condições, foi persuadido a autorizar o sr. Shepherd a prosseguir nos acordos e a procurar o almirante Croft, que ainda estava em Taunton, para marcar o dia de visita à propriedade.

Sir Walter não era muito sensato, mas tinha bastante experiência da vida para perceber que dificilmente surgiria um locatário sob todos os aspectos tão irrepreensível quanto o almirante Croft prometia ser. Até aí ia seu discernimento; e sua vaidade lhe proporcionou um pouco mais de tranquilidade, pois a posição social na vida era bastante elevada, mas não demais. "Aluguei minha casa ao almirante Croft" soaria extremamente bem; muito melhor do que um mero *sr...*; um *sr.* (com exceção, talvez, de uma meia dúzia da nação) sempre exigia uma nota explicativa. Um almirante por si só já sugere importância, mas, ao mesmo tempo, jamais poderia diminuir um baronete.

Em todos os seus entendimentos e tratos, Sir Walter Elliot devia ter sempre prioridade.

Nada podia ser feito sem se consultar Elizabeth, mas sua disposição para uma mudança se tornava tão forte que estava feliz de ver tudo marcado e resolvido com um locatário acessível. Não proferiu uma única palavra para sustar a decisão.

O sr. Shepherd obteve total autorização para agir, e mal haviam chegado a uma conclusão quando Anne, que fora uma ouvinte extremamente atenciosa a tudo, abandonou a sala para procurar no ar fresco alívio para suas faces afogueadas. Enquanto caminhava por sua alameda predileta, dizia, com um suspiro: "Mais alguns meses e talvez *ele* esteja caminhando aqui."

4

Ele não era o sr. Wentworth, antigo cura de Monkford, por mais dúbias que possam ser as aparências, mas certo capitão Frederick Wentworth, seu irmão, que, tendo sido promovido a comandante em consequência de uma batalha em São Domingo, e sem ocupação logo em seguida, viera a Somersetshire no verão de 1806; e, não tendo pais vivos, conseguira uma casa por meio ano, em Monkford. Era, na época, um rapaz extraordinariamente belo, de grande inteligência, espírito e brilho; e Anne, uma jovem extremamente bonita, meiga, simples, sensível e elegante. Metade de tanta atração, de ambas as partes, teria sido suficiente, pois ele nada tinha para fazer, e ela quase ninguém a quem amar, mas o encontro de tão pródigos dotes não podia deixar de dar-se. Aos poucos foram travando conhecimento e, quando se conheceram, se apaixonaram rápida e profundamente. Difícil dizer qual deles vira mais perfeição no outro, ou qual o mais feliz, se ela, ao ouvir suas declarações e propostas, ou ele, vendo-as aceitas.

Seguiu-se breve período de intensa felicidade, breve mesmo. Logo surgiram problemas. Sir Walter, ao ser consultado, sem negar efetivamente sua permissão, ou dizer que jamais a daria, manifestou toda a sua recusa através de uma grande perplexidade, indiferença, silêncio e uma ostensiva deliberação de nada fazer pela filha. Considerava a aliança degradante; e Lady Russell, embora com orgulho mais moderado e tolerante, tomou-a como algo profundamente lamentável.

Anne Elliot, com todas as suas qualidades de nascimento, beleza e inteligência, desperdiçar-se assim aos 19 anos; comprometer-se aos 19 anos. Num noivado com um jovem que nada possuía além de si mesmo como recomendação, sem esperança de obter riqueza, a não ser nas oportunidades de uma profissão das mais incertas, e sem quaisquer relações que lhe assegurassem sequer uma posterior ascensão nessa carreira, seria, deveras, um desperdício, o que a afligia só em pensar! Anne Elliot, tão jovem, tão pouco conhecida, ser arrebatada por um estranho sem parentesco nem fortuna, ou, antes, ser arrastada a um estado de dependência das mais aflitivas, esgotantes e que logo acabaria com sua juventude! Isso não aconteceria, se a interferência bem-intencionada de uma pessoa amiga, os conselhos de alguém que tinha quase os deveres e direitos de mãe, o pudessem evitar.

O capitão Wentworth não possuía fortuna. Fora bem-sucedido na carreira, mas, gastando com liberalidade o que lhe coubera, nada realizara. Mas estava confiante de que breve seria rico; cheio de vida e entusiasmo, sabia que em pouco tempo teria um navio, e logo estaria num posto que o faria alcançar tudo o que almejava. Sempre tivera sorte, sabia que continuaria a tê-la. Tal confiança, poderosa em seu próprio ardor, e fascinante na forma em que se expressava, bastava a Anne, mas Lady Russell encarava as coisas de modo muito diferente. Seu temperamento sanguíneo, seu arrojo mental, nela influíam diferentemente. Só via nisso uma agravante do mal. Isso apenas lhe acrescentava uma característica perigosa. Ele era brilhante, obstinado. Lady Russell não apreciava muito a sagacidade e tinha horror a tudo o que se aproximasse da imprudência. Condenava a ligação sob todos os aspectos.

Uma oposição provocada por tais sentimentos ultrapassava a capacidade de resistência de Anne. Jovem e meiga como era, talvez pudesse enfrentar a animosidade paterna, mesmo sem que uma palavra ou um olhar amigo da irmã a atenuasse. Mas Lady Russell, a quem sempre amara e em quem sempre confiara, não estaria, com tal firmeza de opinião e delicadeza de maneiras, aconselhando-a inutilmente. Foi, assim, induzida a julgar o noivado como errôneo, irrefletido, inconveniente, sem méritos e dificilmente fadado ao sucesso. Não se tratava, porém, simplesmente de uma cautela egoísta, sob cuja influência agira ao terminar o noivado. Não tivesse pensado considerar mais o bem dele que o seu próprio, dificilmente teria decidido pela renúncia. A convicção de estar sendo prudente e abnegada, principalmente para o bem *dele*, consolava-a do tormento da separação — uma separação definitiva. E todo o consolo era necessário, pois cabia-lhe enfrentar o desgosto complementar de julgamentos, da parte dele, totalmente descrentes e inflexíveis, e por ele se sentir insultado por tão forçada renúncia. E, em consequência disso, abandonara a região.

Alguns meses marcaram o início e o fim desse relacionamento, mas o quinhão de dor que Anne sofreu não terminou em poucos meses. O afeto e a saudade por muito tempo toldaram-lhe todo o prazer da juventude, e a perda prematura da beleza e de ânimo foi seu efeito duradouro.

Mais de sete anos se passaram desde o término dessa pequena história de triste interesse. O tempo atenuara muito, talvez quase totalmente, sua ligação pessoal a ele, mas ela dependera exclusivamente do tempo; nenhuma ajuda lhe fora propiciada por uma mudança de ambiente (exceto uma visita a Bath, logo após o rompimento), ou por qualquer variação ou aumento do círculo de amizades. Nenhum dos que ingressaram no círculo social de Kellynch resistiriam a um confronto com o Frederick Wentworth que lhe ficara gravado na lembrança. Uma segunda ligação — único remédio perfeitamente natural, adequado e suficiente na sua idade — não fora possível à sua índole suave, a seu exigente critério, nos estreitos limites da sociedade que os cercava. Fora solicitada, por volta dos 22 anos, a mudar de nome, por um jovem que, pouco depois, encontrou um espírito mais complacente em sua irmã; e Lady Russell lamentara sua recusa, pois Charles Musgrove era o primogênito de um homem cujas terras e posição social só eram inferiores, na região, às de Sir Walter, e tinha bom caráter e aparência. Por mais que Lady Russell pudesse ter aspirado a algo melhor quando Anne tinha 19 anos, ter-se-ia alegrado em vê-la, aos 22, afastada com tanta dignidade das parcialidades e injustiças da casa paterna e tão estavelmente instalada próximo a ela. Mas dessa vez Anne não aceitara conselhos; e embora Lady Russell, satisfeita como nunca com a discrição de Anne, não se arrependesse de nada do passado, começava, agora, a sentir a ansiedade que beira a desesperança de ver surgir algum homem de inteligência e fortuna que lhe possibilitasse a posição a que a considerava particularmente digna, devido à sua forte afeição e hábitos domésticos.

Não sabiam a opinião uma da outra — sua constância ou alteração — quanto ao ponto fundamental, a conduta de Anne, pois nunca aludiam ao assunto. Mas Anne, aos 27 anos, pensava de forma muito diferente da que fora levada a fazê-lo aos 19. Não culpava Lady Russell, não se acusava por se ter deixado guiar por ela, mas achava que se algum jovem em semelhantes circunstâncias fosse pedir a ela própria um conselho, nunca receberia tão pronta desilusão, nem previsões tão duvidosas. Estava convencida de que, submetida a todos os obstáculos da desaprovação em casa, a toda a ansiedade resultante de sua carreira, a todos os possíveis temores, esperas e desapontamentos, ainda assim teria sido uma mulher mais feliz mantendo o noivado do que o fora ao sacrificá-lo. E isso — acreditava plenamente — mesmo que o quinhão normal, ou mais que o quinhão normal de tantas apreensões e dúvidas lhe coubesse — para não mencionar os verdadeiros acontecimentos no caso, que, na realidade, teriam propiciado uma prosperidade muito mais rápida do que se poderia imaginar. Todas as perspectivas otimistas dele, toda a sua confiança, se haviam justificado. Dir-se-ia que seu caráter e energia haviam previsto e inspirado seu próspero caminho. Logo após o rompimento do noivado, conseguira emprego, e tudo o que previra acontecera. Distinguira-se, e cedo obteve outra promoção — já devia ter feito agora, pelas sucessivas conquistas, uma bela fortuna. Ela só tinha registros e jornais da Marinha para informá-la, mas não tinha dúvidas de que ele era rico; e, levando em consideração a sua constância, não tinha razão para supô-lo casado.

Como Anne Elliot poderia ter sido eloquente — como eram eloquentes, pelo menos, seus anseios por um afeto profundo e juvenil, e uma alegre confiança no futuro, em comparação com a excessiva prudência que parece afrontar o esforço e suspeitar da Providência! Fora compelida a ser prudente na juventude e descobriu o amor quando ficou mais velha — a sequência natural de um início pouco natural.

Nessas circunstâncias, com todas essas recordações e sentimentos, não podia ouvir dizerem que a irmã do capitão Wentworth viria morar em Kellynch sem um recrudescimento da antiga dor; e muitos passeios e suspiros foram necessários para dissipar a agitação do seu pensamento. Muitas vezes disse a si mesma que era loucura, antes que pudesse fortalecer seus nervos o suficiente para sentir que a contínua discussão sobre os Crofts e seus negócios não podiam fazer-lhe mal. Era ajudada, entretanto, pela perfeita indiferença e aparente insensibilidade dos três únicos amigos que sabiam do segredo do passado — que pareciam quase negar qualquer lembrança dele. Podia fazer justiça à superioridade dos motivos que levavam Lady Russell a isso, em relação aos de seu pai e de Elizabeth; podia respeitar todos os bons sentimentos de sua serenidade — mas a atitude geral de esquecimento entre eles era muito importante, qualquer que fosse a causa, e no caso de o almirante Croft realmente alugar Kellynch Hall, mais uma vez se alegrava com a convicção a que sempre fora grata: a de que o passado era conhecido apenas por essas três pessoas de suas relações, que, acreditava, não deixariam transpirar absolutamente nada. E de ter a certeza de que entre as dele, só o irmão com quem residira recebera qualquer participação de seu curto noivado. Esse irmão há muito se mudara da região — e, sendo um homem sensato e, além disso, solteiro, na época, tinha esperança de que, de sua parte, nenhum ser humano soubera disso.

A irmã, sra. Croft, encontrava-se na época fora da Inglaterra, acompanhando o marido num posto no exterior; e sua própria irmã, Mary, estava no colégio quando tudo isso ocorreu — e nunca tivera o menor conhecimento dos fatos, devido ao orgulho de uns e ao escrúpulo de outros.

Apoiando-se nisso, esperava que a amizade entre ela e os Crofts, que, com Lady Russell ainda residindo em Kellynch, e Mary instalada a apenas três milhas, seria previsível, não acarretaria nenhum constrangimento especial.

5

Na manhã marcada para a visita do almirante e da sra. Croft a Kellynch Hall, Anne considerou muito natural dar o seu passeio quase cotidiano à casa de Lady Russell, manter-se afastada até que tudo houvesse terminado e achou também muito natural ficar triste por ter perdido a oportunidade de vê-los.

O encontro das duas partes revelou-se altamente satisfatório, e toda a transação foi prontamente resolvida. Ambas as senhoras estavam previamente dispostas a concordar e, por conseguinte, só viram boas maneiras uma na outra; quanto aos cavalheiros, havia um bom humor tão sincero, uma liberalidade tão confiante e franca por parte do almirante, que não poderia deixar de influenciar Sir Walter, que além disso se sentira estimulado ao seu melhor e mais cordial comportamento pela afirmação do sr. Shepherd de que o almirante o conhecia, por intermédio de outras pessoas, como um modelo de boas maneiras.

A casa, as terras e as mobílias foram aprovadas, os Crofts foram aprovados, os termos, o prazo, tudo estava certo, e os escriturários do sr. Shepherd lançaram-se ao trabalho sem que uma única controvérsia preliminar alterasse aquele "Título de contrato".

Sir Walter declarou, sem hesitar, que o almirante era o oficial da Marinha de melhor aparência que já conhecera, e chegou ao ponto de dizer que, se o seu penteado fosse arrumado pelo seu criado particular, não se envergonharia de ser visto com ele não importa onde; e o almirante, com simpática cordialidade, observou à mulher, no retorno para casa, através do parque: "Achei que logo chegaríamos a um acordo, minha querida, apesar do que nos disseram em Taunton.

O baronete nunca será um sujeito extraordinário, mas parece nada haver de reprovável nele." Cumprimentos recíprocos que teriam sido considerados equivalentes.

Os Crofts deviam tomar posse da casa no dia de São Miguel, e como Sir Walter propôs mudar-se para Bath no decorrer do mês anterior, não havia tempo a perder com as últimas disposições.

Lady Russell, convencida de que não concederiam a Anne a menor importância ou influência na escolha da casa que iriam adquirir, relutava em vê-la ir-se tão cedo e desejava possibilitar-lhe ficar até poder levá-la pessoalmente a Bath, depois do Natal. Mas, tendo compromissos particulares que deveriam afastá-la de Kellynch por várias semanas, viu-se impossibilitada de lhe fazer o desejado convite. E Anne, embora temesse o provável calor de setembro em meio a todo o branco brilhante de Bath e ansiedade por sentir toda a doce e triste influência dos meses do outono no campo, pensou que, afinal, não desejava permanecer. Seria mais certo e sensato — e portanto acarretaria menos sofrimentos — ir com os outros.

Algo ocorreu, porém, que lhe trouxe uma obrigação diferente. Mary, que se sentia frequentemente indisposta e sempre pensava muito em suas próprias doenças, habituada a chamar Anne quando qualquer coisa acontecia, se sentia adoentada e, prevendo que não teria um único dia de saúde durante todo o outono, suplicou-lhe, ou melhor, exigiu — pois não era súplica — que viesse a Uppercross Cottage e lhe fizesse companhia enquanto dela necessitasse, em vez de ir para Bath.

— Não posso absolutamente dispensar Anne — era o argumento de Mary; e a resposta de Elizabeth foi: — Então estou certa de que seria melhor Anne ficar, pois ninguém precisará dela em Bath.

Ser solicitada como um bem, embora de forma imprópria, é pelo menos melhor do que ser rejeitada como totalmente imprestável. Anne, contente por julgarem-na de alguma utilidade, feliz por ver alguma coisa apontada como obrigação, e certamente feliz de que o palco desta fosse o campo, sua própria terra querida, prontamente concordou em ficar.

O convite de Mary afastou todas as dificuldades de Lady Russell, e, por conseguinte, logo ficou estabelecido que Anne não iria para Bath até que ela fosse buscá-la, e que nesse interregno todo o tempo se dividiria entre Uppercross e Kellynch Lodge.

Até aí tudo estava perfeitamente certo, mas Lady Russell quase se assustou com a injustiça de uma das partes do plano de Kellynch Hall, quando lhe foi revelada: a combinação de que a sra. Clay iria para Bath com Sir Walter e Elizabeth, como alguém extremamente valioso e importante a esta em todas as disposições a serem tomadas. Lady Russell lamentou profundamente que se chegasse a recorrer a tal medida — surpreendeu-se, afligiu-se e receou — e a afronta que isto continha a Anne, de ser a sra. Clay tão útil, enquanto Anne não podia sê-lo em nada, era um sério agravante.

A própria Anne se tornara insensível a tais afrontas, mas percebeu a imprudência da disposição com tanta perspicácia quanto Lady Russell. Com grande dose de discreta observação e um conhecimento que muitas vezes desejava fosse menor do caráter do pai, tinha consciência de que consequências extremanente sérias para toda a família, advindas dessa intimidade, eram mais do que prováveis. Não imaginava que o pai no momento tivesse qualquer ideia disso. A sra. Clay tinha sardas, um dente proeminente e um pulso desgracioso — o que ele reprovava constantemente com severos comentários, na sua ausência —, mas era jovem, sem dúvida atraente no conjunto, e tinha, com sua mente aguda e maneiras agradáveis, atrativos infinitamente mais perigosos que os meramente físicos teriam apresentado. Anne estava tão impressionada pelo grau do perigo que corriam que não pôde deixar de transmiti-lo à irmã. Tinha pouca esperança de êxito, mas Elizabeth, que no caso de um contratempo estaria em situação mais lastimável que ela própria, nunca teria motivos, pensou, para acusá-la de não a ter prevenido.

Falou e pareceu apenas ofender. Elizabeth não podia conceber como tão absurda suspeita lhe ocorrera e replicou indignada que ambas as partes conheciam perfeitamente sua condição.

— A sra. Clay — disse ela acaloradamente — nunca se esquece de quem é, e como tenho muito maior conhecimento dos sentimentos dela que você, posso lhe assegurar que, em relação ao assunto casamento, eles são particularmente escrupulosos; ela reprova qualquer desigualdade de classe e posição social de forma mais enérgica que a maioria das pessoas. Quanto a meu pai, eu realmente não poderia pensar que, depois de manter-se tanto tempo solteiro por nossa causa, pudesse levantar suspeitas agora. Se a sra. Clay fosse uma mulher belíssima, admito, seria inconveniente tê-la tanto em minha companhia; não que algo no mundo, estou certa, induzisse meu pai a fazer um casamento degradante, o que só o tornaria infeliz. Mas a pobre sra. Clay, com todos os seus méritos, não poderia ser considerada nem mesmo sofrivelmente bonita! Acho realmente que a pobre sra. Clay pode permanecer aqui em completa segurança. Julgar-se-ia que você nunca ouviu meu pai falar sobre os defeitos físicos dela, embora eu saiba que isso já aconteceu uma centena de vezes. Aquele dente dela! E aquelas sardas! As sardas não me desagradam tanto quanto a ele; vi rostos não totalmente deformados por algumas, mas ele as abomina. Já deve tê-lo ouvido comentar a respeito das sardas da sra. Clay.

— Não há praticamente um único defeito físico que boas maneiras não consigam aos poucos harmonizar — retrucou Anne.

— Penso de maneira bem diferente — respondeu Elizabeth asperamente. —- Modos agradáveis podem realçar fisionomias bonitas, mas nunca alterar as feias. Entretanto, seja como for, como corro muito maior risco nessa questão do qualquer outra pessoa, creio bastante desnecessário de sua parte estar me advertindo.

Anne terminara — satisfeita porque tudo acabara, e não totalmente desesperançada de ter sido útil. Elizabeth, embora indignada com a suspeita, poderia, contudo, se tornar mais vigilante.

O último serviço da carruagem de quatro cavalos foi levar Sir Walter, a srta. Elliot e a sra. Clay a Bath. O grupo partiu com excelente ânimo; Sir Walter preparou-se para fazer condescendentes saudações a todos os contristados rendeiros e aldeães que tivessem a ideia de aparecer; e Anne se dirigiu simultaneamente, numa espécie de desconsolada tranquilidade, para o Lodge, onde iria passar a primeira semana.

Sua amiga não se achava em melhor disposição de espírito que ela. Lady Russell sentiu profundamente essa dispersão da família. A respeitabilidade desta lhe era tão cara como a sua própria, e o relacionamento diário tornara-se precioso pelo hábito. Era doloroso olhar os jardins desertos, e ainda pior prever que cairiam em novas mãos; fugir à solidão e à melancolia de uma vila que seria tão alterada. Decidiu estar longe quando o almirante e a sra. Croft chegassem e que se ausentaria de casa quando tivesse de se separar de Anne. Assim, a mudança foi feita em comum, e Anne se instalou em Uppercross Cottage na primeira etapa da viagem de Lady Russell.

Uppercross era uma vila de tamanho razoável, construída, havia alguns anos, totalmente no antigo estilo inglês. Tinha apenas duas casas de aspecto superior às dos fazendeiros e trabalhadores — a mansão do senhor rural, com seus altos muros, grandes portões e velhas árvores, sólida e antiquada — e o firme e severo presbitério, encerrado em seu próprio jardim bem cuidado, com uma parreira e uma pereira atadas em torno de seus batentes. Mas, no casamento do jovem senhor, recebera a benfeitoria de uma casa de fazenda erguida como um chalé para sua moradia. Uppercross Cottage, com varanda, portas envidraçadas e outros ornamentos, provavelmente atraía o olhar do viajante tanto quanto o aspecto mais imponente e sólido e os terrenos da Casa-Grande, cerca de um quarto de milha adiante.

Ali, Anne se hospedara muitas vezes. Conhecia os caminhos de Uppercross tão bem quanto os de Kellynch. As duas famílias encontravam-se com tanta frequência, estavam tão habituados a entrar e sair uns da casa dos outros a qualquer hora, que de certo modo foi para ela uma surpresa encontrar Mary sozinha. Mas, estando só, era de se esperar que se sentisse indisposta e triste. Embora mais bem dotada que a irmã mais velha, Mary não tinha o discernimento nem o temperamento de Anne. Enquanto se sentia bem, satisfeita, e recebia suficientes atenções, ficava de bom humor e excelente estado de espírito, mas qualquer indisposição deprimia-a totalmente. Não tinha recursos para seus momentos de solidão e, tendo herdado muito da altivez de Sir Walter, era propensa a somar a todas as aflições imaginar-se esquecida e desprezada. Pessoalmente, era inferior a ambas as irmãs, e, mesmo no auge da juventude, só alcançara o mérito de ser considerada "uma boa moça". Agora estava recostada no desbotado sofá da pequena e agradável sala de estar, cuja mobília outrora elegante puíra sob a influência de quatro verões e duas crianças. Quando Anne apareceu, recebeu-a com um:

— Ah, finalmente você chegou! Começava a pensar que nunca mais a veria. Estou tão doente que mal consigo falar. Não vi uma única pessoa a manhã inteira!

— Lamento encontrá-la indisposta — respondeu Anne. — Você me mandou tão boas notícias na quinta-feira...

— Sim, fiz o melhor que pude; sempre o faço; mas estava longe de me sentir bem então. Creio nunca ter estado pior em minha vida do que hoje de manhã, quase sem condições de ser deixada sozinha, sem dúvida. Imagine se eu sofresse algum terrível ataque, e não fosse capaz de tocar a campainha! Lady Russell nem perceberia. Acho que não esteve aqui nem três vezes, esse verão.

Anne disse o que era oportuno, e perguntou por seu marido.

— Ah, Charles saiu para caçar. Não o vejo desde as sete. Iria, mesmo que lhe dissesse como me sentia mal. Disse que não demoraria muito, mas até agora não voltou, e já *é* quase uma hora. Asseguro-lhe que não vi vivalma durante esta longa manhã.

— Os meninos estiveram com você?

— Sim, enquanto consegui suportar o barulho; mas são tão indisciplinados que me fazem mais mal que bem. O pequeno Charles não obedece a nada que lhe digo e Walter está indo pelo mesmo caminho.

— Bem, você agora vai melhorar — retorquiu Anne, alegremente. — Sabe que sempre a curo quando venho. Como estão seus vizinhos da Casa-Grande?

— Não lhe posso dar notícias. Não vi nenhum deles, a não ser o sr. Musgrove, que só parou e falou pela janela, mas sem descer do cavalo; e embora eu lhe contasse que estava doente, nenhum deles veio para perto de mim. Isso não parece convir às srtas. Musgroves, ao que suponho, e elas nunca saem de seus cuidados.

— Talvez você ainda as veja antes do final da tarde. Ainda é cedo.

— Nunca sinto falta delas, garanto-lhe. Falam e riem demais para meu gosto. Ah, Anne, estou tão doente! Foi muita crueldade sua não ter vindo na quinta.

— Querida Mary, lembre-se de como me mandou notícias satisfatórias sobre sua saúde! Escreveu da forma mais animada possível, e disse que estava perfeitamente bem, sem nenhuma necessidade de mim. Sendo este o caso, deve saber que meu desejo seria permanecer com Lady Russell até o último instante. Além do que sinto por ela, estive tão ocupada, tive tanto para fazer, que não poderia ter saído mais cedo de Kellynch sem inconvenientes.

— Deus meu! O que tem você, por acaso, para fazer?

— Muita coisa, asseguro-lhe. Mais do que posso lembrar imediatamente; mas posso lhe dizer algumas. Estive fazendo uma cópia do catálogo dos livros e quadros de meu pai. Fui diversas vezes ao jardim com Mackenzie, tentando entender e fazê-lo entender quais plantas de Elizabeth iriam para Lady Russell. Tive meus próprios objetos para arrumar, livros e músicas para separar, e as malas para refazer, por não haver entendido a tempo o que se pretendia quanto aos carroções. E tive mais uma coisa para fazer, Mary, de natureza mais penosa: ir a quase todas as casas da paróquia, numa espécie de despedida. Disseram-me que eles desejavam isso. Mas todas essas coisas me tomaram muito tempo.

— Ah, bem — e depois de um momento de pausa: — Mas ainda não me perguntou nada sobre o jantar na casa dos Pooles, ontem.

— Então você foi? Não lhe perguntei nada porque deduzi que tivesse sido obrigada a desistir da festa.

— Ah, sim, fui. Estava passando muito bem, ontem; não havia nada errado comigo até hoje de manhã. Teria sido estranho se eu deixasse de comparecer.

— Estou satisfeita de saber que passou bem ontem. Espero que tenha sido uma festa agradável.

— Nada de extraordinário. Sempre se sabe de antemão como será o jantar e quem estará presente. É tão desagradável não ter carruagem própria! O sr. e a sra. Musgrove me levaram, e estávamos tão apertados! Ambos são tão corpulentos, ocupam tanto espaço! E o sr. Musgrove sempre se senta na frente. Assim, lá ia eu, comprimida no banco de trás com Henrietta e Louisa. E acho bem provável que minha doença de hoje se deva a isso.

Um pouco mais de perseverante paciência e alegria forçada por parte de Anne quase provocaram a cura de Mary. Logo conseguiu sentar-se no sofá e começou a desejar poder deixá-lo na hora do jantar. Então, esquecendo-se de pensar nisso, estava do outro lado da sala, ajeitando um ramalhete. Fez uma refeição fria e depois se sentiu suficientemente bem para propor um pequeno passeio.

— Aonde iremos? — perguntou, quando estavam prontas. — Presumo que você não queira ir à Casa-Grande antes que eles venham vê-la!

— Não tenho a menor objeção a isso — replicou Anne. — Nunca pensaria em fazer tanta cerimônia com pessoas que conheço tão bem como a sra. e as srtas. Musgrove.

— Ah, mas eles têm obrigação de vir visitá-la o mais cedo possível. Devem reconhecer o que você merece como minha irmã. Entretanto, bem podíamos ir e ficar com eles um pouco; quando tivermos terminado isso, poderemos desfrutar nosso passeio.

Anne sempre achara tal tipo de relacionamento muito imprudente; mas cessara de opor-se a ele por acreditar que, embora houvesse de ambas as partes constantes motivos para ofensas, nenhuma das duas famílias poderia mais dispensá-lo. Foram, portanto, à Casa-Grande, permanecendo uma boa meia hora na antiquada sala de visitas retangular, com um pequeno tapete e chão brilhante que ganhavam aos poucos das duas moças da casa o aspecto característico da desordem, com um enorme piano, uma harpa, jardineiras e mesinhas colocadas por todo lado. Ah! se os modelos daqueles retratos nos lambris, se os cavalheiros vestidos de veludo marrom e as senhoras de cetim azul pudessem ver o que se passava, se tivessem consciência de tal subversão da ordem e da arrumação! Os próprios retratos pareciam olhar perplexos.

Os Musgroves, assim como suas casas, viviam num estado de mudança, talvez de progresso. O pai e a mãe continuavam no velho estilo inglês, e os jovens no novo. O sr. e a sra. Musgrove eram excelentes pessoas, afáveis e hospitaleiras, não muito cultas, e nem um pouco refinadas. Seus filhos tinham mentalidade e hábitos mais modernos. Era uma família numerosa; mas os únicos adultos, com exceção de Charles, eram Henrietta e Louisa, jovens damas de 19 e vinte anos, que haviam trazido de uma escola de Exeter todo o costumeiro cabedal de habilidades, e agora, como milhares de outras jovens damas, viviam para serem elegantes, felizes e alegres. O vestuário as favorecia, tinham o rosto bastante bonito, excelente humor, maneiras desembaraçadas e agradáveis; eram influentes em casa e as favoritas fora dela. Anne sempre as considerara as criaturas mais felizes das suas relações; contudo, embora sejamos poupados da vontade de nos trocar por outros, devido a algum confortável sentimento de superioridade, nunca renunciaria a sua inteligência mais culta e refinada por todos os prazeres de que elas desfrutavam; e não lhes invejava senão esta aparentemente perfeita compreensão e harmonia, este jovial afeto recíproco, que conhecera tão pouco com ambas as suas irmãs.

Foram recebidas com grande cordialidade. Nada pareceu inoportuno da parte da família da Casa-Grande, que era, geralmente, como Anne sabia muito bem, a que menos se deveria censurar. A meia hora escoou em agradável conversação. E Anne não ficou em absoluto surpresa ao ver, no final, o grupo acrescido de ambas as srtas. Musgrove — a convite justamente de Mary.

6

Anne não desejara essa visita a Uppercross, por saber que a mudança de um grupo de pessoas para outro, embora distante apenas três quilômetros, frequentemente implica uma completa alteração de conversa, opiniões e ideias. Nunca estivera ali antes sem se aperceber, ou sem desejar que outros Elliots pudessem se beneficiar vendo como ali eram ignorados e desprezados os assuntos que em Kellynch Hall se considerava do mais completo conhecimento público e do mais vivo interesse. Mas, apesar de toda a sua experiência, julgava que devia se submeter ao sentimento de que uma outra lição lhe era necessária — a arte de reconhecer nossa própria insignificância fora de nosso próprio círculo. Chegando com o coração cheio do assunto que estivera ocupando as casas de Kellynch por várias semanas, esperara, sem dúvida, uma curiosidade e simpatia bem maiores do que encontrou no comentário quase idêntico do sr. e da sra. Musgrove:

— Então, srta. Anne, Sir Walter e sua irmã partiram: e em que lugar de Bath pensa que vão se instalar?

E isso, sem esperar muito por uma resposta. No que as senhoritas acrescentaram:

— Espero que *nós* possamos estar em Bath no próximo inverno; mas não se esqueça, papai, de que se formos realmente, precisamos estar bem localizados. Nada de Queen Squares!

Ou no ansioso adendo de Mary:

— Palavra, ficarei em boa situação quando vocês todos tiverem ido embora para sempre felizes em Bath!

Só poderia resolver evitar tal engano no futuro, e pensar com calorosa gratidão na extraordinária bênção de possuir uma amiga tão compreensiva como Lady Russell.

Os Musgroves tinham sua própria caça para preservar e destruir; seus próprios cavalos, cães e jornais para absorvê-los, e as mulheres se ocupavam inteiramente com os assuntos habituais: casa, vizinhos, roupas, festas e música. Admitiu ser bastante razoável que cada pequena comunidade social ditasse seus próprios temas de conversa; e desejou tornar-se em breve um membro importante da que agora passava a integrar. Com a perspectiva de permanecer pelo menos dois meses em Uppercross, era-lhe preciso, tanto quanto possível, imbuir sua imaginação, suas lembranças, todas as suas ideias de Uppercross.

Não temia esses dois meses. Mary não era tão antagônica e pouco fraternal quanto Elizabeth, nem tão insensível a qualquer influência por parte dela; e nada havia entre os outros moradores do chalé arredio à convivência. Estava sempre em boas relações com o cunhado, e tinha nas crianças, que a estimavam quase tanto quanto à mãe, e a respeitavam muito mais que a ela, motivo de interesse, distração e sadia dedicação.

Charles Musgrove era cortês e agradável; em compreensão e temperamento era sem dúvida muito superior à esposa, mas não em dotes, conversa ou atrativos para que o passado em comum se tornasse de algum modo uma visão perigosa. Ao mesmo tempo, Anne e Lady Russell acreditavam que um casamento mais equilibrado poderia tê-lo melhorado muito, e que uma mulher realmente compreensiva poderia ter dado mais relevo a seu caráter, e mais utilidade, racionalidade e distinção a seus hábitos e atividades. Assim, dedicava-se apenas à caça; seu tempo era desperdiçado, sem se beneficiar com livros, ou qualquer outra coisa. Tinha boa índole, que não parecia se alterar com as ocasionais depressões da mulher; suportava, às vezes, suas exorbitâncias — o que muito admirava Anne; e, de um modo geral, embora sempre houvesse alguma pequena desavença (em que às vezes participava mais do que desejaria, solicitada por ambas as partes), poderiam passar por um casal feliz. Sempre estavam de acordo no desejo de ter mais dinheiro, e na vontade de ganhar um belo presente do pai dele; mas aqui, como na maioria dos assuntos, ele se mostrava superior, pois enquanto Mary achava vergonhoso que tal presente não ocorresse, ele sempre argumentava que seu pai tinha muitos outros empregos para seu dinheiro e era seu direito gastá-lo como bem o desejasse.

Quanto à educação dos filhos, sua teoria era muito melhor que a da mulher, e sua prática não de todo má.

— Poderia controlá-los muito bem, não fosse a interferência de Mary — era o que Anne frequentemente ouvia-o dizer, e tinha muita convicção disso; mas quando ouvia Mary censurar: "Charles estraga tanto as crianças que não consigo infundir-lhes a menor disciplina", nunca sentia a menor tentação de dizer: "Tem razão."

Uma das circunstâncias menos agradáveis de sua permanência ali era ser tratada com excessiva confiança por todas as partes, e estar por demais a par das queixas de ambas as casas. Como sabiam que tinha certa influência sobre a irmã, constantemente lhe pediam, ou pelo menos lhe insinuavam, que a exercesse além do que seria viável.

— Bem que você podia persuadir Mary a não ficar sempre se imaginando doente — eram as palavras de Charles; e Mary dizia, infeliz:

— Creio que mesmo se Charles me visse morrendo, pensaria que não havia nada de errado comigo. Tenho certeza de que se quisesse, Anne, poderia convencê-lo de que estou realmente muito doente, muito pior do que admito.

Mary declarava:

— Detesto mandar as crianças à Casa-Grande, embora a avó esteja sempre querendo vê-las, pois ela as mima e agrada de tal maneira, dá-lhes tantas bobagens e guloseimas, que seguramente voltam doentes e rabugentas, e permanecem assim o resto do dia.

E a sra. Musgrove aproveitava a primeira oportunidade de estar a sós com Anne para dizer:

— Ah, srta. Anne, não posso deixar de desejar que a sra. Charles tivesse um pouco de seu método de lidar com essas crianças. Ficam completamente diferentes com a senhorita! Geralmente são tão mimadas! Pena que não possa convencer sua irmã a utilizá-lo! São indiscutivelmente crianças bastante saudáveis, como nunca se viu, coitadinhas; mas a sra. Charles já não sabe como se deveria lidar com elas! Valha-me Deus, como são barulhentas, às vezes! Garanto-lhe, srta. Anne, tira-me a vontade de vê-las aqui em nossa casa tantas vezes quanto gostaria se fossem outras as circunstâncias. Creio que a sra. Charles não está muito satisfeita porque não os convido com mais frequência; mas a senhorita sabe como é desagradável ter por perto crianças que se tem de controlar a todo instante: "Não faça isso, não faça aquilo", ou então manter um comportamento tolerável dando-lhes mais doces do que seria recomendável.

Recebeu, além disso, esta informação de Mary:

— A sra. Musgrove pensa que todos os seus criados são tão disciplinados que seria alta traição questioná-los; mas tenho certeza, sem exagero, de que a arrumadeira-chefe e a lavadeira, em vez de cuidarem de suas obrigações, ficam vadiando o dia todo pela vila. Encontro-as onde quer que vá; e afirmo-lhe que não entro duas vezes no quarto das crianças sem vê-las por lá. Se Jemima não fosse a criatura mais firme e confiável do mundo, seria o suficiente para estragá-la; pois ela me conta que sempre a ficam induzindo a ir passear.

E por parte da sra. Musgrove:

— Tenho como norma jamais interferir em nenhum assunto de minha nora, pois sei que isso não daria certo. Mas devo-lhe dizer, srta. Anne, porque a senhorita seria capaz de endireitar as coisas, que não faço muito bom conceito da babá da sra. Charles. Ouço estranhas histórias sobre ela; está sempre vadiando. E posso lhe garantir, por conhecimento próprio, que se veste tão bem que poderia levar à ruína qualquer criada. A sra. Charles tem plena confiança nela, bem sei; mas faço esta insinuação apenas para que fique de sobreaviso; porque, se perceber algo errado, não precisa temer mencioná-lo.

Por outro lado, Mary se queixava de que a sra. Musgrove costumava não lhe dar a precedência que lhe era devida, quando jantavam na Casa-Grande com outras famílias; e não via razão para ser tão desconsiderada em casa, a ponto de perder o lugar. E um dia, quando Anne passeava a sós com as srtas. Musgrove, uma delas, depois de falar de classe, pessoas de classe, rivalidade de classe, disse:

— Não tenho escrúpulos em comentar com *você* como certas pessoas são absurdas com relação a sua posição, pois todas sabem como você é indulgente e indiferente a esse respeito. Mas gostaria que alguém insinuasse a Mary que seria muito melhor se não fosse tão persistente, principalmente se não se pusesse em evidência para tomar o lugar de mamãe. Ninguém duvida de seu direito de ter precedência sobre mamãe, mas seria mais adequado da parte dela não estar sempre insistindo nisso. Não que mamãe dê a mínima importância a isso, mas sei que muitas pessoas reparam.

Como iria Anne resolver todos esses problemas? Podia fazer pouco mais que ouvir pacientemente, atenuar os ressentimentos e insinuar a tolerância necessária entre vizinhos, tornando-a mais ampla em benefício da irmã.

Sob todos os outros aspectos, sua visita começou e prosseguiu muito bem. Seu próprio estado de espírito melhorou com a mudança de casa e de assuntos, por estar afastada três milhas de Kellynch. As indisposições de Mary diminuíram por ter constantemente companhia. Era bastante positivo o relacionamento diário com a outra família, já que não havia nenhuma afeição mais importante, segredo ou ocupação no chalé para serem interrompidos — o que era uma vantagem. Tal contato chegou com certeza ao extremo, pois se encontravam todas as manhãs, e dificilmente passavam uma tarde separados: mas ela achava que não estariam tão bem assim sem a visão dos vultos respeitáveis do sr. e da sra. Musgrove em seus lugares habituais, e a conversa, o riso e o canto de suas filhas.

Ela tocava muito melhor que ambas as srtas. Musgrove, mas como não tinha boa voz, conhecimento de harpa ou pais amorosos que se sentassem e se imaginassem encantados, davam pouco valor à sua execução fora o da civilidade ou consideravam-na apenas uma distração para os outros, como tinha consciência. Sabia que só dava prazer a si mesma quando tocava, mas não era uma sensação nova; com exceção de um curto período de sua vida, nunca, desde os 14 anos, desde a morte de sua querida mãe, conhecera a alegria de ser ouvida ou incentivada por qualquer crítica legítima ou apreciação sincera. Em música sempre se habituara a sentir-se sozinha no mundo; e o carinhoso favoritismo do sr. e da sra. Musgrove pela execução das próprias filhas e a total indiferença para com a de qualquer outra pessoa dava-lhe muito mais prazer por causa delas, do que mortificação por si mesma.

A reunião na Casa-Grande era às vezes acrescida de outros hóspedes. A vizinhança não era numerosa, mas os Musgroves tinham mais jantares, recebiam mais visitas eventuais ou por convite formal que qualquer outra família. Eles eram absolutamente populares.

As jovens adoravam dançar, e as noites frequentemente terminavam num pequeno baile improvisado. Havia uma família de primos que morava a uma distância acessível a pé de Uppercross, em condição financeira menos favorecida, que dependia dos Musgroves para suas diversões; viriam a qualquer hora, dispostos a ajudar em qualquer distração, ou a dançar em qualquer lugar; e Anne, preferindo o papel de pianista a qualquer outro mais atuante, tocava músicas regionais por várias horas, delicadeza que sempre despertava a atenção do sr. e sra. Musgrove para suas habilidades musicais, mais do que tudo, e frequentemente provocava este cumprimento:

— Muito bem, srta. Anne! Muito bem tocado, deveras! Valha-me Deus! Como seus dedos voam no teclado!

Assim se passaram as três primeiras semanas. Chegou o dia de São Miguel, e agora o coração de Anne devia retornar para Kellynch. Uma casa querida fora entregue a outros. Todos os preciosos cômodos, a mobília, alamedas e paisagens passavam a pertencer a outros olhos e outras pernas! Não pôde pensar em outra coisa no dia 29 de setembro e recebeu o indulgente comentário de Mary, que exclamou, ao anotar o dia do mês:

— Meu Deus! Não é hoje o dia em que os Crofts devem se mudar para Kellynch? Estou contente por não me ter lembrado disso antes. Como isso me deprime!

Os Crofts tomaram posse com uma rapidez verdadeiramente naval, e seria preciso ir visitá-los. Mary lamentava esta necessidade: "Ninguém sabia quanto sofreria. Adiaria a visita tanto quanto possível."

Não sossegou, porém, enquanto não persuadiu Charles a levá-la logo. Voltou num vivo estado de fantástico alvoroço. Anne ficou realmente contente por não ter podido ir. Desejava, contudo, ver os Crofts, e alegrou-se por se encontrar em casa quando a visita foi retribuída. Vieram. O dono da casa não estava, mas sim as duas irmãs. E como aconteceu de a sra. Croft sentar-se perto de Anne, enquanto o almirante ficou junto de Mary e tornou-se-lhe agradável com suas bem-humoradas observações a respeito dos meninos, Anne pôde ficar atenta a alguma semelhança, e em caso de não a perceber nos traços, captá-la na voz, no modo de falar ou num gesto.

A sra. Croft, embora não fosse alta nem gorda, tinha uma rigidez, correção e vigor de formas que chamavam a atenção para sua pessoa. Tinha brilhantes olhos escuros, bons dentes e, no conjunto, um rosto agradável, embora sua tez avermelhada e castigada pelas intempéries — consequência de ter permanecido períodos quase tão longos no mar quanto seu marido — faziam-na aparentar mais que seus 38 anos. Sua atitude era franca, desembaraçada e decidida, como de alguém que confia plenamente em si mesma e não tem dúvidas quanto ao que deve fazer — sem contudo qualquer vislumbre de aspereza ou ausência de bom humor. Anne sentiu-se grata, na realidade, por seus sentimentos de maior consideração em relação a si própria, e em tudo o que dizia respeito a Kellynch. Isso lhe agradou principalmente quando se convenceu, em segundos, até no mesmo instante em que foram apresentadas, que não havia o menor indício de qualquer conhecimento ou suspeita por parte da sra. Croft que provocasse qualquer prevenção. Sentia-se inteiramente tranquila nesse ponto, e por conseguinte cheia de energia e coragem, até o momento em que levou um choque com a repentina declaração da sra. Croft:

— Pelo que vejo, foi a senhorita, e não sua irmã, que meu irmão teve o prazer de conhecer quando esteve nesta região.

Anne esperava ter passado da idade de enrubescer, mas da idade de se emocionar, certamente não.

— Talvez não tenha ouvido dizer que ele se casou — acrescentou a sra. Croft.

Agora não conseguia responder como devia; e se sentia contente ao perceber, quando as palavras seguintes da sra. Croft esclareceram que falava do sr. Wentworth, que ela nada dissera que não pudesse servir aos dois irmãos. Viu imediatamente como era sensato que a sra. Croft estivesse pensando e falando de Edward, e não de Frederick; e, envergonhada de seu próprio esquecimento, empenhou-se em indagar de forma conveniente sobre a situação atual de seu antigo vizinho.

Tudo o mais era tranquilidade, até que, no momento da despedida, ouviu o almirante dizer a Mary:

— Aguardamos a chegada de um irmão da sra. Croft para breve; provavelmente a senhora o conhece de nome.

Foi interrompido pelas impacientes investidas dos meninos, que se agarravam a ele como a um velho amigo, afirmando que não podia partir. Como estava por demais absorto na proposta de levá-los no bolso do casaco etc. para ter tempo de terminar ou recordar o que começara a dizer, Anne foi deixada na contingência de se autopersuadir de que ainda se tratava do mesmo irmão. Não podia, entretanto, alcançar um tal grau de certeza que não a deixasse ansiosa por saber se alguma coisa havia sido comentada a respeito na outra casa, que os Crofts tinham acabado de visitar.

A família da Casa-Grande ia passar a maior parte da noite no chalé, e, como a estação do ano já estivesse bastante adiantada para essas visitas serem feitas a pé, começava-se a pensar em carruagem, quando a mais nova das srtas. Musgrove entrou na sala. A primeira ideia soturna foi que vinha se desculpar e que teriam de passar a noite sozinhos. Mary estava a ponto de ficar ofendida, quando Louisa esclareceu tudo, dizendo que só viera a pé para deixar mais espaço para a harpa, que era trazida na carruagem.

—Vou-lhes dizer o motivo disso — acrescentou. — Papai e mamãe estão indispostos hoje à tarde, principalmente mamãe; está pensando tanto no pobre Richard! Convimos que seria melhor trazer a harpa, pois parece diverti-la mais que o piano. Vou-lhes dizer porque está indisposta. Quando os Crofts apareceram esta manhã (estiveram aqui depois, não?), por acaso disseram que o irmão dela, capitão Wentworth, acaba de voltar à Inglaterra, dispensado, ou algo semelhante, e vem visitá-los quase em seguida. Infelizmente, veio à cabeça de mamãe, quando eles partiram, de que Wentworth, ou algo parecido, era o nome do capitão do pobre Richard, certa vez, não sei onde nem quando, mas muito tempo antes da sua morte, coitadinho! E ao examinar suas cartas e pertences, descobriu que era isso mesmo. Tem absoluta certeza de que esta é a mesma pessoa, e não para de pensar nisso e no pobre Richard! Assim, temos de ficar o mais alegres possível para que não continue pensando em coisas tão tristes.

As verdadeiras circunstâncias do patético episódio familiar é que os Musgroves tiveram a triste sina de ter um filho incorrigível, e a má sorte de perdê-lo antes que ele alcançasse vinte anos. Mandaram-no para o mar, pois era parvo e indisciplinado em terra. A família pouco se interessara por ele, embora realmente fosse isso o que merecia. Raramente se ouvia falar dele e pouco lamentaram quando, dois anos antes, a notícia de sua morte no exterior chegara a Uppercross.

Embora suas irmãs se esforçassem ao máximo chamando-o agora de "pobre Richard", ele não passara de um cabeça-dura, insensível e inútil Dick Musgrove, que, vivo ou morto, nada fizera para merecer mais que a abreviatura de seu nome.

Dispendera vários anos no mar e, no decorrer das transferências a que todos os aspirantes estão sujeitos — principalmente aqueles de quem os capitães desejam se ver livres —, estivera seis meses a bordo da fragata do capitão Frederick Wentworth, a *Laconia*; e, da *Laconia*, sob a influência de seu capitão, escrevera as duas únicas cartas que o pai e a mãe receberam durante toda a sua ausência, isto é, as duas únicas cartas desinteressadas, já que todas as outras eram meros pedidos de dinheiro.

Em ambas as cartas falara bem de seu capitão, contudo estavam muito pouco habituados a dar atenção a tais assuntos — eram tão distraídos e indiferentes aos nomes de homens ou de navios, que isso praticamente não lhes causara impressão, à época. O fato de a sra. Musgrove ficar repentinamente chocada, exatamente neste dia, com a lembrança do nome de Wentworth relacionado ao do filho, parecia uma dessas irrupções mentais que ocorrem eventualmente.

Fora rebuscar nas cartas, e verificou que tudo era como supunha. A leitura atenta, após tão longo intervalo do desaparecimento de seu pobre filho, esquecida a seriedade de seus erros, afetaram-lhe extraordinariamente o estado de espírito, mergulhando-a numa tristeza mais profunda do que a que sentira ao ter conhecimento de sua morte. O sr. Musgrove estava igualmente sensibilizado, mas em menor grau, e quando chegaram ao chalé, tinham evidentemente necessidade, primeiro, de ouvir mais sobre o assunto e, em seguida, de toda a consolação que um grupo alegre pode oferecer.

Ouvi-los falar tanto do capitão Wentworth, repetindo tantas vezes seu nome, tentando deslindar o passado, e finalmente apurando que *talvez* fosse exatamente o mesmo capitão Wentworth que lembravam ter encontrado, por uma ou duas vezes, ao voltarem de Clifton — um homem muito jovem, mas não sabiam dizer se fora há sete ou oito anos — foi um novo tipo de prova para os nervos de Anne. Julgou, entretanto, necessário habituar-se a isso. Já que era efetivamente esperado na região, devia autoeducar-se para se manter indiferente a seu respeito. Era, aparentemente, não só esperado, e para breve, como também os Musgroves, em sua sincera gratidão pela bondade que demonstrara para com o pobre Dick, e na alta consideração por seu caráter, qualificaram-no com as mesmas palavras do pobre Dick. Nos seus meses em que ficara sob sua proteção, mencionara-o com grande orgulho, embora de forma não muito correta: "Um sujeito bom e corajoso, só que preocupado demais em bancar o mestre-escola." Isso lhes deu vontade de se apresentarem a ele e se tornarem amigos, logo que soubessem de sua chegada.

Essa decisão ajudou-a a obter tranquilidade naquela noite.

7

Apenas mais alguns dias e soube-se que o capitão Wentworth estava em Kellynch. O sr. Musgrove foi visitá-lo e voltou pródigo de elogios. Foi convidado, juntamente com os Crofts, a jantar em Uppercross no final da outra semana. O sr. Musgrove se sentia desapontado por não ser possível marcar um dia mais próximo, tal sua impaciência por demonstrar sua gratidão por ver o capitão Wentworth sob seu próprio teto e recebê-lo com os melhores e mais fortes vinhos de suas adegas. Deviam, porém, esperar uma semana, apenas uma semana, pelos cálculos de Anne, e então, imaginou, se encontrariam; e logo começou a desejar tranquilidade, mesmo que por uma semana.

O capitão Wentworth logo retribuiu a delicadeza do sr. Musgrove, e ela justamente se dirigia de visita à Casa-Grande naquele mesmo instante! Na realidade, ela e Mary estavam de saída para a Casa-Grande, onde o teriam encontrado, como depois vieram a saber, quando foram forçadas a voltar para casa, porque Charles, o menino mais velho, estava sendo trazido naquele momento, vítima de uma séria queda. O incidente fê-la pôr totalmente de lado a ideia da visita, mas, apesar da aflição e ansiedade pelo estado do garoto, Anne não pôde deixar de lamentar a perda de semelhante oportunidade.

Charles deslocara a clavícula, e uma lesão recebida nas costas despertou os pensamentos mais alarmantes. Foi uma tarde angustiante, e Anne se viu obrigada a tomar imediatamente todas as providências. Mandar alguém buscar o farmacêutico, avisar e trazer o cunhado, aturar as histéricas lamentações de Mary, controlar as criadas, afastar o irmão menor e atender e acalmar o próprio doente. Logo que pôde, mandou uma comunicação à outra casa, obtendo com isso mais pessoas aflitas do que auxiliares proveitosos.

O regresso do cunhado foi seu primeiro conforto, e a segunda bênção foi a chegada do farmacêutico. Até sua vinda para examinar a criança, sua angústia fora terrível. Suspeitavam da gravidade da lesão, mas não podiam dizer em que consistia. Pouco depois, porém, a clavícula era recolocada no lugar, e embora o sr. Robinson apalpasse e esfregasse o osso sem cessar, e parecesse muito sério, em breve dirigiu aos pais e à tia palavras de conforto, tranquilizou-os e partiu muito satisfeito, disposto a jantar sossegado. E só depois de sua partida as duas jovens tias, reconfortadas quanto ao estado do sobrinho, puderam relatar a visita do comandante. Demoraram-se ainda algum tempo, após a saída dos pais, tentando falar dele, explicar como ficaram encantadas com ele e como o consideraram o rapaz infinitamente mais agradável entre todas as amizades masculinas favoritas que conheciam. Como lhes causara grande alegria o convite do pai para jantar! Mas sua alegria se transformara em tristeza quando o comandante declinara o convite, dizendo-o impraticável. E como novamente ficaram satisfeitas quando Wentworth respondeu-lhes que iria jantar com eles no dia seguinte, no dia seguinte mesmo! E ele o prometeu com modos tão agradáveis, exatamente como se sentisse os motivos da atenção delas realmente como devia! Em suma, suas palavras e sua atitude foram de uma gentileza tão refinada que, poderiam assegurar a todos, ambas estavam com a cabeça virada por ele! E saíram correndo, tão cheias de júbilo quanto de amor, e visivelmente mais preocupadas com o capitão Wentworth que com o pequeno Charles. O mesmo relato e o mesmo entusiasmo se repetiram quando as duas jovens retornaram com o pai, ao cair da noite, para saber notícias; e o sr. Musgrove, já livre da inquietação a respeito de seu herdeiro, confirmou as boas impressões das filhas, desejando que não sobreviesse algum contratempo que adiasse a visita do capitão Wentworth. Só estava triste por crer que, provavelmente, as pessoas do Chalé não gostariam de deixar o pequeno para ir recebê-lo.

— Ah, não! Não se ia deixar o menino! — O pai e a mãe ainda estavam por demais assustados para suportar a ideia; e Anne, na alegria de encontrar uma escapatória, não pôde deixar de somar seu caloroso protesto ao deles.

Charles Musgrove, na verdade, mostrou depois maior disposição: "A criança passava tão bem!", e ele desejava tanto ser apresentado ao capitão Wentworth, que talvez se reunisse a eles à noite; não jantaria fora de casa, mas talvez fosse lá por meia hora.

Mas sua mulher se opôs veementemente a isso:

— Ah! Não, Charles, com efeito, não posso suportar que você saia. Imagine só se alguma coisa acontecesse!

A criança teve uma boa noite e passava bem no dia seguinte. O tempo determinaria se a espinha não sofrera nenhuma lesão, mas o sr. Robinson nada encontrou que justificasse maior inquietação, e Charles Musgrove começou, por conseguinte, a não mais sentir necessidade de continuar confinado. A criança devia ser mantida na cama, e distraída da forma mais tranquila possível; mas o que havia ali para um pai fazer? Este era um assunto bem mais apropriado para uma mulher, e seria absurdo de sua parte, não sendo de utilidade em casa, ficar ali trancado. Seu pai desejava muito que conhecesse o capitão Wentworth, e como não havia uma boa razão em contrário, iria. E acabou fazendo uma ousada declaração pública, quando voltou da caça, de sua intenção de vestir-se imediatamente e ir jantar na outra casa.

— A criança não poderia estar passando melhor, por isso acabei de avisar a meu pai que iria, e ele achou que eu estava certo. Sua irmã estando com você, minha querida, não tenho o menor escrúpulo. Você não gostaria de deixá-lo, mas pode ver que não tenho como ajudar. Anne mandará me chamar se acontecer alguma coisa.

Maridos e esposas geralmente percebem quando é inútil se opor. Mary sabia, pela maneira de falar de Charles, que estava positivamente decidido a ir, e que seria inútil irritá-lo. Nada disse, portanto, até ele sair da sala, mas logo que se viu apenas em presença de Anne:

— Então é assim! Você e eu devemos nos arranjar sozinhas, com essa pobre criança doente, sem nenhuma criatura que se aproxime de nós a noite inteira! Sabia que seria assim. Esta é sempre a minha sorte! Se alguma coisa desagradável acontece, os homens logo conseguem um meio de escapar, e Charles *é* igual a qualquer um deles! Acho muita insensibilidade da parte dele afastar-se de seu pobre filhinho; diz que está melhorando! Como pode saber se está melhor e se não haverá uma brusca mudança daqui a meia hora? Nunca pensei que Charles pudesse ser tão insensível. Assim, lá vai ele se divertir, e só porque sou a pobre mãe, não permitem que eu me mexa, e no entanto, tenho certeza de que sou a pessoa menos apropriada para cuidar do menino. E exatamente pelo fato de eu ser a mãe é que meus sentimentos deveriam ser poupados. Não estou absolutamente à altura disso. Você viu como eu estava nervosa, ontem.

— Mas isso foi apenas o efeito do susto repentino, do choque. Você não vai mais ficar nervosa. Provavelmente não haverá nada mais para nos afligir. Compreendi perfeitamente as instruções do sr. Robinson, e não me sinto apreensiva; e, na verdade, Mary, não me surpreendo com o comportamento de seu marido. Cuidar de crianças não compete a um homem; não faz parte de seus atributos. Um filho doente é sempre propriedade da mãe, seus próprios sentimentos geralmente fazem com que seja assim.

— Suponho que gosto tanto de meu filho quanto qualquer outra mãe... mas não sei se sou mais útil aqui, no quarto do doente, do que Charles, pois não posso ficar repreendendo e aborrecendo uma pobre criança quando ela está doente. E você viu, esta manhã, que se eu lhe dizia para ficar quieto, logo começava a se agitar. Não tenho nervos para esse tipo de coisa.

— Mas você se sentiria tranquila passando a noite inteira longe de seu filho?

— Sim! Não vê como o pai pode? Por que eu não poderia? Jemima é tão cuidadosa! E ela nos mandaria notícias sobre o estado dele de hora em hora. Na verdade, acho que Charles poderia muito bem ter dito ao pai que nós todos iríamos. Não estou mais apreensiva com o pequeno Charles do que ele. Ontem estava terrivelmente histérica, mas hoje o caso é bem diferente.

— Bem, se não acha que é tarde demais para mandar avisar que vai, juntamente com seu marido, deixe o pequeno Charles aos meus cuidados. O sr. e a sra. Musgrove não podem achar isso errado, uma vez que eu ficarei com ele.

— Está falando sério? — exclamou Mary, com os olhos brilhantes. — Meu Deus! É uma boa ideia, muito boa deveras! Ora essa, tanto faz que eu vá ou não, visto que não sou necessária em casa, não é? Você, que não tem os sentimentos de mãe, é uma pessoa muito mais indicada. Você consegue que o pequeno Charles faça qualquer coisa; sempre a obedece imediatamente. Será muito melhor que deixá-lo apenas com Jemima. Ah! Claro que irei. Tenho certeza de que devo ir, se puder, tanto quanto Charles, pois fazem questão que eu conheça o capitão Wentworth, e sei que você não se importa de ficar sozinha. Que excelente ideia a sua, deveras, Anne! Vou comunicar a Charles, e me aprontarei em seguida. Pode nos mandar chamar, se algo acontecer; mas provavelmente não haverá nada para alarmá-la. Não iria, pode ter certeza, se não me sentisse inteiramente despreocupada com meu querido filho.

Dali a instantes, batia à porta do quarto de vestir do marido, e Anne, que subira as escadas depois, teve ocasião de ouvir toda a conversa, que começou com Mary dizendo, num tom de intensa alegria:

— Pretendo ir com você, Charles, pois sou tão necessária em casa quanto você. Se eu ficasse trancafiada para sempre com o menino, não seria capaz de persuadi-lo a fazer nada contra a sua vontade. Anne ficará; prometeu ficar em casa e tomar conta dele. Foi ela mesma quem o propôs! Assim, vou com você, o que será muito melhor, pois não vou jantar na outra casa desde terça-feira.

— É muita bondade da parte de Anne — comentou o marido — e ficaria muito satisfeito em permitir que você fosse, mas me parece um tanto injusto que ela seja deixada em casa sozinha, para tratar de nosso filho doente.

Anne entrou na conversa para defender sua própria causa. Expressou-se com tal sinceridade que ele logo se convenceu, quando a convicção era no mínimo muito agradável, e acabou com seus escrúpulos de deixá-la jantando sozinha. Manifestou, porém, o desejo de que fosse se reunir a eles à noite, assim que a criança dormisse. Insistiu gentilmente para que o deixasse vir buscá-la, mas não conseguiu dissuadi-la. E, em breve, teve o prazer de vê-los sair juntos, muito animados. Esperava que passassem uma noite feliz, por mais estranha que parecesse esta felicidade. Quanto a si própria, ficou-lhe a sensação de tranquilidade que geralmente sentia. Sabia que era da maior importância para a criança, pouco lhe importava que Frederick Wentworth se achasse a apenas meia milha de distância, mostrando-se agradável a outros!

Gostaria de saber quais as suas impressões, caso se encontrassem. Talvez indiferença, caso pudesse haver indiferença em tais circunstâncias. Devia estar indiferente ou mesmo aborrecido. Se desejasse de fato revê-la, não precisaria ter esperado até aquele momento. Faria o que ela há muito teria feito em seu lugar, assim que os acontecimentos lhe haviam proporcionado fortuna e independência.

O cunhado e a irmã voltaram encantados com o novo conhecido e com a visita, em geral. Houve música, canto, conversa, risos e tudo fora muito agradável; o capitão Wentworth tinha maneiras encantadoras, sem timidez nem reserva. Pareciam todos se conhecer perfeitamente, e ele viria logo no dia seguinte caçar com Charles. Viria para o café da manhã, mas não no Chalé, embora isto lhe tivesse sido proposto de início; mas em seguida instaram com ele que fosse à Casa-Grande, e ele pareceu temeroso de importunar a sra. Mary Musgrove, por causa da criança. Por isso, seja como for, nem sabiam bem como, resolveu-se que Charles ia se encontrar com ele para tomarem o café da manhã em casa do pai.

Anne compreendeu. Ele queria evitá-la. Verificou que ele perguntara por ela ligeiramente, como convinha a um conhecimento superficial, parecendo admiti-lo tanto quanto ela, impelido, talvez, pelo mesmo intuito de escapar à apresentação, quando tivessem de se encontrar.

Os horários matinais no Chalé eram sempre mais tardios que os da Casa-Grande, e, no dia seguinte, a diferença foi tão grande que Mary e Anne mal começavam o café quando Charles entrou para avisar que estavam de partida. Viera buscar seus cães, e suas irmãs estavam a caminho com o capitão Wentworth. Suas irmãs pretendiam ver Mary e a criança, e o capitão Wentworth também propôs fazer uma rápida visita, se não houvesse inconveniente. Embora Charles respondesse que a criança não estava num estado tão sério que tornasse isso inconveniente, o capitão Wentworth não se convenceria enquanto ele não se adiantasse para pedir notícias.

Mary, muito grata com essa atenção, sentiu-se encantada em recebê-lo — enquanto mil emoções assaltavam Anne, das quais a mais consoladora era que isso logo acabaria. E logo acabou. Dois minutos depois dos preparativos de Charles, os outros apareceram; estavam na sala de visitas. Seu olhar encontrou o do capitão Wentworth; uma mesura, um cumprimento foi trocado; ouviu-lhe a voz: falava a Mary, disse que estava bem. Disse algo às srtas. Musgrove, o bastante para combinar um passeio a pé. A sala parecia cheia — cheia de pessoas e vozes —, mas em poucos minutos tudo terminou. Charles surgiu a uma janela, estava tudo pronto, a visita fez uma reverência e partiu. As srtas. Musgrove saíram também, resolvendo de repente seguir os caçadores até o fim da vila. A sala ficou vazia, e Anne já podia terminar seu café do melhor modo possível.

— Acabou! Acabou! — repetia incessantemente consigo mesma, numa gratidão nervosa. — O pior já passou!

Mary falava, mas não a escutava. Vira-o. Tinham se encontrado. Tinham estado mais uma vez na mesma sala!

Logo começou, entretanto, a raciocinar consigo mesma e a amortecer seus sentimentos. Oito anos, quase oito anos haviam-se passado desde que tinham renunciado a tudo. Como era absurdo voltar à agitação que tal intervalo reduzira à distância e à indiferença! Qual não seria o efeito de oito anos? Acontecimentos de todo tipo, mudanças, afastamentos, transferências — tudo, tudo aí devia estar contido —, e o esquecimento do passado, como era natural, como era certo, também! Abrangia quase uma terça parte de sua vida.

Infelizmente, com todo o seu raciocínio descobriu que, para sentimentos tenazes, oito anos significam quase nada.

Bem, e como deveriam ser interpretados os sentimentos dele? Tê-lo-iam levado a evitá-la? E no momento seguinte se odiava pela loucura que a fizera formular tal hipótese.

Em outro aspecto, de que toda a sua sensatez não a poderia ter poupado, logo perdeu toda a incerteza, pois depois que as srtas. Musgrove voltaram e terminaram sua visita ao Chalé, Mary lhe fez espontaneamente esta revelação:

— O capitão Wentworth não fica tão desenvolto perto de você, Anne, embora tenha sido tão atencioso comigo. Henrietta perguntou-lhe o que achara de você, e ele respondeu-lhe que estava tão mudada que dificilmente a teria reconhecido.

Embora os sentimentos de Mary não a fizessem respeitar razoavelmente os da irmã, ela não tinha a menor consciência do mal que lhe estava causando.

"Tão mudada que não a reconheceria!" Anne cedeu completamente a uma profunda e silenciosa humilhação. Sem dúvida era assim; e ela não poderia se vingar, pois ele não estava mudado, ou pelo menos não para pior. Ela mesma já o admitira, e não podia mudar de opinião, quaisquer que fossem os pensamentos dele a seu respeito. Não; os anos que haviam destruído sua juventude e beleza haviam lhe emprestado apenas um olhar mais brilhante, nobre e franco, sem de forma alguma diminuir suas qualidades pessoais. Vira o mesmo Frederick Wentworth.

"Tão mudada que não a reconheceria!" Essas palavras não podiam parar de assaltá-la. Entretanto, logo começou a se sentir alegre por tê-las ouvido. Eram de cunho moderado; apaziguavam a agitação, acalmavam, e por conseguinte deviam torná-la mais feliz.

Frederick Wentworth usara essas palavras, ou outras semelhantes, mas sem imaginar que lhe seriam repetidas. Julgara-a lamentavelmente mudada, e, no primeiro instante do impacto, expressara sua sensação. Não perdoara Anne Elliot. Ela o maltratara; abandonara-o e o desapontara; e o pior é que, ao fazer isso, mostrara fraqueza de caráter, o que seu próprio temperamento resoluto e confiante não podia suportar. Renunciara a ele para agradar aos outros. Fora resultado de uma insistente persuasão, resultado de fraqueza e timidez.

Estivera ligado a ela da forma mais afetuosa e nunca tornara a encontrar uma mulher que se lhe pudesse comparar, mas, exceto por uma natural sensação de curiosidade, não tinha o menor desejo de revê-la. Seu poder sobre ele desaparecera para sempre.

Agora seu objetivo era casar-se. Estava rico, e de volta à terra, pretendia se estabelecer logo que se sentisse realmente inclinado a isso. De fato, olhava ao redor. Disposto a se apaixonar com toda a rapidez que uma mente lúcida e viva o permitisse. Tinha um coração para ambas as srtas. Musgrove, se elas o pudessem cativar; um coração, em suma, para qualquer mulher agradável com que se deparasse, exceto Anne Elliot. Esta era a sua única restrição secreta, ao dizer à irmã, em resposta às suas conjeturas:

— Sim, aqui estou, Sophy, inteiramente disposto a fazer um casamento insensato. Qualquer mulher entre 15 e trinta anos pode receber meu pedido. Um pouco de beleza, alguns sorrisos, alguns elogios à Marinha, e sou um homem perdido. Isso não seria o suficiente para um marinheiro que não teve convívio com mulheres que o tornassem interessante?

Dissera isso, ela sabia, para que o contradissessem. Seu olhar arguto e altivo revelava a convicção de que era bonito. E Anne Elliot não estava fora de seus pensamentos quando ele descreveu com seriedade a mulher que gostaria de encontrar.

— Mente forte, delicadeza de maneiras — foram o primeiro e o último item da descrição. — Esta é a mulher que desejo. Algo um pouco inferior, é claro, poderei suportar, mas não muito. Já que devo ser tolo, devo sê-lo de fato, pois tenho pensado no assunto mais que a maioria dos homens.

8

A partir desse momento, o capitão Wentworth e Anne Elliot encontraram-se repetidamente no mesmo círculo. Em breve jantavam juntos em casa do sr. Musgrove, pois o estado de saúde do menino não mais podia fornecer à tia pretexto para se ausentar; e isso não foi senão o início de outros jantares e outros encontros.

Se os antigos sentimentos iam se renovar, isso tinha que ser posto à prova; tempos passados tinham que voltar à memória de ambos; não podiam deixar de ser revividos; era inevitável que ele mencionasse o ano de seu noivado, nos pequenos relatos e descrições que a conversa provocava. Sua profissão o qualificava, seu temperamento o induzia a falar; as referências a "*Isso* foi no ano seis", "*Isso* aconteceu antes de eu ir para o mar, no ano seis" se sucederam no decorrer da primeira tarde que passaram juntos; e embora sua voz não vacilasse, nem ela tivesse qualquer motivo para supor que seus olhos vagassem na direção dela enquanto falava, Anne sentiu que seria totalmente impossível, devido ao conhecimento que tinha da mente dele, que não fosse acossado pela recordação tanto quanto ela. Devia existir a mesma instantânea associação de ideias, embora ela nem de longe a concebesse como igualmente penosa para ele.

Nunca conversavam a sós, comunicavam-se apenas com a formalidade mínima exigida. Outrora representaram tanto um para o outro! Agora, nada! Houve uma época em que, apesar de haver tantas pessoas na sala de visitas de Uppercross, teriam achado difícil cessar de falar apenas um com o outro. Com exceção, talvez, do almirante e da srta. Croft, que pareciam particularmente unidos e felizes (Anne não podia admitir outra exceção, nem mesmo entre as outras pessoas casadas), não poderiam existir dois corações mais francos, gostos mais semelhantes, sentimentos tão em uníssono, fisionomias mais amadas. Agora eram como estranhos; ou, antes, pior que estranhos, pois nunca poderiam estabelecer relações. Era um perpétuo afastamento.

Quando ele falava, ela ouvia a mesma voz e percebia a mesma mente. Havia em todo o grupo uma ignorância geral a respeito de assuntos relativos à Marinha. Ele era muito interrogado, principalmente pelas srtas. Musgrove, que pareciam ter olhos apenas para ele, quanto à forma de vida a bordo, os regulamentos diários, alimentação, horário etc. E a surpresa que elas mostravam com suas explicações provocava nele uma prazenteira zombaria, que lembrava a Anne o tempo em que também ela não estava informada, e também fora censurada por imaginar que os marinheiros viviam a bordo sem comida, nem cozinheiro para prepará-la, nem empregado para servi-la, ou garfo e faca para usar.

Quando estava assim ouvindo e meditando, foi despertada por um sussurro partido da sra. Musgrove que, dominada por ternas mágoas, não pôde deixar de dizer:

— Ah, srta. Anne, se tivesse prezado aos Céus ter poupado meu pobre filho, ouso dizer que ele seria uma pessoa bem diferente hoje em dia.

Anne reprimiu um sorriso e escutou indulgentemente, enquanto a sra. Musgrove aliviava um pouco mais seu coração; e, por alguns minutos, não pôde acompanhar a conversa dos outros. Quando foi capaz de deixar sua atenção seguir o curso normal, viu que as srtas. Musgrove acabavam de trazer uma lista da Marinha (sua própria lista, a primeira a chegar a Uppercross) e sentavam-se juntas para examiná-la atentamente, com o intuito manifesto de descobrir os navios que o capitão Wentworth havia comandado.

— O primeiro foi o *Asp*, lembro-me. Procuremos o *Asp*.

— Não o encontrarão aí. Estava bem estragado e avariado. Fui o último a comandá-lo. Já então, quase inadequado ao trabalho. Constava no relatório que só serviria para serviço local por um ou dois anos... Então fui mandado para as Índias Ocidentais.

As jovens pareciam atônitas.

— O almirantado — continuou — se diverte de vez em quando em mandar algumas centenas de homens para o mar num navio que não serve para mais nada. Eles têm muitos navios para sustentar; e, entre os milhares que podem acabar afundando, é-lhes impossível distinguir.

— Ora, ora! — exclamou o almirante —, que tolices esses jovens falam! Nunca houve uma chalupa como o *Asp*, na sua época. Para uma chalupa de construção antiga, você não encontraria outra igual. Foi um rapaz de sorte por tê-la conseguido! Sabe que devia haver vinte homens melhores do que ele solicitando-a ao mesmo tempo. Rapaz de sorte por ter conseguido alguma coisa tão cedo, sem outra influência senão a sua própria.

— Reconheço a minha sorte, almirante, asseguro-lhe — replicou o capitão Wentworth com seriedade. — Não podia estar mais satisfeito com a minha designação. Meu grande objetivo, na época, era navegar. Um grande objetivo. Queria fazer alguma coisa.

— Não há dúvida de que fez. O que faria um jovem como você em terra durante seis meses seguidos? Se um homem não é casado, logo quer estar ao largo outra vez.

— Mas, capitão Wentworth — gritou Louisa —, como deve ter ficado irritado quando chegou ao *Asp* e viu que navio velho lhe tinham dado!

— Já sabia muito bem como era, antes da nomeação — disse, sorrindo. — Não tinha mais descobertas a fazer, como sucede em relação ao feitio de um velho capote que você se lembra de ter emprestado a quase metade de seus conhecidos e que, finalmente, num dia de muita chuva, é emprestado a você mesmo de novo. *Asp* era para mim como um velho e querido capote. Fazia tudo o que eu queria. Eu sabia que ele o faria. Sabia que ou iríamos juntos para o fundo, ou me traria sucesso; e nunca tive dois dias de borrasca durante todo o tempo em que estive ao largo. E, depois de bater suficientes corsários para tornar-se divertido, tive a sorte, de passagem por casa, no outono seguinte, de deparar exatamente com a fragata francesa que procurava. Trouxe-a para Plymouth; e, ali, vem um outro exemplo de sorte. Ainda não estávamos a seis horas no Golfo de Sound, quando veio um vendaval que durou quatro dias e quatro noites, e que teria destruído o pobre *Asp* em metade deste tempo!, e qualquer pedido de socorro à Grande Pátria não teria nos deixado em melhor situação. Mais 24 horas, e eu teria sido apenas um bravo capitão Wentworth, com seu nome impresso num pequeno parágrafo, num canto dos jornais; e tendo desaparecido numa chalupa, ninguém pensaria em mim.

Os sobressaltos de Anne ficaram guardados apenas para si mesma, mas as srtas. Musgrove podiam ser tão expansivas quanto sinceras em suas exclamações de compaixão e horror.

— Depois disso, suponho — disse a sra. Musgrove, em tom abafado, como se pensasse em voz alta —, foi para o *Laconia*, e lá encontrou nosso pobre menino... Charles, meu querido (chamando-o até ela), pergunte por favor ao capitão Wentworth onde se encontrou pela primeira vez com seu pobre irmão. Eu sempre me esqueço.

— Foi em Gibraltar, mamãe, eu sei. Dick fora deixado doente ali com uma recomendação de seu antigo comandante para o capitão Wentworth.

— Ah! Mas, Charles, diga ao capitão Wentworth que não precisa ter medo de mencionar o pobre Dick em minha presença, pois seria uma satisfação ouvir tão bom amigo falar dele.

Charles, bem mais a par das verdadeiras circunstâncias, fez um aceno de cabeça como resposta, e afastou-se.

As jovens agora procuravam o *Laconia*, e o capitão Wentworth não podia negar a si mesmo o prazer de pegar o precioso volume em suas próprias mãos para poupar-lhes o trabalho, e uma vez mais ler em voz alta o pequeno informe de seu nome, sua classe então não comissionada, e observar que este barco também fora um dos melhores amigos que tivera.

— Ah, belos dias aqueles do *Laconia*! Como ganhei dinheiro rápido nele! Um amigo e eu fizemos um adorável cruzeiro pelas Ilhas Ocidentais. Pobre Harville! Você sabe, minha irmã, como ele precisava de dinheiro, mais do que eu, pois era casado. Um sujeito excelente! Nunca esquecerei sua ternura pela esposa. Fazia tudo por ela. Gostaria de tê-lo de novo no navio no verão seguinte, quando tive a mesma sorte, no Mediterrâneo.

— E tenho certeza, Sir — observou a sra. Musgrove —, que foi um dia de sorte para *nós* quando foi designado comandante deste navio. *Nós* nunca nos esqueceremos do que fez.

A emoção obrigava-a a falar baixo; e o capitão Wentworth, ouvindo apenas o final da frase, e provavelmente sem ter Dick Musgrove presente em seus pensamentos, pareceu estar na expectativa, como se esperasse mais alguma coisa.

— Mamãe — sussurrou uma das jovens — está pensando no pobre Richard.

— Pobre rapaz! — continuou a sra. Musgrove. — Tornara-se tão ajuizado e tão bom correspondente quando sob a sua guarda! Ah! Teria sido uma felicidade se ele nunca o tivesse deixado. Asseguro-lhe, capitão Wentworth, que lamentamos muito que ele tenha se afastado do senhor.

Uma rápida expressão no rosto do capitão Wentworth ao ouvir isso, um lampejo em seus olhos e um crispar de seus lábios convenceram Anne de que, em vez de partilhar dos bondosos desejos da sra. Musgrove quanto ao filho, provavelmente esforçara-se para se livrar dele. Fora, no entanto, uma indulgência num sorriso passageira demais para ser notada por qualquer pessoa que não o conhecesse tão bem quanto ela. No momento seguinte, estava inteiramente tranquilo e sério. Quase imediatamente depois, dirigindo-se ao sofá onde ela e a sra. Musgrove estavam sentadas, tomou lugar junto desta e encetou uma conversa com ela em voz baixa sobre seu filho, fazendo-o com a graça natural e a solidariedade que mostravam a mais bondosa consideração por tudo que havia de real e não risível nos sentimentos maternos.

Estavam, com efeito, no mesmo sofá, pois a sra. Musgrove prontamente lhe dera lugar. Apenas ela os separava. Uma barreira deveras apreciável. A sra. Musgrove tinha um corpo consideravelmente substancioso, infinitamente mais apropriado por sua natureza a expressar bom ânimo e humor do que a ternura e o sentimento; e enquanto o tumulto do corpo esguio de Anne e seu rosto pensativo podiam-se considerar muito bem escondidos por esta barreira humana, algum crédito podia-se conceder ao capitão Wentworth pelo seu autocontrole na forma com que atendia aos amplos e gordos suspiros que dava pelo destino de um filho com quem, em vida, ninguém se importara.

O tamanho físico e a tristeza moral não têm com certeza qualquer proporção entre si. Uma forma ampla e volumosa tem tanto direito a estar profundamente aflita quanto o corpo mais gracioso do mundo. Mas, certo ou errado, há conjunções impróprias que a razão tentará inutilmente defender — pois o gosto não pode tolerar — e das quais o ridículo se apoderará.

O almirante, depois de dar duas ou três revigorantes passadas pela sala com as mãos às costas, intimado pela esposa à ordem, dirigiu-se agora ao capitão Wentworth, e sem se importar com o que poderia estar interrompendo, pensando apenas em seus próprios pensamentos, começou:

— Se tivesse estado mais uma semana em Lisboa, na primavera passada, Frederick, ter-lhe-iam pedido que transportasse Lady Mary Grierson e suas filhas.

— Verdade? Fico feliz por não me ter demorado mais uma semana, então.

O almirante censurou-o por sua falta de gentileza. Ele se defendeu, embora reconhecendo que nunca admitiria de bom grado uma senhora a bordo de seu navio, exceto para um baile, ou uma visita, no decorrer de algumas horas.

— Mas, ao que eu saiba, isso não parte de uma falta de gentileza para com elas. É, muito ao contrário, devido à certeza de saber que é impossível, apesar de todos os esforços e sacrifícios, oferecer acomodações condignas a bordo como as mulheres merecem. Não pode ser falta de cavalheirismo, almirante, considerar *importantes* os direitos das mulheres ao conforto pessoal... e é isto o que eu faço. Detesto ouvir falar de mulheres a bordo, ou vê-las lá. E nenhum navio sob meu comando jamais transportará um grupo de senhoras a lugar algum, se eu puder impedi-lo.

Isto provocou sua irmã:

— Ah, Frederick! Não posso crê-lo. Tudo isso não passa de uma vã polidez! As mulheres podem ter tanto conforto a bordo como na melhor casa da Inglaterra. Creio, como a maioria das mulheres que estiveram a bordo, que não haja nada que se compare aos alojamentos de um navio de guerra. Asseguro-lhes que não tenho comodidade ou luxo, mesmo em Kellynch Hall (com uma dedicada mesura a Anne), além dos que tive nos navios em que vivi. E foram cinco, ao todo.

— Isso não vem ao caso — respondeu o irmão. — Estava vivendo com seu marido; e era a única mulher a bordo.

— Mas você mesmo levou a sra. Harville, a irmã, a prima e três filhos, de Portsmouth a Plymouth. Onde estava este seu excesso de delicadeza e extraordinário cavalheirismo então?

— Tudo se diluiu em minha amizade, Sophia. Ajudaria a esposa de qualquer companheiro oficial que pudesse, e traria qualquer coisa de Harville do fim do mundo, se ele o desejasse. Mas não pense que não o considerei um mal.

— Podem estar certos de que elas usufruíram do mais perfeito conforto.

— Isso não me fez mudar de opinião. Tantas mulheres e crianças não podem conseguir comodidade a bordo.

— Meu caro Frederick, você está dizendo coisas sem sentido. Por favor, diga-me, o que seria de nós, pobres mulheres de oficiais de Marinha, que muitas vezes queremos ser transportadas de um porto a outro, a fim de encontrar nossos maridos, se todos tivessem a mesma opinião que você?

— Minha opinião, como vê, não impediu que eu levasse a sra. Harville e toda a sua família a Plymouth.

— Mas detesto ouvi-lo falar assim, como um cavalheiro refinado, como se as mulheres fossem todas senhoras delicadas, em vez de criaturas racionais. Nenhuma de nós espera navegar em águas tranquilas a vida inteira.

— Ah, minha querida — observou o almirante —, quando ele tiver uma esposa, mudará de opinião. Quando se casar, se tivermos a sorte de viver outra guerra, vê-lo-emos fazer o mesmo que eu e você, e muitos outros, fizemos. Ficará muito grato a quem quer que lhe leve a esposa.

— Ah, isso veremos.

— Bem, agora basta! — exclamou o capitão Wentworth. — Quando as pessoas casadas começam a me atacar com: "Ah, você vai pensar de modo muito diferente quando se casar", eu posso lhes responder: "Não, não pensarei", e então tornam a dizer: "Sim, pensará", e fica por isso mesmo.

Levantou-se e se afastou.

— Como a senhora deve ter viajado, madame — disse a sra. Musgrove à sra. Croft.

— Bastante, madame, nos meus 15 anos de casada, embora muitas mulheres tenham viajado mais. Atravessei o Atlântico quatro vezes.

Estive nas Índias Orientais. E só uma vez, além de vários lugares perto daqui, em Cork, Lisboa e Gibraltar. Mas nunca fui além dos Streights... e nunca estive nas Índias Ocidentais. Não chamamos nem as Bermudas nem as Bahamas, sabe, de Índias Ocidentais.

A sra. Musgrove nada tinha a afirmar em contrário; não podia se censurar por tê-las chamado do que quer que fosse, em toda a sua vida.

— E asseguro-lhe, madame — prosseguiu a sra. Croft —, que nada se compara às acomodações de um navio de guerra. Bem, é claro que falo dos navios de melhor categoria. Naturalmente, no caso de uma fragata, fica-se mais limitada, embora qualquer mulher sensata possa viver perfeitamente bem numa delas. Posso dizer, sem medo de errar, que passei a melhor parte da minha vida a bordo de um navio. Enquanto estávamos juntos, sabe, nada havia a temer. Graças a Deus! Sempre fui dotada de excelente saúde e me dou bem em qualquer clima. Sempre uma ligeira indisposição nas primeiras 24 horas de mar, mas nunca senti o menor enjoo, depois. A única época em que realmente sofri de corpo e alma, a única época em que supus estar doente, ou tive quaisquer ideias de perigo, foi no inverno que passei sozinha em Deal, quando o almirante (*capitão* Croft, na época) se achava nos Mares do Norte. Vivia em perpétuo temor nesta ocasião, e sentia todo tipo de doenças imaginárias, por não saber o que fazer ou quando voltaria a ter notícias dele. Mas desde que pudemos ficar juntos, nada mais me afligiu, e nunca mais tive o menor transtorno.

— Ah, sem dúvida. Sim, de fato, ah, sim! Sou da mesma opinião que a senhora, sra. Croft — foi a calorosa resposta da sra. Musgrove. — Não há nada pior que uma separação. Sou da mesma opinião. *Eu* sei o que é isso, pois o sr. Musgrove sempre assiste às sessões do tribunal, e fico tão contente quando acabam e ele volta são e salvo.

A noite terminou em dança. Quando isto foi proposto, Anne ofereceu seus préstimos, como de hábito, e embora seus olhos às vezes se enchessem de lágrimas enquanto estava sentada diante do instrumento, sentia-se extremamente feliz por ser útil, e em troca apenas desejava passar despercebida.

Foi uma festa alegre e divertida, e ninguém parecia mais animado que o capitão Wentworth. Anne percebia que ele se sentia lisonjeado com a atenção e a deferência geral — principalmente de todas as mulheres jovens. As srtas. Hayter, as já mencionadas primas da família Musgrove, aparentemente foram honradas com o privilégio de estarem apaixonadas por ele; quanto a Henrietta e Louisa, ambas mostravam--se totalmente obcecadas por ele, e não fosse a constante aparência do mais completo entendimento, não seria inviável pensar que poderiam ser rivais declaradas. E quem poderia se admirar se ele já não se achava um pouco afetado por este ambiente generalizado de viva admiração?

Esses eram alguns dos pensamentos que ocupavam a mente de Anne enquanto seus dedos se moviam maquinalmente, por meia hora, sem erro e sem consciência. *Uma vez* sentiu que ele olhava para ela — observando seus traços alterados, talvez, tentando descobrir neles a ruína do rosto que outrora o encantara; e *uma vez* percebeu que ele devia ter-se referido a ela. Mal o notou até ouvir a resposta. Teve então a certeza de que ele perguntara a seu par se a srta. Elliot nunca dançava. A resposta foi: "Ah, não, nunca; ela positivamente renunciou à dança. Prefere tocar. Nunca se cansa de tocar." Uma vez também lhe dirigiu a palavra. Afastara-se do piano ao final de uma dança, e ele se sentara para tentar executar uma ária para as srtas. Musgrove. Ela involuntariamente voltou para aquela parte da sala; ele a viu e, levantando-se imediatamente, disse, com estudada polidez:

— Peço-lhe perdão, madame, este é o seu lugar — embora ela recuasse de imediato com uma decidida negativa, ele não se deixou persuadir a sentar-se de novo.

Anne não desejava outros olhares e palavras semelhantes a esses. Sua fria polidez, sua cerimoniosa gentileza, eram piores que tudo o mais.

9

O capitão Wentworth instalou-se em Kellynch como se esta fosse sua própria casa, disposto a permanecer por quanto tempo desejasse. Era sempre objeto da bondade fraternal do almirante e sua mulher. Sua intenção, ao chegar, era de em breve prosseguir viagem para Shropshire e visitar o irmão estabelecido naquele condado, mas os atrativos de Uppercross o induziram a adiar a viagem. Havia tanta amizade e lisonja, tanta coisa fascinante na recepção que ali teve, os mais velhos eram tão hospitaleiros, as jovens tão agradáveis, que decidiu permanecer onde estava e adiar a verificação dos encantos e perfeições da mulher de Edward.

Passou a frequentar Uppercross quase diariamente. Os Musgroves não poderiam ser mais solícitos em convidá-lo do que ele em vir, principalmente pela manhã, quando não tinha companhia em casa, pois o almirante e a sra. Croft geralmente saíam juntos, levados pelo interesse por sua nova propriedade, pastos, carneiros, e passeando de uma forma que não comportava uma terceira pessoa, a pé ou de cabriolé — recentemente acrescentado às suas posses.

Até então só houvera uma opinião a respeito do capitão Wentworth entre os Musgroves e seus familiares. Era uma constante e viva admiração por toda parte. Mas tal intimidade mal se estabelecera quando Charles Hayter voltou para a companhia deles, ficando bastante perturbado, e considerando o capitão Wentworth bastante incômodo.

Charles Hayter era o primo mais velho de todos. Jovem muito amável e simpático, entre ele e Henrietta existira uma considerável aparência de afeto, antes do aparecimento do capitão Wentworth. Estava se ordenando e, tendo um curato nas redondezas, em que não se exigia permanência, morava em casa do pai, a apenas duas milhas de Uppercross. Breve ausência de casa deixara a namorada sem sua proteção neste período crítico e, quando voltou, teve o desgosto de encontrá-la com hábitos muito modificados pela presença do capitão Wentworth.

A sra. Musgrove e a sra. Hayter eram irmãs. Ambas tiveram dinheiro, mas seus casamentos as levaram a uma substancial diferença de nível em sua posição social. O sr. Hayter possuía algumas propriedades particulares, mas eram insignificantes comparadas às do sr. Musgrove, e enquanto os Musgroves pertenciam à primeira camada da sociedade da região, as jovens Hayters não pertenceriam a classe nenhuma, devido ao modo de vida inferior, reservado e pouco refinado dos pais, e às deficiências de sua própria educação, não fosse o parentesco com Uppercross. O filho mais velho era sem dúvida uma exceção, pois decidira tornar-se erudito e um cavalheiro: era muito superior em cultura e maneiras a todos os demais.

As duas famílias sempre haviam mantido excelentes relações, sem orgulho de uma parte nem inveja da outra, somente uma certa consciência de superioridade nas srtas. Musgrove, que as tornara contentes por poderem melhorar os primos. As atenções de Charles para com Henrietta foram observadas pelo pai e pela mãe sem qualquer reprovação. "Não seria um grande partido para ela, mas se Henrietta gostava dele... e Henrietta *parecia* gostar dele."

Henrietta estava convencida disso, antes da chegada do capitão Wentworth, mas desde essa época o primo Charles fora praticamente esquecido.

Qual das duas irmãs o capitão Wentworth preferia, ainda era bastante duvidoso, até onde chegava a percepção de Anne. Henrietta talvez fosse a mais bonita, Louisa era a mais alegre; e ela não sabia, *agora*, se o caráter mais vivo ou o mais tranquilo tinha maior possibilidade de atraí-lo.

O sr. e a sra. Musgrove, seja por sua pouca observação, seja por uma inteira confiança no discernimento de suas filhas e de todos os jovens que delas se aproximavam, pareciam deixar tudo seguir seu próprio curso. Não havia o menor indício de ansiedade ou comentários sobre elas na Casa-Grande — mas no Chalé era diferente. O jovem casal estava mais inclinado a fazer especulações e indagações. O capitão

Wentworth não estivera mais que quatro ou cinco vezes em companhia das srtas. Musgrove, mal Charles Hayter acabara de reaparecer, e já Anne ouvia as opiniões do cunhado e da irmã sobre *qual* delas era a preferida. Charles apostava em Louisa, Mary em Henrietta, mas ambos estavam plenamente de acordo que seria extremamente encantador seu casamento com qualquer das duas.

Charles nunca vira homem mais agradável em toda a sua vida e, pelo que ouvira o próprio capitão Wentworth dizer, tinha certeza de que ganhara não menos que vinte mil libras durante a guerra. Ali estava uma rápida fortuna, além do que, ainda havia outras oportunidades, caso surgisse nova guerra. E estava certo de que o capitão Wentworth tinha tanta probabilidade de enriquecer quanto qualquer outro oficial de Marinha. Ah! seria um excelente partido para qualquer de suas irmãs.

— Palavra que seria — respondeu Mary. — Meu Deus! Se ele ascendesse a alguma honraria importante! Se ele se tornasse baronete! "Lady Wentworth" soa muito bem. Isso seria algo nobre, sem dúvida, para Henrietta! Então tomaria meu lugar, mas isso não a desagradaria. Sr. Frederick e Lady Wentworth! Mas isso não passa de uma de suas invenções, e eu nunca confio muito nelas.

Mary preferia julgar Henrietta a escolhida, precisamente por causa de Charles Hayter, cujas pretensões desejava ver afastadas. Decididamente olhava com desprezo os Hayters, e considerava um infortúnio ver a relação entre as duas famílias reatada — muito triste para ela e seus filhos.

— Sabe — disse ela —, não consigo achá-lo um partido adequado para Henrietta, e levando em conta as alianças que os Musgroves têm feito, ela não tem o direito de desperdiçar-se. Não creio que uma jovem tenha o direito de fazer uma escolha que possa ser desagradável e inconveniente para a parte *mais importante* da família, e de estabelecer más relações para aqueles que não estão acostumados a isso. Por favor, digam-me quem é Charles Hayter? Nada além de um cura do campo. Um partido bastante inconveniente para a srta. Musgrove de Uppercross.

O marido, contudo, discordava dela neste particular; pois, além de estimar o primo, Charles Hayter era o primogênito, e ele próprio via as coisas como tal.

— Agora você está dizendo tolices, Mary — replicou ele. — Não seria um *grande* partido para Henrietta, mas Charles tem ótimas perspectivas, através dos Spicers, de obter alguma coisa do bispo, dentro de um ou dois anos; e lembre-se, por favor, que ele é o primogênito; assim que meu tio morrer, entra na posse de uma bela herdade. A propriedade de Winthrop não tem menos de 250 acres, além da fazenda perto de Taunton, uma das melhores terras da região. Admito que qualquer um deles, com exceção de Charles, seria um partido muito indesejável para Henrietta, e de fato impossível. Ele é o único desejável. Tem boa índole e é um bom sujeito, e logo que Winthrop chegar a suas mãos, fará dela algo diferente do que é hoje, e viverá de forma muito diversa. E, com esta propriedade, nunca será um homem desprezível. Boa propriedade alodial. Não, não; Henrietta não poderia fazer melhor escolha que Charles Hayter. E se ela o tiver, e Louisa puder conseguir o capitão Wentworth, me darei por muito satisfeito.

— Charles pode dizer o que quiser — exclamou Mary para Anne, assim que ele saiu da sala —, mas seria revoltante ver Henrietta casada com Charles Hayter. Uma coisa muito ruim para *ela* e ainda pior para *mim*! Portanto, seria muito bom se o capitão Wentworth o tirasse da cabeça dela e não duvido de que já o tenha feito. Ela quase não prestou atenção em Charles Hayter ontem. Gostaria que você estivesse lá para ver o comportamento dela. E quanto ao capitão Wentworth gostar tanto de Louisa quanto de Henrietta, isso não faz sentido; pois certamente gosta *muito mais* de Henrietta. Mas Charles *é* tão categórico! Gostaria que você estivesse conosco ontem, pois assim veria com quem está a razão; e tenho certeza de que seria da mesma opinião que eu, a menos que estivesse decidida a se opor a mim.

Um jantar em casa do sr. Musgrove fora a ocasião em que Anne poderia ter observado tudo isso, mas permanecera em casa, sob a alegação de uma dor de cabeça, e também uma recaída do pequeno Charles. Pensara apenas em evitar o capitão Wentworth, mas o fato de não poder ser tomada como árbitro da divergência somou-se às vantagens de uma noite tranquila.

Quanto aos planos do capitão Wentworth, julgava mais importante que ele conhecesse sua própria opinião o mais cedo possível para não ameaçar a felicidade de qualquer das irmãs, nem desacreditar sua própria honra, no momento em que preferisse Henrietta a Louisa, ou Louisa a Henrietta. Ambas seriam, com toda probabilidade, esposas afetuosas e bem-dispostas. Com respeito a Charles Hayter, Anne era sensível a qualquer leviandade de conduta numa jovem bem-intencionada, e tinha coração para simpatizar com os sofrimentos que ocasionasse. Mas se Henrietta viesse a se enganar com a natureza de seus sentimentos, a mudança não seria logo compreendida.

Charles Hayter encontrara muito o que inquietá-lo e afligi-lo no comportamento da prima. Tinha uma afeição já bastante antiga por ele para estar tão esquiva agora, a ponto de dois encontros destruírem toda esperança passada, e não lhe deixarem outra saída senão ficar afastado de Uppercross. Mas a transformação foi tamanha que se tornou alarmante, em se tratando do capitão Wentworth ser a possível causa. Só estivera ausente dois domingos; e quando se despedira, ela estava interessada nos seus menores projetos, na perspectiva de logo abandonar o atual curato, obtendo outro em Uppercross. Parecera-lhe que o objetivo que ela mais almejava fosse que o dr. Shirley, o prior — que por mais de quarenta anos desempenhara zelosamente suas funções, mas que agora estava muito debilitado para muitas delas —, se decidisse a contratar um cura, que tornasse seu curato o melhor possível e o prometesse a Charles. A vantagem de ele ficar só em Uppercross, em vez de estar a seis milhas de distância — de, sob todos os aspectos, ficar ligado ao querido dr. Shirley, e o querido e bom dr. Shirley ser desobrigado da função que já não podia cumprir sem a mais prejudicial fadiga —, representara muito, mesmo para Louisa, mas fora tudo para Henrietta.

Quando voltou, o entusiasmo por seus interesses passara, Louisa não podia prestar atenção ao seu relato sobre uma conversa que acabara de manter com o dr. Shirley, pois estava à janela, procurando com os olhos o capitão Wentworth lá fora, e mesmo Henrietta, quando muito, lhe prestava apenas uma atenção dispersa, e parecia haver esquecido toda a ansiedade e interesse anteriores pela negociação.

— Bem, estou de fato muito satisfeita, mas sempre achei que você o conseguiria; sempre o achei seguro. Nunca me pareceu que... Enfim, sabe, o dr. Shirley *precisa* de um cura, e você tinha conseguido a promessa dele. Ele está chegando, Louisa?

Certa manhã, logo depois de um almoço em casa dos Musgroves a que Anne não estivera presente, o capitão Wentworth entrou na sala de estar no Chalé, onde se encontravam apenas ela e o pequeno Charles doente, deitado no sofá.

A surpresa de se ver quase a sós com Anne Elliot tirou-o de sua habitual serenidade. Sobressaltou-se e só conseguiu dizer:

— Pensei que as srtas. Musgrove estivessem aqui... A sra. Musgrove me disse que as encontraria aqui. — Caminhou até a janela para se refazer e pensar como deveria agir.

— Elas estão lá em cima com minha irmã. Provavelmente descerão dentro de alguns instantes — fora a resposta de Anne, em meio a todo o seu natural embaraço; e se o sobrinho não lhe houvesse pedido algo, teria saído da sala no mesmo instante, aliviando tanto a ele quanto a si mesma.

Ele continuou à janela, e em seguida disse calma e polidamente:

— Espero que o menino esteja melhor. — Depois ficou em silêncio.

Anne se viu obrigada a ajoelhar perto do sofá e ali ficou para satisfazer o paciente. Assim permaneceram por alguns minutos quando, para sua grande alegria, ouviu outra pessoa atravessar o pequeno vestíbulo. Desejava, ao voltar a cabeça, avistar o dono da casa; mas na realidade surgiu alguém bem menos capaz de solucionar as coisas: Charles Hayter, provavelmente tão contrariado por encontrar o capitão Wentworth quanto este ficara ao deparar com Anne.

Ela apenas conseguiu dizer:

— Como vai? Não quer se sentar? Os outros estarão aqui dentro em pouco.

O capitão Wentworth, entretanto, se afastou da janela, aparentemente disposto a conversar. Charles Hayter, porém, logo pôs fim às tentativas, sentando-se perto da mesa e pegando um jornal. O capitão Wentworth voltou à janela.

Dentro de um minuto apareceu mais alguém, o menino mais novo, uma criança resoluta e irrequieta de dois anos que, encontrando a porta aberta, surgiu decididamente. Encaminhou-se direto ao sofá para ver o que acontecia e reivindicar seus direitos sobre tudo de bom que estivesse sendo distribuído.

Nada havendo de comer, só podia arranjar uma brincadeira; e como sua tia não permitiria que implicasse com o irmão adoentado, agarrou-se a ela de tal forma que, ajoelhada e ocupada como estava com Charles, não conseguiu se desembaraçar dele. Falou com o sobrinho — ordenou, suplicou e insistiu em vão, inutilmente; uma vez conseguiu empurrá-lo, mas o menino teve o maior prazer em tornar a subir em suas costas em seguida.

— Walter, desça imediatamente. Você está sendo profundamente importuno. Estou muito zangada com você.

— Walter — gritou Charles Hayter —, por que não obedece ao que se manda? Não está ouvindo sua tia falar? Venha cá, Walter, venha até o primo Charles.

Walter, porém, nem se moveu.

No momento seguinte, contudo, percebeu que alguém a libertava dele. Alguém o tirava dali, embora ele tivesse curvado tanto sua cabeça para baixo, e suas decididas mãozinhas foram desprendidas de seu pescoço, sendo resolutamente arrastado dali, antes que ela soubesse que se tratava do capitão Wentworth.

Suas sensações, ao fazer a descoberta, deixaram-na completamente sem voz. Nem mesmo conseguia agradecer-lhe. Só pôde se debruçar sobre o pequeno Charles com os sentimentos perturbados. Sua gentileza em vir socorrê-la, a maneira, o silêncio em que tudo se passara, os pequenos pormenores do incidente, a convicção a que foi forçada a chegar de que o barulho que fazia intencionalmente com a criança era para evitar ouvir seus agradecimentos, pois falar-lhe era o último de seus desejos, trouxeram-lhe uma confusão de emoções várias mas dolorosas de que não pôde se recuperar até a entrada de Mary e das srtas. Musgrove, quando pôde deixar o doente aos seus cuidados e sair da sala.

Não podia ficar. Seria uma oportunidade para observar os sentimentos e ciúmes dos quatro que se encontravam agora reunidos, mas não tinha ânimo para tal. Era evidente que Charles Hayter não sentia muita simpatia pelo capitão Wentworth. Tinha a forte impressão de tê-lo ouvido dizer, num tom de voz muito irritado, depois da interferência do capitão Wentworth:

—Você devia ter me obedecido, Walter! Mandei que não incomodasse sua tia — e pôde compreender seu pesar pelo fato de o capitão Wentworth ter feito aquilo que lhe cabia fazer. Mas, nem os sentimentos de Charles Hayter nem os de qualquer outra pessoa poderiam interessá-la, até poder organizar os dela própria um pouco melhor. Envergonhava-se de si mesma, inteiramente irritada por ser tão nervosa, por se deixar dominar por tal ninharia; mas assim era, e precisava de longo esforço de isolamento e reflexão para se recuperar.

10

Outras oportunidades para fazer suas observações não deixariam de aparecer. Anne esteve o bastante em companhia dos quatro para ter uma opinião formada, embora fosse por demais sensata para não revelá-la em casa, onde sabia que não agradaria nem ao marido nem à esposa. Pois embora esta pensasse que Louisa era a favorita, ela não podia deixar de pensar, tanto quanto ousava julgar pela sua memória e experiência, que o capitão Wentworth não estava apaixonado por nenhuma delas. Elas, sim, estavam apaixonadas por ele, embora não fosse amor. Era uma pequena febre de admiração; mas poderia e provavelmente terminaria em amor da parte de uma delas. Charles Hayter parecia consciente de estar sendo desprezado, apesar de Henrietta parecer às vezes indecisa entre os dois. Anne ansiava por poder mostrar-lhes a todas o perigo que corriam, e de apontar-lhes os males a que estavam se expondo. Não atribuía falsidade a nenhum deles. Era com a maior satisfação que acreditava que o capitão Wentworth não tinha a menor consciência do sofrimento que causava. Não havia triunfo, nenhum triunfo mesquinho em sua atitude. Provavelmente nunca ouvira falar nem pensara em quaisquer direitos de Charles Hayter. Errara apenas em aceitar as atenções (pois aceitar devia ser o termo) das duas jovens ao mesmo tempo.

Depois de breve conflito, entretanto, Charles Hayter pareceu abandonar o campo. Três dias se passaram sem que viesse uma única vez a Uppercross. Uma indiscutível mudança. Recusara até o habitual convite para jantar. E, tendo sido encontrado na ocasião pelo sr. Musgrove com alguns livros enormes à sua frente, o sr. e sra. Musgrove tiveram a certeza de que nem tudo andava bem, e disseram, com grande seriedade, que assim ia se matar de tanto estudar. Mary tinha a esperança e acreditava que ele recebera uma recusa definitiva de Henrietta, e seu marido vivia na expectativa de vê-lo no dia seguinte. Anne não pôde deixar de pensar na sensatez de Charles Hayter.

Certa manhã, por essa época, Charles Musgrove e o capitão Wentworth haviam saído para caçar, e as irmãs trabalhavam sossegadamente no Chalé, quando surgiram à janela as irmãs da Casa-Grande.

Era um lindo dia de novembro, e as srtas. Musgrove vieram pelos jardins e se detiveram com o único objetivo de informar que iam fazer um *longo* passeio e por esse motivo concluíram que Mary não gostaria de ir com elas. Mary respondeu imediatamente com certo ressentimento, somente por não a acharem capaz de andar muito:

— Ah, sim, gostaria de me reunir a vocês; adoro longos passeios. — Anne se convenceu, pelos olhares das duas jovens, de que era exatamente isso o que elas não queriam. Assim, tornou a admirar a espécie de necessidade que os hábitos de família pareciam impor, de tudo comunicarem uns aos outros, e de tudo realizarem em comum, por mais indesejável e inconveniente que isso lhes parecesse. Tentou dissuadir Mary de ir, mas em vão. Assim sendo, achou melhor aceitar o convite cordial das srtas. Musgrove para ir também, já que poderia ser útil ao voltar com a irmã e diminuir a interferência em quaisquer de seus planos.

— Não sei por que supõem que eu não gostaria de fazer um longo passeio! — disse Mary, subindo as escadas. — Todos vivem imaginando que não ando muito. E, contudo, não ficariam satisfeitas se tivéssemos recusado o convite. Quando as pessoas se aproximam com o fito de nos convidar, como é possível recusar o convite?

Exatamente quando partiam, os homens voltavam. Haviam levado um cão novo que lhes arruinara a caça e os obrigara a voltar mais cedo. Sua energia, estado de espírito e tempo disponível eram, por isso, justamente condizentes com o passeio — e uniram-se de bom grado ao grupo. Se Anne houvesse previsto isso, teria permanecido em casa. Mas devido a seus sentimentos de interesse e curiosidade, julgou que agora era tarde demais para retroceder, e os seis se puseram a caminho no rumo escolhido pelas srtas. Musgrove, que evidentemente se consideravam as guias da caminhada.

O intuito de Anne era de não atrapalhar ninguém, e quando as trilhas estreitas através dos campos tornavam necessárias algumas separações, mantinha-se perto do cunhado e da irmã. Seu *prazer* no passeio advinha do exercício e do dia, de ver os últimos sorrisos do ano nas folhas amareladas e nas sebes emurchecidas, e de repetir para si mesma algumas das milhares de descrições poéticas relativas ao outono, esta estação de inesgotável influência sobre as mentes de gosto e sensibilidade, esta estação que despertou alguma descrição ou versos de todo o poeta digno de ser lido. Ocupava o mais possível o pensamento com esses devaneios e citações — mas era impossível, tão perto do capitão Wentworth e das srtas. Musgrove, evitar ouvi-los; todavia, pouco captou de importância. Não passava de animada tagarelice, semelhante à que ocuparia quaisquer jovens num passeio em intimidade. Demonstrava mais atenções a Louisa que a Henrietta. Louisa, sem dúvida, esforçava-se mais do que a irmã para chamar sua atenção. Esta diferença pareceu aumentar, e uma frase de Louisa surpreendeu-a. Depois de um dos muitos louvores ao dia, que prorrompiam constantemente, o capitão Wentworth acrescentou:

— Que tempo magnífico para o almirante e minha irmã! Eles pretendiam fazer um longo passeio de carruagem esta manhã. Talvez possamos gritar por eles de algumas dessas colinas. Falaram em vir passear por esta região. Pergunto-me onde vão capotar hoje. Ah, isso acontece com muita frequência, garanto-lhes, mas minha irmã não se importa. Para ela tanto faz ser atirada para fora da carruagem ou não.

— Ah, você exagera, eu sei! — exclamou Louisa. — Mas mesmo que isso fosse verdade, eu faria exatamente o mesmo no lugar dela. Se eu amasse um homem como ela ama o almirante, estaria sempre ao lado dele, e nada no mundo nos separaria... e ia preferir capotar na carruagem com ele do que ser conduzida a salvo por qualquer outra pessoa.

Isso foi dito com entusiasmo.

— Verdade? — exclamou ele, no mesmo tom. — Admiro-a por isso! — E fez-se silêncio entre eles durante algum tempo.

Anne não conseguiu encontrar imediatamente outra citação. As suaves cenas de outono foram por um momento esquecidas — a não ser que algum delicado soneto, repleto de analogia adequada ao ano que termina e à felicidade em declínio, e as imagens da juventude, esperança e primavera desaparecidos, lhe abençoasse a memória. Animou-se a dizer, ao entrarem em fila, numa outra alameda:

— Este não é um dos caminhos para Winthrop? — Mas ninguém a ouviu, ou, pelo menos, ninguém lhe respondeu.

Entretanto, Winthrop, ou seus arredores, era seu destino. Pois era de costume jovens passearem perto da casa. Depois de outra meia milha de suave subida através de amplos cercados, onde os arados em atividade e as trilhas recém-abertas lembravam o agricultor, se opondo às doçuras do desalento poético, desejando voltar à primavera, chegaram ao cimo da colina mais alta, que dividia Uppercross de Winthrop. Logo obtiveram uma visão geral desta, ao pé da colina, do lado oposto.

Winthrop, sem beleza nem majestade, estendia-se diante deles; uma casa neutra, no terreno baixo, e apertada entre os celeiros e construções da fazenda. Mary exclamou:

— Meu Deus! Aqui é Winthrop! Asseguro-lhes que nunca poderia ter imaginado! Bem, acho melhor voltarmos; estou demasiado cansada.

Henrietta, consciente e envergonhada, sem avistar, como habitualmente, o primo Charles caminhando por alguma trilha ou encostado em algum portão, estava disposta a fazer o que Mary queria. Mas Charles Musgrove disse: "Não", e Louisa gritou mais ansiosa: "Não, não" — e, puxando de lado a irmã, pareceu discutir acaloradamente o assunto com ela.

Entrementes, Charles anunciava claramente seu propósito de visitar a tia, agora que estavam tão perto, e embora de modo tímido, tentava induzir a mulher a acompanhá-lo. Mas este era um dos pontos em que ela mostrava sua tenacidade, e quando ele acentuou a vantagem de descansar um quarto de hora em Winthrop, já que se sentia tão cansada, respondeu resoluta:

— Ah, não! Daria no mesmo! Para ela seria o mesmo subir de novo aquele morro ou permanecer sentada. — Enfim, seu olhar e suas maneiras demonstravam que não iria.

Depois de uma série de discussões e deliberações desse tipo, ficou estabelecido entre Charles e as duas irmãs que ele e Henrietta iriam descer por alguns instantes para ver a tia e os primos, enquanto o restante do grupo esperaria no alto do morro. Louisa parecia a principal organizadora do plano; e enquanto ela os acompanhava por um pequeno trecho do caminho em declive, ainda conversando com Henrietta, Mary aproveitou a oportunidade para olhar desdenhosamente à sua volta e dizer ao capitão Wentworth:

— É muito desagradável ter relações de tal ordem, mas asseguro-lhe que nunca estive naquela casa mais de duas vezes, em toda a minha vida!

Não recebeu qualquer resposta além de um sorriso artificial de anuência, acompanhado por um olhar de indiferença, ao voltar-se, cujo significado Anne percebeu perfeitamente.

O cimo do morro, onde permaneceram, era um ponto alegre. Louisa voltou, e Mary, encontrando um lugar confortável no degrau de uma escada, esteve muito satisfeita enquanto todos permaneceram à sua volta. Mas quando Louisa afastou-se com o capitão Wentworth para colher nozes numa sebe próxima e pouco a pouco saíram do alcance da vista e da voz, Mary perdeu toda a alegria. Queixou-se do assento que arranjara — tinha certeza de que Louisa encontrara outro muito melhor adiante — e nada a impediria de ir também procurar outro melhor. Saiu pelo mesmo portão, mas não conseguiu avistá-los. Anne achou um bom lugar para se sentar, num banco seco e ensolarado, sob a sebe, perto da qual não duvidava que eles estavam — em algum ponto. Mary se sentou por um momento, mas não ficou satisfeita; tinha certeza de que Louisa encontrara um lugar melhor, mais adiante, e continuou caminhando até alcançá-la.

Anne, ela própria realmente cansada, ficou satisfeita de sentar-se; e logo ouviu o capitão Wentworth e Louisa perto da sebe, às suas costas, como se estivessem retornando pela espécie de canal agreste e selvagem, até o centro. Conversavam ao se aproximarem.

Primeiro conseguiu distinguir a voz de Louisa. Parecia estar no meio de uma frase exaltada. O que Anne ouviu primeiro foi:

— Assim, quase a obriguei a ir. Não podia admitir que estivesse com medo da visita por causa de tamanha tolice. Como me fariam desistir de uma coisa que já resolvera fazer, e que sabia ser correta, pela arrogância e interferência de tal pessoa... ou de qualquer pessoa.

Não, não é tão fácil me persuadir. Quando resolvo fazer alguma coisa, faço-a. E Henrietta parecia estar inteiramente decidida a fazer esta visita a Winthrop hoje, e entretanto quase desistiu, devido a uma condescendência absurda!

— Então ela teria voltado atrás, se não fosse você?

— Realmente teria. Quase me envergonho de dizê-lo.

— Que felicidade, a dela, ter um espírito como o seu ao alcance. Depois das insinuações que acabou de fazer, que só serviram para confirmar minhas próprias observações, da última vez que estive com ele, não preciso fingir que não compreendo o que está se passando. Percebo que se tratava mais do que uma simples visita de cortesia a sua tia. E pobre dele, e dela também, quando se trata de coisas de importância, quando estão numa situação que exige fortaleza e firmeza de espírito, se ela não tiver bastante determinação para resistir a uma tão infundada interferência em caso tão pessoal. Sua irmã é uma criatura amável, mas vejo que o *seu* caráter é que tem traços de decisão e firmeza. Se dá valor à conduta e à felicidade dela, tente infundir-lhe ao máximo seu próprio modo de agir. Mas, sem dúvida, sempre o fez. O pior mal de um caráter excessivamente fraco e indeciso é que não se pode confiar nele! Nunca se pode estar certo se uma boa impressão será durável. Todos podem dissipá-la. Que sejam felizes os firmes de espírito. Aqui está uma noz — disse, apanhando-a num galho mais alto. — Por exemplo: uma linda noz lustrosa e brilhante que, protegida pela fortaleza da casca, sobreviveu a todas as tempestades de outono. Nenhuma perfuração, nenhum ponto manchado em lugar algum. Esta noz — continuou, com jocosa solenidade —, enquanto tantas de suas irmãs tombaram e foram esmigalhadas por pés, ainda está na plena posse de toda a felicidade que uma avelã pode ter. — Então, voltando a falar no tom sério inicial: — A primeira exigência que faço a todos por quem me interesso é que sejam firmes. Se Louisa Musgrove pretende ser feliz no outono de sua vida, deve conservar todos os poderes da mente de agora.

Ele terminara de falar — e não obtivera resposta. Anne ficaria surpresa se Louisa conseguisse responder prontamente a tais palavras — palavras de tanto interesse ditas com tanto entusiasmo! Podia imaginar o que Louisa sentia. Quanto a si mesma, temia mover-se e ser avistada. Enquanto permanecia ali, protegida por um arbusto, eles prosseguiam o passeio. Antes de saírem fora do alcance de sua audição, ouviu Louisa dizer:

— Mary tem boa índole em muitos aspectos, mas, às vezes, me exaspera demais com suas tolices e seu orgulho; o orgulho dos Elliots. Possui em demasia o orgulho dos Elliots. Gostaríamos tanto que Charles tivesse se casado com Anne. Suponho que sabe que ele quis se casar com Anne!

Após um instante de silêncio, o capitão Wentworth indagou:

— Quer dizer que ela o recusou?

— Ah, sim, claro!

— Quando aconteceu isso?

— Não sei exatamente, pois eu e Henrietta estávamos no colégio na época, mas creio que um ano antes de ele se casar com Mary. Gostaria que ela o tivesse aceito. Todos nós teríamos gostado muito mais dela; e papai e mamãe sempre acharam que foi devido às diligências de sua grande amiga Lady Russell que ela recusou. Eles acham que Charles talvez não fosse suficientemente culto e estudioso para o gosto de Lady Russell, e por isso persuadiu Anne a rejeitá-lo.

O som das vozes se distanciava, e Anne não conseguiu distinguir mais nada. Suas emoções ainda a mantiveram imóvel ali, e levou muito tempo para recobrar a calma e conseguir levantar-se. Não tivera o destino proverbial do ouvinte; não ouvira falar mal de si, mas ouvira muitas coisas de natureza penosa. Via como seu próprio caráter era considerado pelo capitão Wentworth; e houvera a dose exata de sentimento e curiosidade sobre ela nos modos dele para torná-la extremamente agitada.

Logo que pôde, foi procurar Mary, e, ao encontrá-la, acompanhou-a de volta ao local onde estiveram inicialmente sentadas, perto da escada, sentindo certo alívio ao ver todo o grupo reunido logo em seguida e pondo-se de novo em marcha. Seu estado de espírito ansiava por aquela solidão e silêncio que somente a poesia pode propiciar.

Charles e Henrietta voltaram trazendo, como se poderia imaginar, Charles Hayter consigo. Anne não podia compreender as minúcias do assunto. Mesmo o capitão Wentworth parecia não ter recebido uma confidência completa a respeito. Mas que houvera um recuo por parte do cavalheiro e um enternecimento por parte da dama, e que agora estavam felizes por se reunirem outra vez, não restava a menor dúvida. Henrietta parecia algo envergonhada, mas muito satisfeita. Charles Hayter estava extremamente feliz, e se dedicaram um ao outro quase que desde o primeiro instante da partida para Uppercross.

Agora tudo mostrava que Louisa era a preferida pelo capitão Wentworth: nada mais evidente. E, quer fossem ou não necessárias as separações, caminhavam lado a lado, quase tão próximos quanto os outros dois. Durante uma longa extensão de campina, quando havia espaço suficiente para todos, ficaram assim divididos, formando três grupos distintos; e Anne forçosamente fez parte do grupo dos três que demonstravam menos animação. Uniu-se a Charles e Mary, e sentia-se suficientemente cansada para se satisfazer com o outro braço de Charles. Mas este, embora bem-disposto com ela, estava zangado com a mulher. Mary se mostrara descortês com ele e agora tinha de arcar com as consequências, que consistiam em largar seu braço a quase todo o momento e arrancar as pontas de algumas urtigas da sebe com seu chicote. E quando Mary começou a reclamar disso, lamentando estar sendo prejudicada, como sempre, ao ficar do lado da sebe, enquanto Anne nunca era incomodada, do outro, largou o braço das duas, para correr atrás de uma doninha que avistara de relance. E quase não conseguiram alcançá-lo.

A longa pradaria ladeava uma vereda que deveriam cruzar ao chegar ao fim de sua trilha. Quando o grupo alcançou o portão de saída, o ruído que já se ouvia há algum tempo avançou na sua direção, e revelou-se, finalmente, como o cabriolé do almirante Croft. Ele e a mulher haviam realizado o projetado passeio, e voltavam para casa. Ao saberem da extensão do passeio que os jovens tinham feito, ofereceram de forma bondosa um lugar para qualquer senhora que estivesse particularmente cansada. Isso pouparia a ela toda uma milha, pois estavam indo na direção de Uppercross. O convite foi feito a todos, e declinado por todos. As srtas. Musgrove não estavam nem um pouco cansadas, e Mary ou se sentia ofendida por não ter sido convidada antes dos outros, ou o que Louisa chamava o orgulho dos Elliots não a deixou suportar a ideia de ser a terceira numa carruagem de um cavalo.

O grupo percorrera uma alameda e estava justamente atravessando uma cancela do lado oposto. O almirante já estava pondo o cavalo em movimento quando o capitão Wentworth afastou a sebe por um instante para dizer alguma coisa à irmã. Seria fácil imaginar o que era, pelos seus efeitos.

— Srta. Elliot, tenho certeza de que a *senhorita* está cansada! — exclamou a sra. Croft. — Permita-nos o prazer de levá-la em casa. Garanto-lhe que há espaço suficiente para três. Se fôssemos todos como você, creio que caberiam quatro aqui. Deve aceitar, não há dúvida de que deve aceitar.

Anne ainda estava na alameda; e embora começasse instintivamente a recusar, não lhe permitiram continuar. A delicada insistência do almirante veio em auxílio da mulher; não poderiam receber uma recusa. Comprimiram-se no menor espaço possível para deixar-lhe lugar, e o capitão Wentworth, sem uma palavra, voltou-se para ela e ajudou-a a subir na carruagem.

Sim, ele fizera aquilo. Estava na carruagem e sentia que fora ele quem a colocara ali, que sua vontade e suas mãos tinham feito, que ela o merecera porque ele a vira fatigada e resolvera permitir-lhe descansar. Estava muito comovida ao ver a disposição dele a seu respeito — o que tudo isso tornou claro. Este pequeno incidente parecia complementar tudo o que acontecera antes. Ela o compreendia. Ele não podia perdoá-la, mas não conseguia ser--lhe insensível. Embora condenando-a pelo passado, e analisando-o com um grande e injusto ressentimento, embora perfeitamente indiferente a ela e começando a ligar-se a outra, ainda assim não podia vê-la sofrer sem o desejo de auxiliá-la. Era um resíduo do antigo sentimento; era um impulso de pura, embora inconfessada, amizade; era uma prova de seu afetivo e bondoso coração que ela não podia deixar de contemplar com emoções tão mescladas de prazer e sofrimento que não sabia qual prevalecia.

De início só pôde responder inconscientemente à amabilidade e comentários de seus amigos. Tinham viajado metade do caminho por uma estrada irregular, antes que ela conseguisse perceber bem o que estavam dizendo. Então ouvi-os falar de "Frederick".

— Sem dúvida ele pretende escolher uma dessas duas jovens, Sophy — disse o almirante —, mas não se sabe qual. Já está correndo atrás de ambas há bastante tempo, segundo consta, para poder tomar uma decisão. Ah, isso é resultado da paz. Se estivéssemos em guerra agora, já teria resolvido há muito tempo. Nós, marinheiros, srta. Elliot, não podemos nos dar o luxo de fazer a corte interminavelmente em tempos de guerra. Quantos dias se passaram, minha querida, entre a primeira vez que a vi e o dia em que nos sentamos juntos em nossa casa de North Yarmouth?

— Seria melhor não falarmos disso, querido — respondeu a sra. Croft jovialmente —, pois se a srta. Elliot soubesse como chegamos depressa a um entendimento, jamais se convenceria de que conseguimos ser felizes juntos. Entretanto já conhecia seu caráter de muito antes.

— Bem, e eu ouvira falar de você como uma jovem muito bonita. E que mais precisávamos esperar, além disso? Não gosto de adiar este tipo de assunto por muito tempo. Gostaria que Frederick agisse um pouco mais depressa, e trouxesse para Kellynch uma dessas jovens. E haveria sempre companhia para elas. E ambas são jovens muito agradáveis. Nem sei diferenciar uma da outra.

— Moças de muito boa índole e despretensiosas, de fato — disse a sra. Croft, num tom de elogio mais moderado, que fizera Anne suspeitar que não considerava nenhuma das duas propriamente à altura de seu irmão —, e uma família muito respeitável. Não se poderia estar relacionado com melhores pessoas. Meu caro almirante, o mourão! Vamos bater na certa!

Ela mesma, contudo, tomou friamente as rédeas, deu-lhes melhor direção, e ultrapassaram a salvo o perigo; e, colocando para fora calculadamente a mão, não caíram numa vala nem bateram em cheio num carro de estrume. E Anne, um tanto divertida pelo seu estilo de dirigir, que imaginou ser uma amostra não muito distante de sua maneira habitual de dirigir a vida, viu-se entregue sã e salva por eles no Chalé.

11

Aproximava-se o momento em que Lady Russell retornaria. O dia já fora até marcado, e como Anne se comprometera a encontrá-la logo que voltasse, esperava ansiosa a breve mudança para Kellynch, começando a imaginar como seu bem-estar pessoal seria afetado por ela.

Isso a colocaria na mesma cidade que o capitão Wentworth, a apenas meia milha de distância; teriam de frequentar a mesma igreja, e com certeza as duas famílias se relacionariam. Isto era negativo para ela; mas, por outro lado, ele passava tanto tempo em Uppercross que ao mudar-se para lá, antes se afastaria dele do que iria ao seu encontro. E, acima de tudo, pensava, nesta interessante questão de mudança doméstica, ganharia com a troca da companhia da pobre Mary pela de Lady Russell.

Gostaria, se possível, de evitar avistar-se com o capitão Wentworth em Kellynch Hall; aqueles aposentos haviam testemunhado antigos encontros que voltariam dolorosamente à memória. Porém, estava ainda mais preocupada com a possibilidade de Lady Russell e o capitão Wentworth se encontrarem em algum lugar. Não se gostavam, e qualquer renovação de conhecimento só poderia ser negativa. E se Lady Russell tornasse a vê-los juntos, poderia concluir que ele possuía excessivo autodomínio, enquanto ela, muito pouco.

Esses eram os principais aspectos que lhe traziam maior apreensão ao antecipar sua saída de Uppercross, onde sentia que já permanecera bastante tempo. Sua ajuda ao pequeno Charles sempre deixaria uma boa recordação dos dois meses que estivera de visita ali. Ele se recuperava rapidamente, e ela não era mais necessária.

O final de sua visita foi, contudo, modificado de uma forma totalmente inesperada. O capitão Wentworth, depois de desaparecer sem dar notícias durante dois dias inteiros, voltou para se justificar, relatando a causa de seu afastamento.

Uma carta de seu amigo, o capitão Harville, conseguira, finalmente, alcançá-lo, para revelar-lhe que se instalara com a família em Lyme, onde contava passar todo o inverno. Haviam vivido um longo período despercebidos um do outro, apesar de estarem afastados apenas por vinte milhas. O capitão Harville nunca mais gozara de boa saúde desde um sério ferimento que recebera dois anos antes, e a ansiedade do capitão Wentworth em vê-lo fizera-o partir imediatamente para Lyme. Permanecera lá 24 horas. Sua satisfação era completa, sentia-se bastante honrado pela amizade, e com um vivo interesse despertado pelo amigo. Sua descrição da bela região próxima a Lyme foi seguida de forma tão ardente pelo grupo que despertou em todos o desejo de visitar Lyme e, em consequência, um plano para a ida ficou logo assentado.

Os jovens estavam ansiosos por visitar Lyme. O próprio capitão Wentworth falava em lá retornar. Ficava a apenas 17 milhas de Uppercross, e embora já fosse novembro, o tempo de forma alguma estava ruim. Enfim, Louisa, que era a mais ansiosa de todos, resolveu ir, e, além do prazer de fazer o que desejava, agora se imbuíra da ideia de que seria grande mérito manter a sua opinião e recusar todas as propostas do pai e da mãe para adiar a visita até o verão. Assim, decidiu-se que deviam ir a Lyme Charles, Mary, Anne, Henrietta, Louisa e o capitão Wentworth.

O primeiro plano, mais imprudente, fora de irem pela manhã e voltarem à noite, com o que o sr. Musgrove não concordaria, por causa de seus cavalos. Quando foi reconsiderado mais detalhadamente, concluiu-se que um dia no meio de novembro não seria suficiente para ver a região ainda desconhecida, como exigia a natureza do local, depois de deduzidas as sete horas para a ida e a volta. Por conseguinte, passariam a noite lá, e só deveriam ser esperados para o jantar do dia seguinte. Esta foi considerada a melhor solução, e embora todos se reunissem na Casa-Grande bem cedo e partissem pontualmente, já passava muito do meio-dia quando as duas carruagens — a do sr. Musgrove, com as quatro senhoras, e o coche de Charles, no qual ele levava o capitão

Wentworth — desceram a extensa encosta, para chegar a Lyme, entrando pela rua mais íngreme da cidade. Ficou evidente que mal teriam tempo de olhar à sua volta antes que a luz e o calor do dia se fossem.

Depois de reservar acomodações e encomendar um jantar numa das estalagens, o que se devia fazer a seguir era sem dúvida andar até a praia. O ano já estava adiantado demais para qualquer diversão ou espetáculo que Lyme, como local de veraneio, podia oferecer. Os alojamentos estavam fechados, quase todos os hóspedes haviam partido, não havia praticamente nenhuma família além das que residiam no local. E como não houvesse nada para se admirar, o olhar do visitante se voltava para a invejável localização da cidade, a rua principal quase se precipitando na água, o passeio ao Cobb, marginando a aprazível baía, que na estação se anima com cabines e banhistas, o próprio Cobb, suas antigas maravilhas e novos melhoramentos, com a linda linha de rochedos estendendo-se para leste da cidade. Seria um estranho visitante quem não visse encantos nas redondezas de Lyme nem tivesse vontade de conhecê-la melhor! As paisagens nas suas redondezas, Charmouth, com suas terras altas e grandes extensões de campos, e ainda a suave baía retirada, emoldurada por escuros penhascos, onde fragmentos de rochas baixas, entre a areia, tornam-na o local mais propício para observar o fluxo da maré e sentar-se em incansável contemplação; as diferentes variedades de árvores da alegre vila de Up Lyme, e, principalmente, de Pinny, com suas verdes ravinas por entre rochas românticas, onde esparsas árvores de floresta e hortas luxuriantes indicam que muitas gerações se passaram desde que a primeira queda parcial do rochedo preparasse o campo nesse aspecto, onde surge um cenário tão maravilhoso e adorável, que bem pode igualar qualquer paisagem da tão famosa ilha de Wight: esses lugares devem ser visitados e revisitados, para se compreender o valor de Lyme.

O grupo de Uppercross, atravessando as salas de aparência agora deserta e melancólica, sempre descendo, acabaram se encontrando à beira-mar, onde se demoraram, como todos devem fazer num primeiro retorno ao mar — ao menos aqueles que merecem olhá-lo —, para prosseguirem em direção ao Cobb, que tanto era um objetivo em si mesmo quanto devido ao capitão Wentworth. Pois lá, numa pequena casa perto de um cais de épocas remotas, moravam os Harvilles. O capitão Wentworth entrou para visitar o amigo; os outros continuaram o caminho, e ele iria reencontrá-los no Cobb.

Não estavam nada cansados de maravilharem-se e admirarem-se. Nem mesmo Louisa parecia sentir que estiveram afastados do capitão Wentworth quando o viram aproximar-se com três amigos, já bem conhecidos através de descrição como sendo o capitão e a sra. Harville e o capitão Benwick, que estava hospedado com eles.

O capitão Benwick fora há algum tempo lugar-tenente do *Laconia*. Os comentários do capitão Wentworth sobre ele, ao voltar pela primeira vez de Lyme, e seus calorosos elogios a seu respeito, como um excelente rapaz e oficial, por quem sempre tivera a maior estima, que devem ter-lhe valido uma alta consideração na opinião de todos os ouvintes, foram seguidos de um rápido relato sobre sua vida particular que o tornou em especial atraente aos olhos das mulheres. Fora noivo da irmã do capitão Harville, e estava agora de luto por sua perda. Esperaram um ou dois anos pela fortuna e a promoção. A fortuna veio devido à boa remuneração como lugar-tenente — a promoção também chegou, *por fim*; mas Fanny Harville não viveu o bastante para sabê-lo. Morrera no último verão, enquanto ele estava no mar. O capitão Wentworth achava impossível a um homem ser mais ligado a uma mulher do que o pobre capitão Benwick o fora a Fanny Harville, ou ficar mais profundamente atormentado com o terrível acontecimento. Considerava-o uma pessoa de hábitos tranquilos, sérios e retraídos, com um decisivo gosto pela leitura e por atividades sedentárias. Para finalizar o interesse da história, a amizade entre ele e os Harvilles pareceu, se possível, ainda aumentar com o acontecimento, o qual encerrou todas as possibilidades de uma nova aliança, de modo que o capitão Benwick estava agora vivendo com eles. O capitão Harville alugara sua atual residência por meio ano — sua preferência, saúde e riqueza o haviam levado a escolher uma casa pouco dispendiosa e próxima do mar; e a majestade da região, o isolamento de Lyme no inverno, pareciam adaptar-se exatamente ao estado de espírito do capitão Benwick. A simpatia e a boa vontade para com este foram imensas.

"E contudo", pensou Anne consigo mesma, enquanto se dirigiam ao local de encontro, "talvez não tenha um coração mais magoado que o meu. Não posso crer que suas perspectivas sejam tão negras quanto as minhas. É mais moço que eu; mais moço nos sentimentos, senão na realidade. Mais moço como homem. Ele se recuperará e será feliz com outra."

Encontraram-se e foram apresentados. O capitão Harville era um homem alto, moreno, com uma fisionomia sensível e benevolente. Mancava ligeiramente, e, devido a seus traços marcados e falta de saúde, parecia muito mais velho que o capitão Wentworth. O capitão Benwick aparentava ser o mais jovem dos três. Comparado com qualquer deles, era um homem de pouca altura. Tinha um rosto agradável e um ar melancólico, exatamente como convinha, e evitava conversar.

O capitão Harville, embora não se igualasse ao capitão Wentworth em maneiras, era um perfeito cavalheiro, simples, sincero e amável. A sra. Harville, um pouco menos refinada que o marido, parecia, contudo, ter tão bons sentimentos quanto ele. Nada poderia ser mais agradável que o desejo que demonstravam em considerar todo o grupo como seus próprios amigos, já que eram amigos do capitão Wentworth, ou mais hospitaleiro que suas instâncias para que prometessem jantar com eles. O jantar, já encomendado na estalagem, foi finalmente, embora a contragosto, aceito como uma desculpa; mas pareciam quase magoados com o capitão Wentworth por ter trazido o grupo a Lyme sem achar que era obrigatório que fossem jantar com eles.

Havia tanto afeto pelo capitão Wentworth nisso tudo, um encanto tão fascinante no grau incomum de hospitalidade, tão diferente do estilo usual de convites de retribuição e jantares formais e de ostentação, que Anne não sentiu dificuldade de ânimo para encetar uma amizade maior com os oficiais seus conhecidos. "Esses teriam sido meus amigos", pensava; e tinha de lutar contra uma grande tendência ao abatimento.

Ao saírem de Cobb, todos entraram na casa com seus novos amigos. Encontraram cômodos tão pequenos que só aqueles que convidam cordialmente poderiam considerar capazes de acomodar a tantos. A própria Anne teve um momento de surpresa com isso. Mas esta logo se diluiu em meio aos sentimentos mais agradáveis que advinham da visão das inteligentes invenções e boas disposições do capitão Harville para tirar o melhor proveito possível do espaço existente, para suprir as deficiências da mobília da casa, e proteger as janelas e portas das tempestades de inverno que eram esperadas. A diversidade na decoração dos aposentos, onde as peças essenciais fornecidas pelo proprietário, no seu estado habitualmente indiferente, contrastavam com alguns poucos objetos feitos de raras espécies de madeira, lindamente talhados, e com outros de valor e originalmente trazidos de todos os distantes países que o capitão Harville visitara, eram mais que divertidos para Anne, pois se relacionavam com a profissão dele, eram o fruto de seu trabalho e o efeito de sua influência sobre os seus hábitos. O quadro de calma e doméstica felicidade que apresentavam tornaram-na pouco mais ou menos uma satisfação para Anne.

O capitão Harville não tinha o hábito de ler, mas conseguira excelentes acomodações e construíra prateleiras muito bonitas para uma passável coleção de volumes bem encadernados, propriedade do capitão Benwick. Seu defeito físico impedia-o de fazer muito exercício; mas a mente, ágil e inventiva, fornecia-lhe constante ocupação dentro de casa. Desenhava, envernizava, fazia carpintaria, colava. Construía brinquedos para as crianças, fabricava agulhas e alfinetes para redes com aperfeiçoamentos; e, caso tivesse acabado de fazer tudo isso, sentava-se diante de sua enorme rede de pesca, a um canto da sala.

Anne pensou que deixara atrás de si uma grande felicidade quando partiram daquela casa. E Louisa, que caminhava a seu lado, irrompeu em rasgos de admiração e deleite pelo caráter da Marinha — sua cordialidade, fraternidade, franqueza, integridade —, declarando que estava convencida de que os marinheiros tinham mais valor e cordialidade que qualquer outro grupo de homens na Inglaterra. Que só eles sabiam como se devia viver, e mereciam todo o respeito e amor.

Voltaram para se vestirem para o jantar. O plano fora tão bem combinado que tudo deu certo apesar do fato de estarem "tão fora da estação", "não terem uma visão completa de toda a beleza de Lyme" e "que estava deserta", tenha provocado muitas desculpas por parte dos estalajadeiros.

Anne sentiu-se então cada vez mais capaz de ficar na companhia do capitão Wentworth, a um ponto que não imaginara ser possível. Sentar-se à mesma mesa com ele, agora, a troca das gentilezas usuais daí derivadas — nunca iam além destas — tornara-se corriqueiro para ela.

As noites estavam escuras demais para as senhoras tornarem a sair antes do amanhecer, mas o capitão Harville prometera-lhes vir visitá-las ao entardecer. E veio, trazendo também o amigo, o que superou as expectativas, pois todos concordaram que aparentemente o capitão Benwick sentia-se oprimido pela presença de tantos estranhos. Ele se aventurou entre eles, entretanto, embora seu estado de espírito provavelmente não estivesse de acordo com a alegria do grupo em geral.

Enquanto o capitão Wentworth e o capitão Harville foram conversar a um canto da sala e, recordando-se dos velhos tempos, contavam anedotas para divertir e ocupar os outros, coube a Anne conversar, à parte, com o capitão Benwick. E um impulso de bondade de sua natureza obrigou-a a encetar uma amizade com ele. Era tímido e predisposto ao devaneio; mas a encantadora doçura do semblante dela, a delicadeza de seus gestos, logo surtiram efeito. Anne sentiu-se recompensada pelo seu esforço inicial. Evidentemente, o jovem tinha um gosto considerável pela leitura, embora principalmente de poesia. Além de persuadir-se de que lhe propiciara a indulgência e pelo menos uma noite de discussão sobre assuntos que pouco importavam a seus amigos habituais, teve a esperança de ser realmente útil a ele ao sugerir-lhe que era seu dever e que se beneficiaria se lutasse contra a tristeza, que estivera sempre presente durante a conversa, pois, embora tímido, ele não parecia circunspecto; tinha mais a aparência de alguém com sentimentos prontos a romper suas barreiras habituais. E, ao falar de poesia, da riqueza da época atual, fazendo uma breve comparação entre suas opiniões sobre quais eram os melhores poetas, tentaram chegar à conclusão de qual era o melhor, *Marmion* ou *The Lady of the Lake*, e que lugar ocupariam *The Giaour* e *The Bride of Abydos*; e, além disso, discutiram como *The Giaour* deveria ser pronunciado. Mostrou-se tão intimamente familiarizado com os mais delicados poemas daquele poeta e com todas as arrebatadas descrições de desiludida agonia deste; declamou, com vibrante emoção, os vários versos que descreviam um coração infeliz ou uma mente destruída pela infelicidade, parecendo interpretar tão bem seu significado, que ela ousou expressar sua ânsia de que ele não lesse apenas poesia, e dizer que, na sua opinião, a infelicidade da poesia é que só podia ser apreciada com segurança por aqueles que a admiravam integralmente;

e que os sentimentos sinceros que podem em verdade valorizá-la eram justamente aqueles que deveriam experimentá-la com comedimento.

Como o olhar dele não mostrasse sofrimento e sim prazer diante da alusão que fez a sua situação, ela sentiu-se encorajada a prosseguir. E sentindo em si mesma o direito que lhe dava a maior maturidade de sua mente, aventurou-se a sugerir-lhe que incluísse mais prosa em seus estudos diários. Quando ele lhe pediu que citasse algumas obras, mencionou a dos melhores moralistas ingleses, tais como coletâneas das mais belas correspondências, memórias de personagens sofredores e de valor que lhe ocorreram no momento como passíveis de despertar e fortalecer a mente através dos mais altos preceitos e os mais fortes exemplos de resignação moral e religiosa.

O capitão Benwick ouviu com atenção e pareceu agradecido pelo interesse demonstrado. Com um gesto de cabeça e olhares que falavam de sua pouca fé na eficácia de quaisquer livros para o sofrimento que sentia, anotou os nomes dos livros recomendados e prometeu procurá-los e lê-los.

Ao findar a noite, Anne não pôde deixar de se divertir com a ideia de ter vindo a Lyme pregar resignação e paciência a um jovem que nunca vira antes; nem pôde deixar de recear, depois de uma reflexão mais séria, que, como muitos outros grandes moralistas e pregadores, fora eloquente num aspecto em que sua própria conduta estava longe de ser impecável.

12

Anne e Henrietta, vendo que eram as primeiras do grupo a acordar no dia seguinte, decidiram caminhar até o mar antes do café da manhã. Desceram até a praia para observar o fluxo da maré, trazida por uma brisa agradável do sudeste, com todo o esplendor que uma costa tão plana permitia. Exaltaram a manhã; louvaram o mar; compartilharam o prazer de sentir a sensação refrescante do vento, sempre em silêncio, até que Henrietta novamente prorrompeu com:

— Ah, sim! Estou realmente convencida de que, com muito poucas exceções, o ar marinho é sempre benéfico. Não há dúvida de que foi da maior importância para o dr. Shirley, depois de sua doença, há um ano e meio. Ele mesmo afirmou que passar um mês em Lyme lhe trouxe mais melhoras que todos os remédios tomados, e que a proximidade do mar sempre o faz sentir-se rejuvenescido. Só posso lastimar que não viva permanentemente perto do mar. Não duvido que seria melhor que deixasse de vez Uppercross e se estabelecesse em Lyme. Não concorda, Anne? Não concorda que essa seria a melhor coisa a fazer, tanto para si mesmo quanto para a sra. Shirley? Ela tem primos aqui, sabe, e muitos conhecidos tornariam Lyme alegre para ela. Sem dúvida também ficaria satisfeita em conseguir um lugar com assistência médica próxima, caso ele tenha outro acesso. Na verdade, penso que é bastante triste ver pessoas tão excelentes como o dr. e a sra. Shirley, que só fizeram o bem a vida inteira, desperdiçando seus últimos dias num lugar como Uppercross, onde, excetuando-se nossa família, parecem isolados do resto do mundo. Gostaria que os amigos lhe propusessem isso. Creio que deveriam fazê-lo. E quanto a conseguir uma pensão, não haveria a menor dificuldade devido à idade dele, e com o caráter que possui! Minha única dúvida é se alguma coisa poderia persuadi--lo a abandonar sua paróquia. É tão correto e escrupuloso em seus princípios; excessivamente escrupuloso, até... não acha, Anne, que isso já é ser escrupuloso demais? Não acha que chega a ser um erro de julgamento da consciência, quando um clérigo sacrifica a saúde em benefício de seus deveres, que poderiam ser igualmente realizados por outra pessoa? E em Lyme, também a apenas 17 milhas, estaria a uma distância suficiente para ouvir quaisquer reclamações que as pessoas quisessem fazer.

Anne sorriu interiormente mais de uma vez durante esse discurso e entrou no assunto tão disposta a fazer o bem penetrando nos sentimentos de um jovem quanto nos de uma jovem — embora aqui se tratasse de fazer o bem num nível muito inferior. Pois o que poderia oferecer senão uma vaga aquiescência? Disse tudo o que era razoável e apropriado sobre o assunto. Concordou com o direito que o dr. Shirley tinha de descansar, como convinha. Aquiesceu que seria desejável da parte dele deixar um jovem ativo e respeitável como pastor residente no seu lugar, e foi até mesmo suficientemente cortês para admitir a vantagem de este novo pastor residente ser casado.

— Gostaria — disse Henrietta, muito satisfeita com a amiga —, gostaria que Lady Russell vivesse em Uppercross e fosse amiga íntima do dr. Shirley. Sempre ouvi falar de Lady Russell como uma mulher de grande influência com todo mundo! Sempre a encarei como capaz de persuadir uma pessoa a fazer qualquer coisa! Tenho medo dela, como já lhe disse, tenho muito medo dela, porque é tão inteligente; mas respeito--a imensamente, e gostaria de ter uma vizinha assim em Uppercross.

Anne sentiu-se divertida pela maneira de Henrietta mostrar-se grata, e também por terem o rumo dos acontecimentos e dos novos interesses dos planos de Henrietta colocado sua amiga nas boas graças de alguém da família Musgrove. Só teve tempo, entretanto, para responder-lhe vagamente e desejar que uma tal pessoa vivesse em Uppercross, antes que de repente cessassem quaisquer assuntos quando Louisa e o capitão Wentworth foram avistados, vindo na sua direção. Também tinham ido fazer um passeio antes que o café da manhã ficasse pronto; mas como

Louisa se lembrasse, logo depois, que precisava comprar alguma coisa, convidou todos a voltarem com ela à cidade. Todos assentiram.

Quando chegaram à escada que levava para fora da praia, um cavalheiro que se preparava para descer no mesmo momento recuou gentilmente e parou para dar-lhes passagem. Subiram e passaram por ele; nesse instante o rosto de Anne encontrou seu olhar. Ele olhava-a com uma admiração tão séria que não pôde deixar de notá-lo. Anne tinha excelente aparência; os olhos brilhavam, seus traços regulares e bonitos voltavam a ter o brilho e o frescor da juventude devido ao vento agradável que a fortalecera. Era evidente que o cavalheiro (um completo cavalheiro em maneiras) admirou-a profundamente. O capitão Wentworth olhou no mesmo instante para ela, de uma forma que mostrava tê-lo notado. Lançou-lhe um rápido olhar — um olhar cheio de vivacidade, que parecia dizer: "Este homem está impressionado com você; e mesmo eu, neste instante, vejo algo da Anne Elliot de antes."

Depois de ajudar Louisa a fazer suas compras, e passear um pouco mais, voltaram à estalagem. Mais tarde, passando apressada de seus próprios aposentos para a sala de jantar, Anne quase tornou a esbarrar no mesmo cavalheiro, quando este saía de um aposento próximo. De início imaginara que era um viajante, como eles próprios, e concluiu que um criado de boa aparência que rondava as proximidades das duas estalagens quando voltavam devia ser seu criado. O fato de tanto o senhor quanto aquele homem estarem de luto contribuiu para a ideia. Agora estava comprovado que se hospedava na mesma estalagem que eles. Esse segundo encontro, rápido como fora, tornou a lhe provar, pela maneira de olhar do cavalheiro, que a achara muito bonita, e, pela presteza e propriedade das respostas, que era um homem extremamente educado. Parecia ter uns trinta anos e, embora não fosse bonito, tinha uma aparência agradável! Anne sentiu que gostaria de saber de quem se tratava.

Já estavam quase no fim do café quando o rumor de uma carruagem (quase a primeira a ouvirem desde a chegada a Lyme) levou quase todos à janela. Era a carruagem de um cavalheiro — um coche que percorreu apenas a distância entre o estábulo e a porta da frente. Alguém devia estar de partida. Era conduzida por um criado de luto.

A palavra coche fez Charles Musgrove dar um salto para ir compará-la à sua. O empregado de luto despertou a curiosidade de Anne, e todos os seis reuniram-se para olhar, no instante em que o proprietário do coche era visto saindo pela porta, em meio às mesuras e reverências dos empregados, e, tomando lugar, partiu.

— Ah! — exclamou o capitão Wentworth, imediatamente, com um olhar de esguelha para Anne. — É o mesmo homem por quem passamos.

As srtas. Musgrove concordaram; e, tendo-o acompanhado com o olhar gentilmente até o alto do morro, enquanto lhes foi possível, voltaram à mesa do café. O garçom entrou na sala logo depois.

— Por favor — disse o capitão Wentworth imediatamente -—, poderia nos dizer o nome do cavalheiro que acaba de partir?

— Sim, Sir, um sr. Elliot, cavalheiro de grande fortuna. Chegou ontem de Sidmouth, imagino que tenha ouvido a carruagem, Sir, enquanto estavam jantando. Vai agora para Crewkherne, a caminho de Bath e Londres.

— Elliot! — Muitos se entreolharam, e muitos repetiram o nome, antes que ele terminasse, apesar de sua rapidez de garçom.

— Meu Deus! — exclamou Mary. — Deve ser nosso primo. Deve ser nosso sr. Elliot, sem dúvida! Charles, Anne, não deve ser ele? De luto, como veem, exatamente como nosso sr. Elliot deve estar. Que extraordinário! Exatamente na mesma estalagem que nós! Anne, não deve ser nosso sr. Elliot, o herdeiro sucessor de meu pai? Por favor (voltando-se para o garçom), não ouviu dizer... seu criado não disse se pertence à família de Kellynch?

— Não, senhora. Não mencionou qualquer família em particular. Mas disse que seu patrão era um cavalheiro muito rico, e que um dia seria baronete.

— Veem? Aí está! — gritou Mary em êxtase. — Exatamente como eu disse! Herdeiro de Sir Walter Elliot! Tinha certeza de que o descobriríamos, se fosse realmente ele. E uma circunstância que seus criados tratam de tornar público onde quer que ele vá. Mas Anne, imagine que extraordinário! Gostaria de ter olhado melhor para ele. Gostaria que tivéssemos sabido em tempo quem era ele, para que nos fosse apresentado. Que pena não termos sido apresentados! Acha que ele tem a fisionomia dos Elliots? Quase não pude vê-lo, estava olhando para os cavalos. Pergunto-me como o seu brasão não me ocorreu... Ah! O casaco o cobria. Foi por isso, pois tenho certeza que de outra forma eu o teria observado, e à libré também. Se o criado não estivesse de luto, teria sido possível reconhecê-lo pela libré.

— Levando em consideração todos esses extraordinários incidentes, devemos achar um desígnio da Providência que não tenha sido apresentada a seu primo — disse o capitão Wentworth.

Quando pôde controlar a atenção de Mary, Anne tentou calmamente convencê-la de que seu pai e o sr. Elliot tinham, por muitos anos, mantido relações de amizade em termos tais que não seria de todo recomendável que houvesse uma tentativa de apresentação.

Ao mesmo tempo, porém, sentia uma íntima satisfação por ter visto o primo e saber que o futuro proprietário de Kellynch era sem dúvida um cavalheiro e tinha ar sensato. Não mencionaria, em hipótese alguma, o fato de ter-se encontrado com ele agora pela segunda vez. Felizmente Mary não percebera que haviam passado por ele durante o passeio naquela manhã, pois se sentiria prejudicada se soubesse que Anne esbarrara com ele no corredor e recebera seus polidos protestos de desculpa, enquanto ela nunca estivera perto dele. Não. Esse rápido encontro dos primos deveria permanecer totalmente em segredo.

— Claro que você mencionará que encontramos o sr. Elliot, assim que escrever para Bath — disse Mary. — Acho que papai precisa realmente saber disso. Conte-lhe tudo o que aconteceu.

Anne evitou responder diretamente, mas este era exatamente o tipo de acontecimento que considerava não apenas desnecessário comunicar, como, antes, necessário esconder. Sabia da gravidade da ofensa que fora infligida ao pai, há muitos anos, e suspeitava de que fora em parte ligada a Elizabeth. Que a lembrança do sr. Elliot sempre traria irritação aos dois estava fora de qualquer dúvida. Mary nunca escrevia para Bath. Todo o trabalho para manter viva a lenta e deficiente correspondência com Elizabeth recaía em Anne.

Nem bem terminara o café da manhã quando o capitão e a sra. Harville e o capitão Benwick, com quem haviam marcado um encontro para um último passeio por Lyme, uniram-se a eles. Deviam partir para Uppercross à uma, e até esta hora ficariam todos juntos ao ar livre, tanto quanto pudessem.

Anne viu o capitão Benwick aproximar-se dela, logo que saíram. A conversa da noite anterior não o tornava avesso a procurá-la novamente. Caminharam juntos por algum tempo, falando, como antes, de Scott e Lord Byron, sendo outra vez incapazes — como qualquer outro par de leitores — de ter exatamente a mesma opinião sobre seus méritos, até que um acontecimento trouxe uma modificação quase total no grupo, e em vez do capitão Benwick, Anne viu o capitão Harville a seu lado.

— Srta. Elliot — disse ele, falando em voz bastante baixa —, foi uma excelente ação ter feito este pobre rapaz conversar tanto. Gostaria que pudéssemos ter sua companhia com maior frequência. Sei que não é bom para ele ficar trancado assim; mas que podemos fazer? Não podemos nos separar.

— Não, sei que isso é impossível — respondeu Anne. — Mas com o tempo, talvez... Sabemos o efeito do tempo sobre qualquer infelicidade, e deve lembrar-se, capitão Harville, de que ainda se pode chamar de recente o seu luto. Foi somente no verão passado, pelo que soube.

— Ah, é verdade — (com um profundo suspiro) —, foi agora, em junho.

— E talvez não tenha recebido imediatamente a notícia.

— Não; só na primeira semana de agosto, quando veio do Cape. Acabara de ganhar o *Grappler*. Encontrava-me em Plymouth, temendo receber notícias dele. Escreveu várias cartas, mas o *Grappler* tinha sido mandado para Portsmouth. A notícia devia alcançá-lo ali, mas quem iria contar-lhe? Eu, não. Preferia que me fizessem montar no lais da verga a fazê-lo. Ninguém conseguiu fazê-lo, exceto aquele bom sujeito — apontando para o capitão Wentworth. — O *Laconia* chegara a Plymouth na semana anterior; não havia perigo de ser mandado ao largo outra vez. Ele perdeu a oportunidade de descansar, fez um requerimento pedindo licença, mas sem esperar resposta, viajou dia e noite até chegar a Portsmouth. Rumou até o *Grappler* imediatamente, e não abandonou o pobre rapaz nem um minuto. Foi isso o que fez, e ninguém mais poderia ter salvo o pobre James. Deve imaginar, srta. Elliot, como ele nos é querido.

Anne estava convicta a esse respeito e disse tudo o que seus sentimentos permitiram, ou o que lhe pareceu suportável para ele, pois parecia muito emocionado para conseguir voltar ao assunto. E quando voltou a falar, foi sobre algo totalmente diferente.

Como a sra. Harville opinou que o marido já teria caminhado o suficiente no momento em que chegassem em casa, ficou decidido o rumo do grupo naquele que deveria ser seu último passeio. Eles os acompanhariam até a porta de sua casa, e depois partiriam. Pelos seus cálculos, havia tempo exato para isso. Mas ao se aproximarem do Cobb havia um desejo tão generalizado de visitá-lo mais uma vez, todos sentiam tanta vontade, e Louisa ficou igualmente tão resoluta, que todos concordaram que um quarto de hora não faria a menor diferença. Assim, depois de todas as gentis despedidas, troca de convites e promessas, que bem se pode imaginar, despediram-se do capitão e da sra. Harville à porta da sua casa, acompanhados ainda pelo capitão Benwick, que parecia querer apegar-se a eles até o último momento, e prosseguiram para ver o Cobb pela última vez.

Anne viu que o capitão Benwick aproximava-se novamente dela. Os "escuros mares azuis" de Byron não podiam deixar de ser trazidos à baila pela visão que descortinaram, e ela lhe deu alegremente toda a sua atenção, por todo o tempo possível. Mas sua atenção foi logo forçada em outro sentido.

Ventava demais para que a parte mais alta do Cobb estivesse agradável para as senhoras, e concordaram portanto em descer a escada para a parte mais baixa. Todos se contentaram em passar tranquila e cuidadosamente pela íngreme descida, exceto Louisa. Ela queria ser descida pelo capitão Wentworth. Em todos os passeios, ele tinha que segurá-la depois de ela saltar das escadas. Era uma sensação deliciosa. A dureza da calçada para os pés dela o fez sentir-se menos inclinado a isso daquela vez. Contudo o fez. Ela já estava embaixo, a salvo, quando, no mesmo instante, para mostrar sua alegria, subiu correndo a escada para tornar a descer. Ele aconselhou-a a não fazê-lo, achando excessiva a altura, argumentou e falou inutilmente. Ela sorriu e disse: "Estou decidida a saltar." Ele esticou as mãos; ela se precipitou meio segundo antes, caiu sobre a calçada do Lower Cobb e foi levantada morta!

Não havia qualquer lesão, sangue, nem ferimento visível. Mas seus olhos estavam fechados, não respirava, o rosto era como a morte. O horror desse momento para todos os que permaneciam ao seu redor!

O capitão Wentworth, que a levantara, ajoelhou-se com ela nos braços, encarando-a com um rosto tão pálido quanto o dela, num silêncio angustiado.

— Ela está morta! Ela está morta! — gritou Mary, agarrando-se ao marido e contribuindo com seu próprio horror para torná-lo imóvel. E no momento seguinte, Henrietta, deixando-se convencer, também perdeu os sentidos, e teria caído da escada se o capitão Benwick e Anne não a tivessem segurado e amparado entre eles.

— Não há ninguém para me ajudar? — Foram as primeiras palavras em que prorrompeu o capitão Wentworth, num tom de desespero, como se toda a sua própria força tivesse desaparecido.

— Vá até ele, vá até ele — gritou Anne —, pelo amor de Deus, vá até ele. Posso segurá-la sozinha. Pode deixar-me, e vá até lá. Esfregue as mãos dela e as têmporas; aqui tem sais... Leve-os, leve-os.

O capitão Benwick obedeceu, e Charles, no mesmo instante, se desembaraçou da esposa e também foi até ele. Louisa foi erguida e amparada com mais firmeza entre eles. Tudo foi feito como Anne determinara, mas em vão. Enquanto o capitão Wentworth, cambaleando de encontro ao muro, exclamava na mais amarga agonia:

— Ah, Deus! Seu pai e sua mãe!

— Um médico! — gritou Anne.

Ele ouviu a palavra. Pareceu despertá-lo de repente, e dizendo apenas: "Sim, sim, um médico imediatamente." Ia se afastar precipitadamente, quando Anne sugeriu, ansiosa:

— Capitão Benwick, não seria melhor o capitão Benwick? Ele sabe melhor onde se pode encontrar um médico.

Todos os que estavam em condições de pensar acharam mais conveniente esta ideia, e num momento (tudo isso aconteceu em rápidos instantes) o capitão Benwick deixara a pobre moça desfalecida como um cadáver aos cuidados do irmão, e já partira para a cidade, na maior pressa.

Quanto ao grupo infeliz que permaneceu, quase não se poderia dizer qual dos três que privavam do uso da razão sofria mais: se o capitão Wentworth, Anne ou Charles, que, sendo realmente um irmão afeiçoado, debruçou-se sobre Louisa soluçando de tristeza, e só podia tirar os olhos de uma irmã para olhar a outra num estado de igual imobilidade, ou para observar o alvoroço histérico da mulher, chamando-o para prestar-lhe uma ajuda que não lhe podia dar.

Anne, ajudando Henrietta com toda a força, zelo e raciocínio que o instinto lhe dava, ainda tentava, de vez cm quando, confortar os outros, acalmar Mary, animar Charles, atenuar os sentimentos do capitão Wentworth. Ambos pareciam esperar as determinações dela.

— Anne, Anne — gritava Charles —, que podemos fazer agora? Pelo amor de Deus, que podemos fazer agora?

Os olhos do capitão Wentworth também estavam voltados para ela.

— Não seria melhor carregá-la para a estalagem? Sim, não há dúvida, vamos carregá-la com cuidado até lá.

— Sim, sim, para a estalagem — repetiu o capitão Wentworth, relativamente calmo e ansioso para fazer alguma coisa. — Eu mesmo a carrego. Musgrove, cuide dos outros.

Nesse momento a notícia do acidente já se difundira entre os trabalhadores e pescadores do Cobb, e muitos tinham se reunido ao redor deles para prestarem algum auxílio, se necessário — e de qualquer forma apreciar a visão de uma jovem senhora morta, não, duas senhoritas mortas, pois era duas vezes melhor do que a notícia que ouviram. Henrietta foi entregue aos cuidados de algumas pessoas de melhor aparência, pois, embora tivesse voltado um pouco a si, ainda estava bastante desamparada. E dessa forma, com Anne a seu lado, e Charles ajudando a esposa, partiram, caminhando com indizíveis sensações sobre o chão que há pouco, há bem pouco tempo, tinham pisado com o coração tão leve.

Ainda não tinham saído do Cobb quando os Harvilles os encontraram. O capitão Benwick correra à casa deles com uma fisionomia que mostrava que algo não ia bem. Tinham vindo imediatamente, informando-se pelo caminho e dirigindo-se, nesse instante, ao local. Mesmo chocado como estava, o capitão Harville trouxe bom senso e calma, que logo se tornaram úteis. E um olhar entre ele e a mulher decidiu o que deveria ser feito. Ela deveria ser levada para sua casa

— todos deveriam ir para lá — e esperar ali a chegada do médico. Eles não iam dar atenção a escrúpulos; ele foi obedecido. Estavam todos sob seu teto; e enquanto Louisa, sob as determinações da sra. Harville, foi levada para o segundo andar e colocada sobre a própria cama desta, ajuda, bebidas, tônicos foram distribuídos por seu marido a todos os que deles precisavam.

Louisa abrira os olhos uma vez, mas fechara-os em seguida, aparentemente sem mostrar consciência. Esta fora, contudo, uma prova de vida importante para sua irmã. Henrietta, embora totalmente incapaz de permanecer no mesmo aposento que ela, devido à agitação da esperança e do medo, não voltou a desmaiar. Mary também estava se acalmando.

O médico chegara antes do que se pensaria possível. Todos foram tomados de horror enquanto ele fazia os exames. Mas ele não estava totalmente sem esperança. A cabeça recebera uma severa contusão, mas já vira recuperação de lesões piores. De forma alguma estava desesperançado. Falou com otimismo.

Que não era um caso desesperado, mas que também não terminaria ao fim de algumas horas, superou a expectativa inicial da maioria. E o êxtase deste alívio, o júbilo, profundo e silencioso, depois de algumas orações fervorosas de gratidão aos Céus, podem muito bem ser imaginados.

Anne tinha certeza de que jamais esqueceria o tom e o olhar com que o capitão Wentworth murmurou "Graças a Deus!" — nem a visão dele mais tarde, sentado perto de uma mesa, curvado com os braços cruzados e o rosto escondido, como se vencido pelos vários sentimentos de sua alma, e tentando, através da prece e da reflexão, acalmá-los.

Os membros de Louisa haviam escapado. Só a cabeça estava ferida.

Agora se tornou necessário ao grupo considerar o que se deveria fazer quanto à sua situação em termos gerais. Já se sentiam capazes de conversar e pedir conselhos uns aos outros. Estava fora de dúvida — por mais penoso que fosse para eles envolver os Harvilles em tamanho embaraço — que Louisa deveria permanecer onde estava. Seria impossível removê-la. Os Harvilles calaram todos os escrúpulos; e, tanto quanto puderam, qualquer expressão de gratidão. Já tinham previsto e arranjado tudo antes que os outros tivessem começado a refletir. O capitão Benwick cederia seu quarto e colocaria uma cama em outro lugar qualquer; tudo ficou resolvido. Estavam preocupados apenas porque a casa não podia acomodar mais ninguém. Contudo, talvez "mudando as crianças para o quarto de empregados, ou armando com catre em algum lugar" — quase não podiam suportar a ideia de não encontrarem lugar para mais duas ou três camas, imaginando que eles gostariam de ficar —, apesar de, em se tratando de qualquer ajuda à srta. Musgrove, não devessem ter o menor constrangimento em deixá-la inteiramente a cargo da sra. Harville. Ela era uma enfermeira de grande experiência; e sua babá, que vivia com eles há muito tempo e viajara com ela quase a toda parte, era igualmente capaz. Com as duas presentes, não faltaria assistência, dia e noite. E tudo isso foi dito com uma autenticidade e sinceridade de sentimentos irresistíveis.

Charles, Henrietta e o capitão Wentworth eram os três consultados, e durante algum tempo passou-se apenas uma troca de perplexidade e terror. Uppercross: a necessidade de alguém ir a Uppercross; a notícia tinha que ser transmitida; como poderia ser dada ao sr. e à sra. Musgrove; a manhã já ia avançando; uma hora já passara desde o momento em que deveriam ter partido; a impossibilidade de chegarem satisfatoriamente em tempo. De início não foram capazes de nada além dessas exclamações. Mas, depois de um instante, fazendo um esforço, o capitão Wentworth falou:

— Temos que decidir, sem perder nem mais um minuto. Cada minuto é precioso. Alguém deve ir a Uppercross imediatamente. Musgrove, um de nós dois deve ir.

Charles concordou, mas declarou sua resolução de não sair dali. Daria o mínimo de trabalho possível ao capitão e à sra. Harville, mas, quanto a abandonar sua irmã em tal estado, nem o devia nem faria. Este ponto ficou resolvido; e Henrietta no começo declarou o mesmo. Logo conseguiram, entretanto, persuadi-la a pensar de outra maneira. Sua utilidade ao permanecer ali! Ela que não tinha sido capaz de ficar no quarto de Louisa ou olhá-la, sem um sofrimento que a tornava mais do que indefesa! Forçaram-na a compreender que não seria útil em nada; contudo, ainda não se mostrava inclinada a partir até que, sensibilizada por pensar no pai e na mãe, desistiu e consentiu, ficando então ansiosa para voltar para casa.

O plano chegara a esse ponto quando Anne, descendo silenciosamente do quarto de Louisa, não pôde deixar de ouvir o que se seguiu, pois a porta da sala de visitas estava aberta.

— Então está resolvido, Musgrove! — exclamou o capitão Wentworth. — Você fica, e eu levarei sua irmã em casa. Mas quanto ao resto, os outros, se alguém precisa ficar para ajudar a sra. Harville, acho que só há uma pessoa. A sra. Charles Musgrove vai querer, sem dúvida, voltar para ficar com os filhos. Mas se Anne quiser ficar, ninguém tão apropriado, tão capaz quanto Anne!

Ela se deteve por um momento para se recuperar da emoção de ouvir falarem tão bem de sua pessoa. Os outros dois concordaram veementemente com o que dissera, e então ela apareceu.

— Você ficará, tenho certeza. Você ficará e cuidará dela! — exclamou ele, voltando-se para ela e falando com um ardor, e mesmo assim com uma delicadeza que pareciam quase restaurar o passado. Ela corou profundamente; e ele se recompôs, e afastou-se. Ela expressou o desejo de ficar, com a maior presteza e boa vontade. Era o que tinha pensado em fazer, e que desejara lhe fosse permitido. Um catre no chão no quarto de Louisa seria bastante para ela, se a sra. Harville concordasse com isso.

Mais um detalhe e tudo parecia resolvido. Embora fosse provável que o sr. e a sra. Musgrove já estivessem assustados com o atraso, o tempo necessário para os cavalos de Uppercross levá-los de volta aumentaria terrivelmente a ansiedade. E o capitão Wentworth propôs, no que Charles Musgrove assentiu, que seria muito melhor que ele tomasse uma carruagem da estalagem e deixasse a do sr. Musgrove com os cavalos para serem enviados logo cedo na manhã seguinte, quando haveria a vantagem adicional de poderem enviar um relatório sobre como Louisa passara a noite.

Agora o capitão Wentworth apressou-se a aprontar tudo o que lhe dizia respeito, sendo seguido pelas senhoras. Mas quando o plano foi relatado a Mary, houve o fim de qualquer tranquilidade. Sentia-se tão prejudicada, ficou tão veemente e reclamou tanto da injustiça de a mandarem embora, em vez de Anne. Anne, que não representava nada para Louisa, enquanto ela era sua cunhada, e tinha mais direito de ficar no lugar de Henrietta! Por que não poderia ser tão útil quanto Anne? E ir para casa sem Charles, também... sem seu marido! Não, isso era cruel demais! Enfim, disse mais do que seu marido pôde suportar. E, como nenhum dos outros conseguia opor-se a ela quando ele desistia, não houve forma de evitá-lo: a troca de Mary por Anne foi inevitável.

Nunca Anne se submeteu com tanta relutância aos protestos de ciúme e falta de compreensão da irmã. Mas assim tinha que ser, e partiram todos para a cidade. Charles ficou cuidando da irmã, o capitão Benwick, assistindo-a. Lembrou-se por um momento, enquanto se apressavam para partir, dos pequenos incidentes que aqueles locais testemunharam antes, na mesma manhã. Lá ouvira os planos de Henrietta para a partida do dr. Shirley de Uppercross; mais adiante, vira o sr. Elliot pela primeira vez. Só podia reservar um momento de reflexão para todos e não só para Louisa ou aqueles que estavam envolvidos no seu bem-estar.

O capitão Benwick dispensou-lhe a maior consideração. Unidos como estavam na tristeza do dia, sentiu um grau crescente de boa vontade para com ele, e mesmo prazer ao pensar que talvez fosse esta a ocasião para continuar sua amizade.

O capitão Wentworth estava à espera deles, com uma carruagem de quatro cavalos pronta, parada na parte mais baixa da rua para sua maior conveniência. Mas foram evidentes os sinais de surpresa e irritação devido à substituição de uma irmã pela outra: a mudança de sua fisionomia, a perplexidade, as frases iniciadas e interrompidas que dirigira a Charles constituíram uma recepção mortificante para Anne ou pelo menos a convenceram de que para ele só tinha valor se pudesse ser útil a Louisa.

Ela se esforçou para se recompor e ser justa. Sem imitar os sentimentos de uma Emma para com seu Henry, teria cuidado de Louisa com um zelo acima das obrigações naturais de atenção, por causa dele. E ela desejou que ele não continuasse ainda por muito tempo sendo injusto a ponto de imaginar que ela tentaria escapar sem motivo aos préstimos a uma amiga.

Entrementes, estava na carruagem. Ele ajudou ambas a subirem e sentou-se entre elas; dessa maneira, sob essas circunstâncias cheias de perplexidade e emoção para Anne, ela partiu de Lyme. Como a longa viagem transcorreria, como iria afetar seus hábitos, qual deveria ser seu tipo de relação, ela não podia prever. Tudo era muito natural, contudo. Ele se mostrava muito atencioso para com Henrietta e sempre se voltava para ela. E toda vez que chegava a falar, era sempre no sentido de dar apoio a suas esperanças e melhorar o estado de espírito dela. Em geral, sua voz e maneiras estavam estudadamente calmas. Poupar qualquer emoção a Henrietta parecia sua principal preocupação. Apenas uma vez, quando ela estivera lastimando o último impensado e malfadado passeio ao Cobb, lamentando amargamente que tivessem chegado a pensar nele, ele a interrompeu, como vencido por completo:

— Não fale nisso, não fale nisso! — exclamou. — Ah, Deus! Se eu não tivesse cedido a ela naquele momento fatal! Se tivesse feito como devia! Mas estava tão alegre e resoluta! Querida, doce Louisa!

Anne se perguntou se já lhe teria ocorrido agora duvidar de sua opinião anterior quanto à felicidade e à vantagem ilimitadas de uma grande firmeza de caráter. Se não teria lhe ocorrido que, como todas as outras qualidades da mente, ela precisava ter suas medidas e restrições. Ela pensou que dificilmente ele poderia deixar de sentir que um caráter persuadível pode às vezes estar tão a favor da felicidade quanto outro muito resoluto.

Avançaram rapidamente. Anne surpreendeu-se ao reconhecer os mesmos morros e os mesmos objetos tão depressa. A velocidade do trajeto de retorno, aumentada por um certo temor em relação ao seu término, fez com que a estrada parecesse ter menos da metade da extensão que no dia anterior. Já escurecera bastante quando chegaram às proximidades de Uppercross e caíra um silêncio total entre eles já havia algum tempo. Henrietta estava recostada no canto, um xale cobrindo o rosto, dando a impressão de ter cochilado de tanto chorar. Nesse momento, ao subirem o último morro, Anne viu de repente que o capitão Wentworth lhe dirigia a palavra. Numa voz baixa e cautelosa, disse:

— Estive pensando no melhor a fazer. Ela não deve aparecer logo. Não poderia suportá-lo. Estive pensando se não seria melhor permanecer na carruagem com ela, enquanto eu entro e dou a notícia ao sr. e à sra. Musgrove. Acha que *é* um bom plano?

Achava. Ele se deu por satisfeito e não disse mais nada. Mas a lembrança de que ele lhe pedira a opinião permanecia como um prazer para ela — como uma prova de amizade e uma deferência ao seu julgamento —, um grande prazer. E mesmo se representasse uma espécie de prova da sua separação, ainda assim seu valor não diminuiu.

Quando terminou de transmitir a triste notícia em Uppercross, deixando o pai e a mãe suficientemente recompostos como seria de se esperar e a filha na melhor situação possível para ir ao encontro deles, anunciou a sua decisão de voltar na mesma carruagem para Lyme. Assim que os cavalos foram alimentados, partiu.

13

Anne passou o restante da estada em Uppercross, de apenas dois dias, na Casa-Grande, e teve a satisfação de se saber extremamente útil ali, tanto como companheira prestativa, quanto na ajuda em tomar todas as providências para o futuro — o que, no atual estado de espírito aflito do sr. e da sra. Musgrove, teria constituído uma grande dificuldade.

Logo na manhã seguinte receberam notícias de Lyme. Não havia qualquer sintoma novo. Charles chegou algumas horas mais tarde, trazendo um relato posterior mais completo. Estava razoavelmente satisfeito. Não se poderia esperar uma cura rápida, mas tudo se encaminhava tão bem quanto admitia a natureza do caso. Ao falar dos Harvilles, parecia incapaz de elogiá-los à altura do que achava justo quanto à sua bondade, especialmente no tocante à capacidade da sra. Harville como enfermeira.

— Não deixou nada para Mary fazer. Convenceram-na e a mim também de ir para a estalagem logo cedo na noite passada. Mary tornou a ficar nervosa hoje de manhã. Quando eu parti, ela estava saindo para um passeio com o capitão Benwick, o que deve fazer-lhe bem. Ele chegava quase a desejar que tivessem conseguido convencê-la a voltar para casa no dia anterior; mas a verdade é que a sra. Harville não deixava nada para ninguém fazer.

Charles devia voltar para Lyme na mesma tarde, e seu pai pensara de início em acompanhá-lo, mas as senhoras não consentiram. Seria apenas multiplicar o trabalho dos outros, e piorar sua própria angústia. Finalmente, imaginaram um plano muito melhor, que foi posto em prática. Chamaram uma carruagem de Crewkherne, e Charles enviou uma pessoa muito mais útil: a velha ama da família. Ela criara todas as crianças, até a última — o mimado sr. Harry — ir para a escola. Vivia agora no quarto vazio das crianças, remendando meias e queixando-se de suas mazelas, e não pôde conter sua alegria ao ser-lhe permitido ajudar a tratar da querida srta. Louisa. O desejo de levar Sarah para lá já tinha ocorrido à sra. Musgrove e a Henrietta, mas sem Anne teria sido difícil resolver a questão e pô-la em prática tão depressa.

Ficaram gratos, no dia seguinte, por Charles Hayter trazer um minucioso relato sobre Louisa, que era tão importante receber a cada 24 horas. Empenhou-se em ir a Lyme e trouxe notícias encorajadoras. Acreditavam que os momentos de compreensão e lucidez fortaleciam-se, e suas sensações pareciam mais intensas. Os relatos mostravam que aparentemente o capitão Wentworth tinha-se fixado em Lyme.

Anne deveria partir no dia seguinte, um fato que todos temiam. "Que fariam sem ela? Sentiam-se incapazes de se consolarem uns aos outros." Disseram tanta coisa nesse sentido que ela considerou que o melhor a fazer era compartilhar com todos os sentimentos que guardara para si até então: que todos deveriam partir para Lyme imediatamente. Não teve grande dificuldade; logo decidiram que partiriam no dia seguinte para instalarem-se na estalagem, ou conseguiriam aposentos, como melhor conviesse, e permaneceriam lá até que a querida Louisa pudesse ser transportada. Assim talvez poupassem um pouco de trabalho àquela boa gente com quem estava; poderiam ao menos aliviar a sra. Harville do cuidado com seus próprios filhos. Enfim, ficaram tão felizes com a decisão, que Anne sentiu-se contente com o que fizera, e que não poderia ter passado melhor sua última manhã em Uppercross do que ajudando nos preparativos para a partida deles. Consequentemente, ela fez seguirem viagem numa hora matutina, embora o resultado disso é que ela mesma foi abandonada à solidão da casa.

Era a última com exceção dos meninos no Chalé, era exatamente a última, a única que restava, de todos os que haviam ocupado e animado as duas casas, de todos os que tinham dado a Uppercross seu caráter alegre. Alguns dias tinham trazido uma real mudança!

Se Louisa se recuperasse, tudo voltaria ao mesmo. Voltaria uma felicidade ainda maior que antes. Não havia dúvida — para o seu espírito não havia qualquer dúvida — quanto ao que se seguiria à sua recuperação.

Mais alguns meses e a sala agora tão deserta, ocupada apenas pela sua mente silenciosa e pensativa, voltaria a se encher com tudo o que era alegre e feliz, tudo de vivo e brilhante no próspero amor, tudo o que existia de mais diferente de Anne Elliot!

Uma hora inteira desocupada para reflexões como essas, num dia escuro de novembro, uma chuvinha cerrada quase apagando os poucos objetos discerníveis pelas janelas, foi o bastante para tornar o rumor da carruagem de Lady Russell extremamente bem-vindo. Contudo, embora desejosa de ir embora, não podia deixar a Casa-Grande ou despedir-se do Chalé, com sua varanda úmida, incômoda e escura, ou mesmo perceber através das vidraças embaçadas as últimas casas do vilarejo sem sentir o coração confranger-se. As cenas passadas em Uppercross a tornaram preciosa. Continha a lembrança de muitas sensações de dor, antes severas, mas agora suavizadas de alguns exemplos de sentimentos arrefecidos, alguns sinais de amizade e reconciliação, que nunca poderiam ser reencontrados, nem cessar de ser-lhe caros. Isso tudo ficava para trás; tudo menos a lembrança de que essas coisas haviam existido.

Anne não voltara a Kellynch desde que saíra da casa de Lady Russell, em setembro. Isso não fora necessário, e conseguira se desvencilhar e evitar as poucas ocasiões em que lhe teria sido possível ir lá. A primeira vez que voltou foi para reassumir seu lugar nos modernos e elegantes aposentos do Lodge e assim alegrar os olhos de sua proprietária.

Havia uma certa ansiedade mesclada à alegria que Lady Russell mostrou ao encontrá-la. Sabia quem estivera frequentando Uppercross. Mas por felicidade, ou Anne tinha melhorado em aparência e engordado, ou Lady Russel assim imaginou; e Anne, ao receber seus cumprimentos na ocasião, divertiu-se ao relacioná-los com a silenciosa admiração do primo, e teve a esperança de ter sido favorecida com um segundo reflorescimento de juventude e beleza.

Quando começaram a conversar, logo percebeu ter havido uma transformação mental. Os assuntos que enchiam seu coração ao deixar Kellynch, e que fora obrigada a considerar insignificante e reprimir entre os Musgroves, agora só tinham um interesse secundário. Ultimamente perdera contato até mesmo com o pai, a irmã e Bath. Suas preocupações tinham sido sobrepujadas pelas de Uppercross, quando Lady

Russell voltou a falar de suas esperanças e temores anteriores, e como estava satisfeita com a casa que alugaram em Camden Place, e como lastimava o fato de a sra. Clay permanecer com eles. Anne sentir-se-ia envergonhada em reconhecer como seus pensamentos estavam mais ocupados com Lyme, Louisa Musgrove e todas as atividades ali; como era muito mais interessante para ela a casa e a amizade dos Harvilles e do capitão Benwick que a casa de seu pai em Camden Place, ou a intimidade entre a sua irmã e a sra. Clay. Na realidade, teve de se forçar a ouvir com uma aparente solicitude assuntos que, por sua natureza, deveriam ter a maior importância para ela.

Houve certo embaraço, inicialmente, quando mudaram de assunto. Iam falar do acidente em Lyme. Lady Russell mal havia chegado, há cinco minutos, no dia anterior, quando um relato completo de todo o ocorrido foi-lhe feito; mas era preciso falar do assunto, ela deveria fazer perguntas, lastimar a imprudência, lamentar o resultado, e o nome do capitão Wentworth necessariamente ser mencionado por ambas. Anne tinha consciência de não fazê-lo tão bem quanto Lady Russell. Não conseguia pronunciar o nome dele e olhar diretamente nos olhos dela, até que adotou o recurso de contar-lhe brevemente o que achava da ligação entre ele e Louisa. Após isto, mencionar seu nome não a afligiu mais.

Lady Russell ouviu com serenidade e desejou-lhes felicidade, mas interiormente seu coração regozijava de amargo prazer, num regozigo de desprezo, por aquele homem que aos 23 anos parecia de certa forma compreender o valor de uma Anne Elliot, e oito anos mais tarde se deixava encantar por uma Louisa Musgrove.

Os três ou quatro primeiros dias transcorreram na maior tranquilidade, sem qualquer fato para distingui-los, exceto o recebimento de uma ou duas notas de Lyme, que conseguiram chegar às mãos de Anne, sem que ela soubesse explicar como, e trazendo notícias bem melhores de Louisa. Ao final desse período, a cortesia de Lady Russell já não podia continuar insensível, e as ameaças mais frágeis de pouco antes agora foram expressas num tom mais decidido: "Preciso visitar a sra. Croft; preciso realmente visitá-la logo. Anne, você teria a coragem de acompanhar-me numa visita àquela casa? Será uma certa provação para nós."

Anne não tentou escapar a isso. Pelo contrário, sentia realmente o que dizia, ao observar:

— Creio que a senhora provavelmente sofrerá mais do que eu; está menos conformada com a mudança do que eu. Ao permanecer na vizinhança, tornei-me insensível a ela.

Poderia ter falado mais sobre o assunto, pois de fato tinha uma opinião tão boa dos Crofts, achava que seu pai conseguira tão bons locatários, via que a paróquia teria agora, com toda a certeza, um bom exemplo, e os pobres a melhor atenção e consolo possíveis, que por mais que se sentisse triste e envergonhada pela necessidade da mudança, não podia deixar de pensar, em sã consciência, que tinha partido quem não merecia ficar, e que Kellynch HalI estava agora em melhores mãos do que nas de seus proprietários. Essa convicção sem dúvida implicava em sofrimento, e muito severo; mas diferia da dor que Lady Russell sofreria ao tornar a entrar na casa e percorrer os aposentos tão conhecidos.

Em momentos como esses, Anne não sentia forças para dizer consigo mesma: "Esses aposentos só devem pertencer a nós. Ah, como estão arruinados com seu uso atual! A que mãos foram entregues! Uma família antiga ser expulsa assim. Estranhos em seu lugar!" Não, a não ser quando pensava na mãe, e lembrava-se do lugar onde costumava sentar-se e presidir a mesa, não tinha qualquer motivo para sofrimento.

A sra. Croft sempre a recebia com uma delicadeza que lhe dava o prazer de imaginar-se uma favorita. E naquele momento, ao recebê-la em casa, deu-lhe uma atenção especial.

O triste acidente em Lyme logo se tornou o tópico mais importante. Ao comparar as últimas notícias sobre a doente, parece que as duas senhoras haviam recebido a notícia na manhã do dia anterior e que o capitão Wentworth estivera em Kellynch (pela primeira vez desde o acidente) trazendo então a Anne o relato cuja origem ela achara tão difícil explicar. Depois de permanecer algumas horas, voltara a Lyme, sem qualquer intenção, no momento, de sair de lá. Perguntara em particular por ela, como soube; exprimira seus votos de que a srta. Elliot não tivesse sido afetada por seus esforços, e dissera que esses não foram poucos. Isto era bom — e proporcionou-lhe uma alegria que quase nada mais poderia ter-lhe dado.

Quanto ao triste acidente, só poderia ser tratado de uma forma por um par de senhoras corretas e sensatas, cujo julgamento precisava atuar sobre acontecimentos já ocorridos. E concluíram igualmente que resultara de muita insensatez e imprudência, que seus efeitos eram os mais alarmantes possíveis, e que era terrível pensar por quanto tempo ainda seria duvidosa a recuperação da srta. Musgrove, e como era possível que ainda sofresse do choque, dali por diante! O almirante resumiu tudo brevemente, ao exclamar:

— É um assunto muito desagradável, sem dúvida. É uma nova maneira de o sujeito se apaixonar. Quebrar a cabeça da namorada! Não *é* mesmo, srta. Elliot? Isso é como quebrar a cabeça e depois tornar a colá-la, palavra!

As maneiras do capitão não eram exatamente adequadas para agradar a Lady Russell, mas deliciavam Anne. Achava irresistíveis sua bondade de coração e sua simplicidade de caráter.

— Bem, isso não deve ser muito bom para você — disse ele, despertando repentinamente de um pequeno devaneio —, vir aqui encontrar-nos. Não tinha me lembrado antes, asseguro-lhe, mas deve ser muito ruim. Pois bem, não faça cerimônia. Levante-se e vá percorrer todos os aposentos da casa, se desejar.

— De outra vez, Sir, obrigada, agora não.

— Bem, quando melhor lhe convier. Você pode entrar vindo do jardim a qualquer momento. E lá verá o lugar onde guardamos nossas sombrinhas, dependuradas na porta. Bom lugar, não é? Mas (interrompendo-se) não deve achar muito bom, pois sempre guardavam as suas no quarto do mordomo. Ah, acho que é sempre assim. Os hábitos de uma pessoa podem ser tão bons quanto os de outra, mas sempre preferimos os nossos. Assim, deve julgar por si mesma se seria melhor dar uma volta pela casa ou não.

Anne, achando que devia recusá-lo, assim o fez, muito agradecida.

— Fizemos muito poucas modificações! — continuou o almirante, depois de pensar um momento. — Muito poucas. Falamos-lhe sobre a porta da lavanderia, em Uppercross. Melhorou muitíssimo. Não posso imaginar como pôde uma família suportar a inconveniência de abri-la daquela forma por tanto tempo! Conte a Sir Walter o que fizemos e que o sr. Shepherd a considerou a melhor reforma que a casa já teve. Sem dúvida, devo ser justo conosco mesmo ao dizer que as poucas mudanças que fizemos trouxeram uma grande melhora. Mas quem tem o mérito é minha mulher. Não fiz quase nada além de retirar alguns dos enormes espelhos de meu quarto de vestir, que pertencia a seu pai. Um homem muito bom, e muito gentil, estou certo, mas pensei, srta. Elliot (parecendo refletir seriamente), acho que deve ser um homem bastante elegante para sua idade. Um tal número de espelhos! Ah, Senhor! Não havia como fugir de si mesmo. Assim, pedi a Sophy que me desse uma ajuda, e logo mudamo-los dali. Agora estou bem provido, com meu pequeno espelho de barbear num canto, e um outro, enorme, do qual nunca me aproximo.

Anne, divertida mesmo sem o querer, sentia-se aflita para arranjar uma resposta, e o almirante, temendo não ter sido bastante cortês, retomou o assunto para dizer:

— Da próxima vez que escrever a seu pai, srta. Elliot, peço-lhe que lhe transmita meus cumprimentos e os da sra. Croft, e diga-lhe que estamos instalados aqui bem ao nosso gosto e não temos a menor queixa a fazer do lugar. A chaminé da copa faz um pouco de fumaça, mas só quando o vento norte sopra com força, o que não chega a acontecer três vezes durante todo o inverno. E também lhe diga que, agora que já estivemos na maioria das casas da redondeza, e por isso podemos julgar, não há nenhuma melhor do que esta. Peço-lhe que lhe diga isso, e lhe dê meus cumprimentos. Ele ficará contente em ouvi-lo.

Lady Russell e a sra. Croft estavam muito satisfeitas uma com a outra. Mas a amizade iniciada por esta visita tinha o destino de não prosseguir no momento, pois, quando foi retribuída, os Crofts anunciaram que partiriam por algumas semanas, para visitar parentes no norte do condado, e provavelmente não voltariam antes de Lady Russell ter-se mudado para Bath.

Assim terminou todo o perigo de Anne encontrar o capitão Wentworth em Kellynch Hall, ou de sabê-lo em companhia de sua amiga. Tudo estava a salvo, e sorriu ao pensar nos inúmeros pensamentos ansiosos que desperdiçara com o assunto.

14

Embora Charles e Mary permanecessem em Lyme, após a chegada do sr. e da sra. Musgrove, muito mais tempo do que Anne imaginava necessário, ainda assim foram os primeiros da família a voltar para casa. Logo que puderam, depois de retornar a Uppercross, foram até o Lodge. Ao partirem, Louisa começava a poder se sentar; mas a cabeça, apesar de lúcida, estava extremamente enfraquecida, e os nervos suscetíveis ao extremo. Embora se pudesse dizer que estava indo muito bem, ainda não seria possível dizer quando poderia suportar a viagem de volta para casa. O pai e a mãe, que deviam retornar a tempo de receber os filhos mais moços nas férias de Natal, já tinham quase perdido a esperança de poder levá-la consigo.

Haviam se hospedado no mesmo local. A sra. Musgrove levou a passear os filhos da sra. Harville o mais que pôde. Mandaram vir o máximo de provisões possíveis de Uppercross, para diminuir o incômodo que estavam dando aos Harvilles, enquanto estes esperavam-nos para o jantar diariamente. Enfim, aparentemente existia uma batalha para saber quem seria o mais desinteressado e hospitaleiro.

Mary se sentiu indisposta várias vezes. Mas em geral, como era compreensível, devido à sua estada tanto tempo lá, encontrara mais coisas que lhe agradaram do que a fizeram sofrer: Charles Hayter fora a Lyme mais do que ela desejaria, e quando jantavam com os Harvilles havia apenas uma empregada para servir. Também no começo, a sra. Harville dera precedência à sra. Musgrove, servindo-a primeiro, mas depois desculpara-se com tanta polidez, ao saber de quem era filha, e ocorreram tantas coisas durante todo o tempo, tantas idas e vindas entre a sua residência e a dos Harvilles, tantos livros emprestados da biblioteca deles, que no final tudo depunha muito em favor de Lyme. Também a levaram a Charmouth, onde se banhara e fora à igreja. Ali havia muito mais pessoas para ver do que em Lyme ou Uppercross. Tudo somado, e mais a consciência de ter sido tão útil, tornara aquela quinzena um período realmente agradável.

Anne perguntou pelo capitão Benwick. O rosto de Mary imediatamente se turvou. Charles riu.

— Ah! O capitão Benwick está muito bem, creio, mas é um jovem muito estranho. Não sei o que passa na sua cabeça. Nós o convidamos para nos visitar por um ou dois dias; Charles convidou-o também para caçar e isto pareceu agradar-lhe bastante. Quanto a mim, achei que tudo já estava combinado. Na terça-feira à noite, pediu desculpas de uma forma muito estranha, dizendo que "nunca atirava" e que "não o tinham compreendido bem", e que prometera isso e aquilo, e no final percebi que não pretendia ir. Imagino que tinha medo de se aborrecer. Mas juro que nos considero bastante alegres no Chalé para um homem tão alquebrado quanto o capitão Benwick.

Charles tornou a rir e disse:

— Bem, Mary, sabe muito bem o que realmente aconteceu. Foi tudo culpa sua (voltando-se para Anne). Imaginou que, se fosse conosco, ficaria perto de você. Pensou que todos viviam em Uppercross. Quando descobriu que Lady Russell morava a três milhas, perdeu a coragem de vir. Isto é o que sucedeu, dou-lhe minha palavra. Mary sabe disso.

Mary, no entanto, não concordou de boa vontade. Se isso ocorreu por não considerar o capitão Benwick merecedor, por nascimento e condição, de se apaixonar por uma Elliot, ou por não querer acreditar que Anne fosse maior atração em Uppercross do que ela própria, ficará aberto a conjecturas. O bom humor de Anne não diminuiu com isso. Admitiu corajosamente que se sentia lisonjeada, e continuou com suas perguntas.

— Ah, ele fala de você de uma forma! — gritou Charles. Mas Mary interrompeu-o:

— Declaro, Charles, que não o ouvi mencionar o nome de Anne nem duas vezes por todo o tempo em que estivemos lá. Anne, ele nunca fala de você.

— Não — admitiu Charles —, não sei se o faz, de modo geral. Mas ele a admira muitíssimo, é claro. Não consegue pensar em nada a não ser nos livros que você lhe recomendou, e deseja falar-lhe sobre eles. Descobriu uma coisa num deles que acha — ah! Nunca poderei lembrar-me —, mas é uma coisa muito bonita. Ouvi-o contar a Henrietta, quando a srta. Elliot foi mencionada nos termos mais elogiosos! Agora, Mary, eu mesmo lhe declaro que isso aconteceu, quando você se encontrava em outra sala. — "Elegância, delicadeza, beleza." Ah! Não havia fim para os encantos da srta. Elliot.

— Tenho a certeza — gritou Mary com veemência — que isso não fica nada bem para ele, se o disse. A srta. Harville morreu apenas em junho. Não há grande valor em ter um coração assim, não é, Lady Russell? Tenho certeza de que a senhora concordará comigo.

— Preciso ver o capitão Benwick antes de poder fazer um julgamento — disse Lady Russell, sorrindo.

— Isso a senhora poderá fazer muito em breve, madame — disse Charles. — Embora seus nervos não suportassem vir até aqui conosco, fazer uma visita formal, e depois tornar a viajar, um dia virá por si mesmo a Kellynch, não tenha dúvida. Falei-lhe da distância e da estrada, e de como valia a pena visitar a igreja, pois sei como gosta desse tipo de coisa, e pensei que seria uma boa desculpa. Ele me ouviu com toda a sua alma e atenção. E não tenho a menor dúvida, devido à sua atitude, que logo estará aqui, visitando-nos. Assim, já posso preveni-la com antecedência, Lady Russell.

— Qualquer amigo de Anne será sempre bem recebido por mim — foi a bondosa resposta de Lady Russell.

— Ah! Quanto a ser amigo de Anne — disse Mary —, acho que é muito mais meu amigo, pois vi-o diariamente nesses últimos 15 dias.

— Bem, então como amigo de ambas, terei grande prazer em conhecer o capitão Benwick.

— A senhora não vai achar nada de agradável nele, afirmo-lhe, madame. É um dos jovens mais melancólicos que existem. Passeou comigo algumas vezes e percorremos toda a praia sem que ele dissesse uma única palavra. Não é de forma alguma um homem bem-educado. Tenho certeza de que a senhora não gostará dele.

— Então divergimos nesse ponto, Mary — disse Anne. — Creio que Lady Russell vá gostar dele. Acho que ficará tão encantada com a sua inteligência que logo não encontrará mais nenhum defeito nele.

— Também acho, Anne — disse Charles. — Tenho certeza de que Lady Russell vai gostar dele. É exatamente o tipo de pessoa que lhe agrada. Se lhe derem um livro, passa o dia inteiro lendo-o.

— Sim, isso é verdade! — exclamou Mary, zombeteiramente. — Ficará sentado meditando sobre ele, sem mesmo perceber quando uma pessoa lhe fala, ou quando deixa a tesoura cair no chão, ou qualquer outra coisa. Acha que Lady Russell gostaria disso?

Lady Russell não pôde deixar de rir.

— Palavra, asseguro-lhe que não supunha que minha opinião sobre alguém merecesse tanta diferença de conjectura, tão estável e objetiva me considero. Estou realmente curiosa por ver uma pessoa que dá margem a opiniões tão frontalmente opostas. Gostaria que o persuadissem a vir aqui. E quando o fizer, Mary, esteja certa de que ouvirá minha opinião; mas estou decidida a não julgá-lo antes disso.

— Garanto que a senhora não gostará dele.

Lady Russell mudou então de assunto. Mary falou com animação que tinham encontrado — ou antes, deixado de ver — o sr. Elliot, da forma mais extraordinária.

— Este é um homem que não tenho o menor desejo de ver — disse Lady Russell. — Sua recusa em manter-se em termos cordiais com o chefe de sua família deixou-me uma forte impressão em seu desfavor.

Sua resolução embaraçou Mary no seu ardor e a fez interromper a meio a descrição que fazia de suas feições.

Com respeito ao capitão Wentworth, embora Anne não aventurasse nenhuma pergunta, deram-lhe voluntariamente suficientes informações. Como seria de esperar, seu estado de espírito tinha melhorado muito ultimamente. À medida que Louisa melhorava, ele também melhorava; tinha se transformado bastante desde a primeira semana. Não a havia visto, e temia tão profundamente qualquer consequência negativa que pudesse advir para ela de um encontro que não fez a menor insistência nesse sentido; pelo contrário, parecia ter planejado sair por uma semana ou dez dias, até que a mente dela estivesse mais resistente. Falara em ir a Plymouth por uma semana, e quisera persuadir o capitão Benwick a acompanhá-lo; mas, como Charles afirmou até o último instante, o capitão Benwick parecia muito mais inclinado a vir fazer um passeio em Kellynch.

Não poderia haver dúvidas de que daí por diante Lady Russell e Anne começaram a pensar de vez em quando no capitão Benwick. Lady Russell não podia ouvir a sineta da porta sem pensar que poderia ser o criado dele, e Anne nunca voltava de um passeio solitário pelos jardins de seu pai ou de uma visita de caridade pelo vilarejo sem se perguntar se não o veria ou receberia notícias suas. Mas o capitão Benwick não veio. Ou estava menos inclinado a vir do que Charles supunha, ou sentia-se intimidado. Depois de lhe dar uma semana de condescendência, Lady Russell decidiu que ele não merecia o interesse que começava a despertar.

Os Musgroves voltaram para receber os seus alegres filhos e filhas da escola, trazendo com eles os filhos menores da sra. Harville e aumentando a alegria de Uppercross, enquanto diminuía a de Lyme. Henrietta continuou com Louisa, mas o restante da família voltou para casa.

Lady Russell e Anne foram uma vez visitá-los. Anne não pôde deixar de achar que Uppercross já estava suficientemente animada outra vez. Embora nem Henrietta nem Louisa estivessem ali, a sala apresentava um contraste tão grande quanto seria de se esperar em relação à última vez em que os visitara.

À volta da sra. Musgrove estavam os pequenos Harvilles, que ela protegia continuamente da tirania das duas crianças do Chalé, apesar de terem sido trazidos explicitamente para diverti-los. De um lado havia uma mesa onde algumas jovens falavam sem cessar, cortando papel dourado e de seda. Do outro havia bandejas e cestas curvadas ao peso de carnes e pastelões frios, fonte de grande prazer para as barulhentas crianças. Tudo se completava com uma crepitante lareira de Natal que parecia resolvida a se fazer ouvir, apesar de todo o ruído dos demais. Claro que Charles e Mary também vieram, durante a visita; e o sr. Musgrove fez questão de retribuir seus cumprimentos a Lady Russell, e sentou-se perto dela por dez minutos. Falava num tom de voz muito alto, mas, na maior parte do tempo, em vão, devido à algazarra que as crianças faziam em seus joelhos. Era uma bela cena de família.

Anne, julgando pelo próprio temperamento, achava que uma tal tempestuosidade doméstica seria um mau restaurador para os nervos de Louisa, que deveriam estar seriamente abalados pela doença. Mas a sra. Musgrove, que chamou Anne para perto de si a fim de agradecer-lhe repetidamente, da maneira mais cordial possível, todas as atenções que tivera para com eles, concluiu com uma rápida recapitulação do que ela mesma sofrera e observou, com um olhar feliz pela sala, que, depois de tudo por que passara, nada poderia fazer-lhe tão bem quanto um pouco de tranquilidade caseira.

Louisa agora se recuperava rapidamente. Sua mãe chegava mesmo a pensar que talvez pudesse vir reunir-se aos outros, em casa, antes dos irmãos e irmãs voltarem para o colégio. Os Harvilles tinham prometido vir a Uppercross quando ela retornasse. No momento o capitão Wentworth fora visitar um irmão em Shropshire.

— Espero não me esquecer, no futuro — disse Lady Russell, logo que se viram de novo sentadas na carruagem —, de nunca mais vir a Uppercross nas férias de Natal.

Todos têm gosto particular com relação a ruídos assim como em outros assuntos. E os ruídos podem ser bastante inofensivos ou muito inquietantes, não devido à sua qualidade, mas sim à sua intensidade. E quando Lady Russell, não muito tempo depois, entrava em Bath numa tarde úmida, passando por uma longa série de ruas, desde a Ponte Velha até Camden Place, em meio ao rumor de outras carruagens, o forte estrondo de carroças e carretas, gritos de jornaleiros, vendedores de doces, leiteiros, e o incessante bater de tamancos, não fez a menor reclamação. Não, estes ruídos faziam parte dos deleites de inverno. Seu estado de espírito melhorou sob esta influência; e, como a sra. Musgrove, também ela estava sentindo, embora não confessasse, que não existia nada tão bom, depois de um longo período no campo, como um pouco de tranquilidade caseira.

Anne não compartilhava desses sentimentos. Persistia em sua calada mas determinada aversão a Bath. Vislumbrou a primeira paisagem embaçada das amplas construções e do nevoeiro sem qualquer desejo de vê-los melhor. Sentiu que por mais desagradável que fosse seu avanço pelas ruas, ainda assim era rápido demais. Quem se alegraria com a sua chegada?

Recordava, com terna saudade, do alvoroço de Uppercross e a solidão de Kellynch.

A última carta de Elizabeth comunicara uma notícia de algum interesse. O sr. Elliot estava em Bath. Fizera uma visita a Camden Place; se Elizabeth e seu pai não estavam enganados, fizera os maiores esforços para procurar esta aproximação, e proclamar o valor de uma tal amizade — tanto quanto se esforçara antes para provar que a desdenhava. Isso seria maravilhoso se fosse verdade; Lady Russell sentia uma curiosidade e perplexidade muito agradáveis em relação ao sr. Elliot, já contradizendo o sentimento que há tão pouco tempo expressara a Mary, de ser ele "um homem que não tinha a menor vontade de ver". Sentia grande vontade de vê-lo. Se ele estava realmente procurando reconciliar-se como um herdeiro respeitoso, deveria ser perdoado por ter renegado sua árvore genealógica.

Anne não se animou tanto com esta circunstância; mas sentiu que achava melhor vê-lo do que o contrário, o que era mais do que poderia dizer em relação a muitas outras pessoas de Bath.

Lady Russell deixou-a em Camden Place e depois se dirigiu para sua própria residência, na rua River.

15

Sir Walter alugara uma casa muito boa em Camden Place, numa localização distinta e nobre, como convém a um homem de situação. Tanto ele quanto Elizabeth estavam muito satisfeitos com a nova residência.

Anne entrou ali com o coração pesado, antecipando uma reclusão de muitos meses, e já se dizendo, ansiosa: "Ah! Quando tornarei a sair daqui?" Uma certa cordialidade inesperada, contudo, no acolhimento que teve, fez-lhe bem. Seu pai e sua irmã estavam felizes em vê-la, para poder mostrar-lhe a casa e a mobília, e a receberam gentilmente. O fato de ela completar a mesa, como a quarta pessoa, foi considerado uma vantagem.

A sra. Clay estava muito agradável e sorridente; mas suas cortesias e sorrisos eram previsíveis. Anne sempre pressentira que ela iria fingir os sentimentos adequados quando voltasse. Mas a afabilidade dos outros era inesperada. Evidentemente todos estavam em excelente estado de espírito, e logo soube o motivo. Não tinham a menor vontade de ouvi-la. Depois de indagar por possíveis protestos de serem muito relembrados pela vizinhança, no que Anne não pôde satisfazê-los, fizeram apenas algumas perguntas superficiais, e começaram a falar apenas de seus assuntos. Uppercross não despertava o menor interesse, Kellynch muito pouco — tudo era Bath.

Tiveram o prazer de lhe assegurar que Bath excedia quaisquer expectativas, em todos os sentidos. Sua casa era sem dúvida a melhor em Camden Place, suas salas de visita tinham muitas vantagens indiscutíveis sobre todas as que tinham visto ou ouvido falar, e a superioridade não era menor no estilo da decoração ou no bom gosto da mobília. Todos procuravam incessantemente relacionar-se com eles. Todos queriam visitá-los. Tinham recusado muitas apresentações, mesmo assim recebiam perpetuamente cartões de visita de pessoas totalmente desconhecidas.

Aqui havia possibilidade de diversões! Poderia ter dúvidas quanto à felicidade do pai e da irmã? Talvez não se perguntasse isso, mas penalizava-a ver que seu pai não sentia a menor degradação naquela mudança, não via nada a lastimar nas deferências e dignidade perdidas de antigo senhor de terras, e que agora encontrasse tanto motivo de frivolidade nos estreitos limites de uma cidadezinha. Deveria suspirar e sorrir, e também se perguntar, quando Elizabeth abriu de par em par as portas de dois batentes, caminhando exultante de uma sala de estar para outra e exaltando seu tamanho — se esta mulher, que fora dona de Kellynch Hall, podia de alguma forma sentir orgulho entre essas quatro paredes, separadas, talvez, por não mais de trinta pés.

Isso, porém, não era tudo que havia para torná-los felizes. Havia o sr. Elliot, também. Não apenas fora perdoado, mas estavam encantados com ele. Estava em Bath havia aproximadamente meio mês (passara por Bath em novembro, a caminho de Londres, quando sem dúvida a notícia de que Sir Walter viera morar ali o alcançara, embora ficasse apenas 24 horas no local, mas não pudera aproveitar a oportunidade). Porém agora permanecera ali por 15 dias, e seu primeiro objetivo, ao chegar, foi deixar seu cartão em Camden Place, seguindo-o de tão assíduos empenhos em vê-los, e, quando isto foi conseguido, de tanta franqueza de conduta, tanta presteza em desculpar-se pelo passado, tanta solicitude para ser recebido outra vez como um parente, que sua antiga e boa amizade fora totalmente restabelecida.

Não encontravam um único defeito nele. Afastara de si toda a impressão de descortesia. Esta se devia a um total mal-entendido. Nunca pensara em afastar-se; temera ter sido afastado, e, sem saber o motivo, permanecera em silêncio por delicadeza. Quando lhe insinuavam ter falado com desrespeito ou com desconsideração sobre a família e a sua dignidade, ficou revoltado. Ele, que sempre se vangloriara de ser um Elliot e cujos sentimentos quanto aos laços de família eram até estritos demais para convir ao gosto antifeudal da época! Estava realmente surpreso! Mas seus hábitos de caráter e conduta serviriam para refutá-lo.

Recomendava Sir Walter a todos que o conheciam; e, evidentemente, pelos seus esforços no sentido da reconciliação, na primeira oportunidade, baseada na amizade e na relação de um herdeiro presumível, já era prova suficiente de suas opiniões a respeito.

As circunstâncias de seu casamento também foram consideradas muito justificáveis. Ele não falava do assunto, mas um amigo muito íntimo, certo coronel Wallis, homem muito respeitável, perfeito cavalheiro (e que não era de todo feio, acrescentou Sir Walter), que vivia em muito bom estilo em Marlborough Buildings e fora admitido em seu círculo de amizades a seu próprio pedido, através do sr. Elliot, mencionara uma ou duas coisas relativas ao casamento que trouxeram uma diferença capital na má opinião que tinham dele.

O coronel Wallis havia muito conhecera o sr. Elliot e fora também amigo de sua esposa, compreendendo portanto toda a história. Certamente ela não pertencia a uma família tradicional, mas era bem-educada, bem-dotada, rica e excessivamente apaixonada por seu amigo. Houve uma atração. Ela o procurara. Se não fosse esta atração, nem todo o dinheiro dela teria tentado Elliot, e além disso Sir Walter sabia que ela era uma mulher muito bonita. Havia muito para suavizar todo este assunto. Uma mulher muito bonita, com uma grande fortuna, apaixonada por ele! Sir Walter parecia aceitar esta justificativa como perfeita, e embora Elizabeth não conseguisse ver os fatos sob um ângulo tão favorável, admitiu-o como uma boa atenuante.

O sr. Elliot fizera repetidas visitas, jantara com eles uma vez, evidentemente encantado com a distinção de ser convidado, pois em geral não davam jantares; encantado, enfim, com todas as provas de atenção por parte dos primos, e colocando toda a sua felicidade no fato de estar em termos de intimidade em Camden Place.

Anne ouvia, mas sem compreender muito bem. Devia-se ter tolerância, muita tolerância para com as ideias daqueles que falavam, bem sabia. Ouvia tudo como um exagero. Tudo que soava extravagante ou irracional no decorrer da reconciliação não devia ter outra origem que a linguagem de seus narradores. Ainda assim, tinha a sensação de haver mais alguma coisa além do que aparecia à primeira vista, no desejo do sr. Elliot, depois de um intervalo de tantos anos, de ser bem recebido por eles. De um ponto de vista mundano, nada tinha a ganhar ao estar em bons termos com Sir Walter, e nada a arriscar estando em desavença com ele. Com toda a probalidade já era o mais rico dos dois, e tanto a propriedade de Kellynch quanto o título seriam dele mais tarde. Um homem sensato! E, se parecia um homem *tão sensato*, por que teria este objetivo? Só poderia aventar uma hipótese: talvez por causa de Elizabeth. Talvez tivessem realmente gostado um do outro anteriormente, embora a conveniência e o acaso os houvessem separado, e agora que ele podia se permitir esse prazer, talvez quisesse realmente fazer-lhe a corte. Elizabeth era sem dúvida muito bonita, polida, distinta, e talvez o sr. Elliot, conhecendo-a apenas em público, e quando ainda era muito moço, não chegasse a penetrar no seu caráter. Como o temperamento e o espírito dela poderiam resistir a uma análise, atualmente, neste período muito mais perspicaz da vida dele, já era outro assunto, e bastante inquietante. Com a maior sinceridade, ela desejava que ele não fosse excessivamente bondoso ou observador, se tinha Elizabeth em vista. E que Elizabeth estava disposta a crer nisso, e que sua amiga, a sra. Clay, encorajava esta ideia, era mais do que evidente, devido a alguns olhares trocados entre as duas, enquanto se falava das frequentes visitas do sr. Elliot.

Anne mencionou as duas vezes que o avistara em Lyme, mas sem obter muita atenção. Ah! Sim, talvez fosse o sr. Elliot. Não sabiam. Poderia ser ele. Não podiam prestar atenção à descrição que ela fazia. Eles mesmos o descreviam, principalmente Sir Walter. Fazia justiça à sua aparência muito cavalheiresca, seu ar elegante, na última moda, seu rosto de belos traços, o olhar perspicaz, mas, ao mesmo tempo, "não podia deixar de lastimar um queixo tão saliente, um defeito que o tempo parecia ter agravado", nem poderia pretender dizer que dez anos não tivessem alterado quase todos os traços para pior. O sr. Elliot parecia pensar que ele (Sir Walter) "estava exatamente com a mesma aparência que da última vez em que se viram". Mas Sir Walter "não pôde retribuir totalmente o cumprimento, o que o embaraçara. Não tinha reclamações, porém. O sr. Elliot era mais agradável de aparência que a maioria dos homens, e não faria a menor objeção a ser visto com ele em qualquer lugar".

O sr. Elliot e seus amigos de Marlborough Buildings foram o assunto da conversa por toda a noite. "O coronel Wallis estivera tão impaciente para ser apresentado a eles! E o sr. Elliot tão ansioso para que isso acontecesse!" E havia uma sra. Wallis, conhecida até então apenas por descrições, pois estava para ter um filho a qualquer momento. Mas o sr. Elliot falou dela como "uma mulher encantadora, que muito merecia ser conhecida em Camden Place", e logo que se recuperasse deveriam ser apresentados. Sir Walter tinha um alto conceito da sra. Wallis. Dizia-se que era extraordinariamente bonita. Ansiava por vê-la. Esperava que trouxesse alguma remediação a todos os rostos feios que via continuamente na rua. O pior de Bath era seu número de mulheres feias. Não pretendia dizer que não houvesse mulheres bonitas, mas o número das feias era totalmente desproporcional. Frequentemente observava, quando caminhava, que um rosto bonito era seguido por trinta ou 35 outros aterrorizadores. Uma vez estando parado diante de uma loja na rua Bond, contara 87 mulheres passando, uma depois da outra, sem haver um único rosto tolerável entre elas. Sem dúvida era uma manhã fria, com uma forte geada, que só uma mulher em mil suportaria. Mesmo assim, havia com certeza uma terrível profusão de mulheres feias em Bath. Quanto aos homens, eram infinitamente piores! As ruas estavam repletas de espantalhos! Era evidente que as mulheres não estavam acostumadas a ver alguma coisa melhor, a julgar pelo efeito que um homem de aparência decente produzia. "Nunca andara de braço dado com o coronel Wallis (que era uma bela figura de militar, embora grisalho) sem observar os olhos de todas as mulheres sobre ele. As mulheres nunca deixavam de olhar o coronel Wallis." Como Sir Walter era modesto! Não o deixariam escapar, porém. A filha e a sra. Clay uniam-se para insinuar que o amigo do coronel Wallis deveria fazer tão boa figura quanto ele próprio, e certamente não era grisalho.

— Como está a aparência de Mary? — perguntou Sir Walter, no auge do bom humor. — Da última vez que a vi, estava com o nariz vermelho, mas espero que isso não ocorra todos os dias.

— Ah, não, deve ter sido acidental! Em geral está com excelente aparência e ótima saúde desde a festa de São Miguel.

— Se não achasse que poderia tentá-la a sair em dia de ventania e mau tempo, e assim piorar, eu lhe mandaria um novo casaco e um chapéu.

Anne estava pensando se deveria aventurar-se a sugerir que uma capa ou casaco não teriam esse efeito quando uma batida na porta deixou tudo em suspenso. "Alguém está batendo à porta! E tão tarde!" Eram dez horas. Seria o sr. Elliot? Sabiam que iriam jantar em Lansdown Crescent. Era possível que tivesse parado a caminho de casa para perguntar como estavam. Não poderiam pensar em ninguém mais. A sra. Clay afirmou decididamente que era a batida do sr. Elliot. Tinha razão. Com toda a majestade que um mordomo e um pajem podem dar, o sr. Elliot foi introduzido na sala.

Era o mesmo, exatamente o mesmo homem, sendo a roupa a única diferença. Anne recuou um pouco, enquanto os outros receberam seus cumprimentos, e a irmã suas desculpas por ter vindo a uma hora tão desusada, mas "não podia estar tão perto sem desejar saber se ela ou a amiga não teriam ficado resfriadas no dia anterior etc. etc.", o que foi dito e aceito com tanta polidez quanto possível — e então chegou a sua vez. Sir Walter falou da filha mais moça: "Pedia-lhe permissão para apresentar-lhe sua filha mais moça" (não havia ensejo para mencionar Mary), e Anne, sorrindo e corando graciosamente, mostrou ao sr. Elliot os belos traços que ele de forma alguma tinha esquecido, e no mesmo instante viu, divertida com o pequeno sobressalto de surpresa, que ele antes não sabia, de forma alguma, quem ela era. Ele parecia totalmente surpreso, mas não mais atônito do que satisfeito; os olhos brilharam, com a mais perfeita vivacidade recebeu a apresentação, aludiu ao passado, e expressou o desejo de ser aceito como amigo. Estava tão bonito quanto em Lyme, a fisionomia melhorava quando falava, e suas maneiras eram tão exatamente como deveriam ser, tão polidas, naturais, especialmente agradáveis, que ela só poderia compará-las em perfeição às de uma pessoa. Não eram a mesma pessoa, mas talvez tivessem o mesmo valor.

Ele sentou-se e, assim, animou muito a conversa. Não poderia haver a menor dúvida quanto a ele ser um homem sensato. Dez minutos foram suficientes para verificar isso. O tom de sua voz, suas expressões, a escolha do assunto, sua consciência de quando deveria parar — eram os modos de uma mente sensata e perspicaz. Logo que pôde começou a falar com ela sobre Lyme, desejando comparar suas opiniões sobre o lugar, mas principalmente falar do fato de terem sido hóspedes na mesma estalagem ao mesmo tempo, explicar seu trajeto, conhecer um pouco o dela, e lastimar ter perdido uma tal oportunidade de lhe prestar suas homenagens. Ela fez um breve relato sobre o grupo e o motivo que os levara a Lyme. Ele lamentou ainda mais ao ouvi-lo. Passara toda a noite sozinho, na sala ao lado da deles, ouvindo suas vozes e incessante alegria. Pensara que devia ser um grupo maravilhoso — desejara estar com eles, mas claro que sem a menor suspeita de possuir uma sombra de direito de se apresentar. Se ao menos tivesse perguntado que grupo era! O nome Musgrove já lhe teria dito o suficiente. Bem, isso lhe serviria para curá-lo da prática absurda que adotara quando bem moço de nunca fazer uma pergunta numa estalagem, sob a alegação de que ser curioso era muito pouco gentil.

— Os princípios de um jovem de 21 ou 22 anos em relação ao que *é* preciso para tornar suas atitudes perfeitas eram os mais absurdos possíveis — continuou. — A loucura dos meios que frequentemente empregam só pode ser comparada à loucura daquilo que têm em vista.

Não deveria, contudo, dirigir suas reflexões apenas para Anne. Sabia disso. Logo voltou a diluir-se com os outros, e só a intervalos podia voltar a falar de Lyme.

As perguntas que ele fazia, contudo, acabaram provocando um minucioso relato da cena que ela presenciara lá, logo depois da partida dele. Como ela aludira a "um acidente", ele quis ouvir tudo. Quando lhe fez perguntas, Sir Walter e Elizabeth também as fizeram. Mas a diferença na sua maneira de fazê-lo não podia passar despercebida. Só podia comparar o sr. Elliot a Lady Russell, no desejo de compreender realmente o que se passara e no grau de preocupação pelo que ela deveria ter sofrido ao presenciá-lo.

Demorou-se uma hora com eles. O pequeno e elegante relógio do consolo soara "às 11, com seus sons prateados", e a sentinela começava a ser ouvida à distância, repetindo sempre a mesma cantilena, antes que o sr. Elliot ou qualquer dos presentes percebessem que ele permanecera ali tanto tempo.

Anne nunca poderia ter imaginado que sua primeira noite em Camden Place seria tão agradável.

16

Ao voltar para perto da família, havia um aspecto que Anne gostaria de averiguar, mais do que se o sr. Elliot estava apaixonado por Elizabeth: se seu pai não estava apaixonado pela sra. Clay. Ficou bem pouco tranquila a esse respeito depois de passar algumas horas em casa. Ao descer para o café da manhã no dia seguinte, viu que acabara de haver uma discreta tentativa por parte dessa senhora para deixá-los. Podia imaginar que a sra. Clay teria dito que "agora que a srta. Elliot tinha chegado, imaginava que já não tinha a menor utilidade ali". Pois Elizabeth estava cochichando, em resposta: "Isso não é razão, realmente. Asseguro-lhe que para mim não é. Ela não representa nada para mim, comparada a você!", e teve bastante tempo para ouvir seu pai dizer:

— Minha cara senhora, isso não deve acontecer. Ainda não viu nada de Bath. Durante todo o tempo em que esteve aqui, só nos foi prestativa. Não deve afastar-se de nós agora. Deve ficar para conhecer esta sra. Wallis, a linda sra. Wallis. Sei que, para sua mente refinada, a visão da beleza é realmente uma satisfação.

Falou e pareceu tão sério que Anne não ficou surpreendida ao ver a sra. Clay olhar furtivamente para Elizabeth e para ela. Sua fisionomia talvez pudesse causar uma certa desconfiança, mas o elogio à sua mente refinada não pareceu despertar um único pensamento na irmã. A senhora não pôde senão condescender com tão uníssonos convites, e prometeu ficar.

Quando, no decorrer dessa mesma manhã, Anne e seu pai se encontraram por acaso a sós, ele começou a cumprimentá-la por estar com muito melhor aparência. Ele a achava "menos magra de corpo e de rosto; a tez, a pele, muito melhores — mais claras, viçosas. Estaria usando algum produto especial?""Não, nada.""Apenas Gowland, então", imaginava ele. "Não, absolutamente nada." "Ah! Ficava surpreso com isso!" E acrescentou: "Sem dúvida está ótima assim; não poderia estar melhor. Senão lhe recomendaria Gowland, o uso constante de Gowland, durante a primavera. A sra. Clay usou-o sob minha recomendação e pode ver o efeito nela. Bem vê como suas sardas acabaram."

Se Elizabeth pudesse ouvir isso! Um elogio tão pessoal a teria chocado, principalmente por não parecer a Anne que as sardas tivessem em nada diminuído. Mas tudo devia seguir seu curso natural. O mal de um tal casamento ficaria muito diminuído se Elizabeth também se casasse. Quanto a ela, sempre poderia ir residir com Lady Russell.

A mente rígida e as boas maneiras de Lady Russell foram postas um tanto à prova nesse aspecto ao fazer uma visita a Camden Place. Ver a sra. Clay tão favorecida e Anne tão desprezada era uma perpétua provação para ela. Mas quando não vinha ali, isso a preocupava da mesma forma tanto quanto uma pessoa que bebe água mineral, recebe todas as publicações e tem um grande círculo de amigos, em Bath, tem tempo para se preocupar.

Quando conheceu o sr. Elliot, tornou-se mais condescendente, ou mais indiferente quanto aos outros. Suas maneiras eram uma imediata recomendação para ele. Ao conversarem, ela encontrou uma base tão sólida sustentando o superficial, que — como contou a Anne — esteve quase que de imediato pronta a dizer: "Mas pode ser este o mesmo sr. Elliot?" — e não poderia imaginar um homem mais gentil e agradável. Tudo se unia nele: discernimento, opiniões acertadas, experiência do mundo e um coração afetuoso. Tinha fortes sentimentos de ligação e honra familiares, sem orgulho nem fraquezas; vivia com a liberalidade de um homem de posses, mas sem ostentação. Julgava por si mesmo em tudo o que era essencial, sem desafiar a opinião pública nos aspectos de etiqueta mundana. Era equilibrado, observador, moderado, sincero; nunca se deixava levar pelo temperamento ou egoísmo, que são tidos como sentimentos fortes. Possuía, ao mesmo tempo, sensibilidade para tudo que era belo e delicado, e valorizava todas as vantagens da vida familiar, que pessoas de caráter ardoroso e violento raramente apreciam. Tinha certeza de que ele não fora feliz no casamento. O coronel Wallis tinha-o comentado, e Lady Russell constatou-o. Mas não fora uma infelicidade que amargurasse sua mente, nem (logo começou a suspeitá-lo) que o impedisse de pensar numa segunda escolha. A satisfação que sentia com o sr. Elliot contrabalançava todo o aborrecimento causado pela sra. Clay.

Já há alguns anos, Anne começara a perceber que sua excelente amiga e ela podiam às vezes discordar em alguns aspectos. Portanto, não ficou surpreendida de que Lady Russell não visse nada de suspeito ou inconsequente, nada que exigisse mais motivos do que os aparentes no enorme desejo do sr. Elliot em conseguir promover uma reconciliação. Na opinião de Lady Russell, era perfeitamente natural que o sr. Elliot, numa idade mais madura da vida, o encarasse como um objeto mais desejável e que em geral daria boa impressão a seu favor entre pessoas sensatas estar em bons termos com o chefe da família. O processo mais simples do mundo era o do tempo sobre uma mente razoavelmente lúcida, errada apenas no auge da juventude. Anne supunha, contudo, que ainda sorriria disso. E por fim mencionou Elizabeth. Lady Russel ouviu atentamente, e só deu esta resposta prudente:

— Elizabeth! Muito bem. O tempo dirá.

Era uma referência ao futuro, ao qual Anne, depois de uma rápida reflexão, pensou dever submeter-se. Não poderia definir nada, no momento. Nesta casa Elizabeth deveria ser sempre a primeira; já se acostumara tanto a ver todos dando toda a atenção à "srta. Elliot" que qualquer atenção particular a si mesma parecia quase impossível. Era preciso lembrar, também, que o sr. Elliot só ficara viúvo há sete meses. Uma certa demora da parte dele seria desculpável. De fato, Anne nunca via o crepe de luto no chapéu dele sem temer que ela é que estivesse errada, ao atribuir-lhe tais pensamentos; pois embora seu casamento não tivesse sido feliz, mesmo assim durara tantos anos que não podia compreender uma recuperação muito rápida da terrível impressão de vê-lo dissolvido.

Não importa como tudo iria terminar; ele, sem dúvida alguma, era a amizade mais agradável que tinham em Bath. Não via ninguém que se lhe igualasse e era uma enorme satisfação falar de vez em quando sobre Lyme que ele mostrava um interesse tão vivo de tornar a visitar e conhecer melhor quanto ela. Voltaram às particularidades de seu primeiro encontro inúmeras vezes. Ele lhe deu a entender que a olhara com certa seriedade. Ela bem o sabia e também se lembrava do olhar de outra pessoa.

Nem sempre pensavam da mesma forma. Percebia que sua consideração pelas relações e posição social era muito maior que a sua. Não era meramente condescendência; devia ser um gosto pela causa, que o fazia participar calorosamente das ansiedades do pai e da irmã num assunto que ela não achava nada merecedor de tanta atenção. O jornal de Bath anunciou certa manhã a chegada da viúva viscondessa de Dalrymple, e sua filha, a Honorável srta. Carteret; e todo o bem-estar de Camden Place esvaneceu-se durante muitos dias, pois as Dalrymples eram primas dos Elliots (na opinião de Anne, infelizmente). E sua agonia agora consistia em saber como poderiam apresentar-se adequadamente.

Anne nunca vira antes o pai e a irmã em contato com a nobreza, e devia confessar a si mesma que estava desapontada. Esperara melhores reações das altas ideias que tinham de sua própria condição na vida e foi obrigada a desejar uma coisa que nunca imaginara — que eles tivessem mais orgulho, pois "nossas primas, Lady Dalrymple e a srta. Carteret", "nossas primas, as Dalrymples", soava em seus ouvidos o dia inteiro.

Sir Walter frequentara a sociedade do falecido visconde, mas nunca chegara a conhecer outras pessoas da família, e as dificuldades do caso surgiam por ter havido uma interrupção de relacionamento por cartas de cerimônia desde a morte do citado visconde, quando, em consequência de uma perigosa enfermidade de Sir Walter na mesma época, houve uma lastimável omissão por parte de Kellynch. Não tinham mandado carta de condolências à Irlanda. O castigo pela negligência recaiu sobre o próprio culpado, pois quando a pobre Lady Elliot morreu, nenhuma carta de pêsames chegou a Kellynch. Portanto, havia suficientes razões para se compreender que os Dalrymples davam a amizade por encerrada. Como corrigir este inquietante assunto e serem de novo admitidos como primos, era a questão; era um problema que, de uma forma mais racional, nem Lady Russell nem o sr. Elliot consideravam pouco importante. É sempre proveitoso preservar os laços de família e procurar as boas amizades. Lady Dalrymple alugara uma casa por três meses em

Laura Place e logo estaria vivendo em grande estilo. Estivera em Bath no ano anterior, e Lady Russell ouvira falar dela como uma mulher encantadora. Seria muito desejável renovar a amizade, se possível, sem qualquer transigência no decoro por parte dos Elliots.

Sir Walter, contudo, escolheria seus próprios meios, e por fim escreveu uma linda carta com amplas explicações, pesares e rogos à sua honrada prima. Nem Lady Russel nem o sr. Elliot podiam admirar uma tal carta. Mas serviu aos objetivos, trazendo como resposta três linhas rabiscadas pela viúva viscondessa. "Ficaria muito honrada e feliz em conhecê-los." A parte árdua do assunto acabara, agora começava a agradável. Fizeram uma visita a Laura Place, tomaram providências para que os cartões da viúva viscondessa de Dalrymple e da honorável srta. Carteret fossem dispostos no local mais visível; e "nossas primas de Laura Place", "nossas primas, Lady Dalrymple e a srta. Carteret" eram comentadas por todos.

Anne estava envergonhada. Mesmo que Lady Dalrymple e sua filha fossem interessantes, ainda assim ficaria envergonhada com o rebuliço que causavam — mas não eram nada. Não havia a menor distinção de maneiras, dotes, inteligência. Lady Dalrymple adquirira o qualificativo de "uma mulher encantadora" porque tinha um sorriso e uma resposta polida para todos. A srta. Carteret, tendo ainda menos a dizer, era tão feia e desajeitada que nunca teria sido tolerada em Camden Place senão por seu nascimento.

Lady Russell confessou que esperara algo melhor, mas, contudo, "era uma amizade que valia a pena preservar". Quando Anne aventurou-se a expressar sua opinião ao sr. Elliot, ele concordou que não eram nada em si mesmas, mas ainda assim sustentava que, como laço de família e boa companhia, e por reunirem ao seu redor boas relações, tinham o seu valor. Anne sorriu e disse:

— Minha ideia de boa companhia, sr. Elliot, é a companhia de pessoas inteligentes e cultas, que sabem conversar. É isto o que eu chamo de boa companhia.

— Está enganada — disse ele, gentilmente —, isso não é boa companhia; é a melhor. A boa companhia exige apenas nascimento, educação e maneiras, e quanto à cultura, nem é preciso tê-la. O nascimento e as boas maneiras são indispensáveis; mas um pouco de cultura de forma alguma é perigoso na boa companhia. Pelo contrário, até pode ser muito útil. Minha prima Anne balança a cabeça. Não está satisfeita. É exigente. Minha querida prima (sentando-se a seu lado) tem mais direito de ser exigente do que quase todas as mulheres que conheço, mas isso servirá de alguma coisa? Isso a fará feliz? Não será mais prudente aceitar a convivência dessas boas senhoras de Laura Place e aproveitar todas as vantagens que a família facilita tanto quanto possível? Pode ter certeza de que elas circularão na melhor roda de Bath neste inverno, e como a situação social tem sua importância, o fato de saberem que você os conhece será útil no reconhecimento de sua família aqui (nossa família, permita-me dizer) com o grau de consideração a que todos aspiramos.

— Sim — suspirou Anne —, realmente saberão que somos amigos deles! — Depois, recompondo-se, disse, não deixando oportunidade para uma resposta: — Sem dúvida acho que todos se incomodam em excesso para procurar esta apresentação. Suponho (sorrindo) que tenho mais orgulho que você, mas confesso que realmente me aborrece ficarmos tão impertinentes para ter reconhecida esta amizade; o que, para eles, podemos estar certos, é um assunto totalmente sem importância.

— Perdoe-me, querida prima... Está sendo injusta à sua própria causa. Em Londres, com o estilo de vida tranquilo que levam agora, talvez fosse assim; mas em Bath, Sir Walter e sua família sempre merecerão que se deseje conhecê-los e conquistar-lhes a amizade.

— Bem, sem dúvida sou orgulhosa, orgulhosa demais para apreciar uma recepção que depende tão completamente do lugar.

— Aprecio sua indignação, é muito natural. Mas você está em Bath, e o objetivo é instalar-se aqui, com todo o respeito e dignidade que se deve a Sir Walter Elliot. Diz que é orgulhosa: sei que sou chamado de orgulhoso e não gostaria de não sê-lo, pois nosso orgulho, se investigado, teria o mesmo objetivo, sem dúvida, embora possa parecer de espécie um pouco diferente. Num aspecto, estou certo, querida prima (continuou, falando em voz mais baixa, embora não houvesse mais ninguém na sala)... num aspecto, tenho certeza, concordamos. Ambos percebemos que qualquer acréscimo ao círculo de seu pai, entre seus iguais ou superiores, é útil para desviar seus pensamentos de certas pessoas que lhe são inferiores.

Olhou, ao falar, para o lugar onde a sra. Clay estivera sentada, uma explicação suficiente para o que estava querendo insinuar. Embora Anne não pudesse acreditar que tivessem o mesmo tipo de orgulho, ficou satisfeita por ele não gostar da sra. Clay. Sua consciência admitiu que o seu desejo de fazer seu pai adquirir novas amizades era mais que desculpável em face da vitória sobre ela.

17

Enquanto Sir Walter e Elizabeth empenhavam-se no seu sucesso em Laura Place, Anne reatou uma amizade de tipo muito diverso.

Fora visitar uma antiga professora, que lhe dissera estar residindo em Bath uma antiga colega de colégio que lhe exigira dupla atenção: a sua bondade, no passado, e o sofrimento, no presente. A srta. Hamilton, agora sra. Smith, mostrara sua bondade numa determinada fase de sua vida, quando lhe fora mais valiosa. Anne chegara infeliz no colégio, profundamente entristecida com a perda da mãe, de quem realmente gostara, sentindo a separação de casa e sofrendo como uma menina de 14 anos de grande sensibilidade e ânimo não muito alegre sofre nessas circunstâncias. A srta. Hamilton, três anos mais velha do que ela, mas sem parentes próximos e uma casa bem estabelecida para onde ir, permaneceu ainda um ano na escola e foi muito útil e boa para ela, de forma a diminuir consideravelmente sua infelicidade. Por isso nunca mais poderia cair no esquecimento.

A srta. Hamilton saíra da escola e se casara, não muito tempo depois, dizia-se que com um homem de posses. E isto foi tudo que Anne soube dela, até que, agora, sua professora lhe revelara sua situação, dando maiores informações, mas de cunho muito diferente.

Estava viúva e pobre. O marido fora extravagante e, ao morrer, dois anos antes, deixara os negócios em péssimo estado. Teve de lutar com todo tipo de dificuldades e, somando-se a esses embaraços, tivera uma forte febre reumática, que acabou por se localizar nas pernas, tornando-a temporariamente paralítica. Viera a Bath por este motivo, e estava alojada perto do balneário. Vivia muito humildemente, impossibilitada até mesmo de se permitir a comodidade de uma empregada, e, claro, quase isolada da sociedade.

Sua amiga respondeu pela satisfação que uma visita da srta. Elliot traria à sra. Smith, e Anne, portanto, não perdeu tempo em ir. Não mencionou nada do que ouvira, nem do que pretendia fazer, em casa. Não despertaria nenhum interesse ali. Consultou apenas Lady Russell, que compreendeu perfeitamente seus sentimentos, e teve a maior alegria em levá-la tão perto da residência da sra. Smith, em Westgate Buildings, quanto Anne desejou ser levada.

A visita foi feita; a amizade, restabelecida; o interesse que tinham uma pela outra, mais do que reatado. Nos primeiros dez minutos houve embaraço e emoção. Doze anos haviam-se passado desde sua separação, e ambas tinham uma aparência um tanto diferente da que a outra tinha imaginado. Doze anos transformaram Anne, da adolescente de 15 anos, silenciosa e em formação, numa elegante mulherzinha de 27 anos, com toda a beleza, salvo a juventude, e com maneiras tão perfeitamente corretas quanto invariavelmente delicadas; e 12 anos tinham transformado a bela, desenvolta srta. Hamilton, no auge da saúde e confiança em sua superioridade, numa pobre viúva doente e desamparada, recebendo a visita da antiga protegida como um favor. Mas tudo o que havia de desagradável no encontro logo se dissipou, e só restou o vivo encanto da lembrança de antigas afeições e conversas sobre os velhos tempos.

Anne encontrou na sra. Smith o bom senso e as maneiras agradáveis que estivera quase certa de que acharia e uma disposição para conversar e se alegre além de qualquer expectativa. Nem o esbanjamento do passado — e ela tivera uma intensa vida em sociedade — ou as restrições do presente, nem a doença ou a tristeza pareciam ter fechado seu coração ou arruinado seu estado de espírito. Durante uma segunda visita, falou com grande franqueza, para aumentar ainda mais a surpresa de Anne. Ela mal podia imaginar uma situação mais tristonha que a da sra. Smith. Gostara muito do marido — ele morrera. Acostumara-se ao luxo — e este desaparecera. Não tinha filhos para ligá-la à vida e à felicidade outra vez, nem amigos para ajudá-la a reorganizar seus intricados negócios, nem saúde para tornar as coisas mais toleráveis. Sua residência resumia-se numa sala barulhenta, com um quarto escuro, atrás.

E não havia possibilidade de mover-se de um cômodo para outro sem a ajuda da única empregada que havia na casa. Nunca saía — senão para ser levada aos banhos quentes. Mas, apesar de tudo, Anne tinha motivos para pensar que ela passava por apenas poucos momentos de depressão e desânimo, e horas inteiras de ocupação e divertimento. Como podia ser isso? Olhava, observava, refletia, e finalmente decidiu que esse não era um caso de resignação e temperança apenas. Um espírito submisso podia ser paciente, uma vigorosa inteligência tomaria decisões, mas ali havia alguma coisa mais. Ali havia uma flexibilidade de espírito, uma disposição para a tranquilidade, um poder de passar rapidamente do mal para o bem e de encontrar ocupação que a levavam a sair de dentro de si mesma que advinham apenas da natureza. Era o mais dileto dom do Céu; e Anne via a amiga como um desses exemplos em que, por um misericordioso desígnio, pareciam contrabalançar quase todas as privações.

Houve uma época, contou-lhe a sra. Smith, em que seu ânimo quase fraquejara. Agora não podia chamar-se de inválida, comparado ao seu estado ao chegar a Bath. Naquela época era digna de pena, pois apanhara um resfriado durante a viagem, e mal se instalara em sua residência, ficou de novo presa ao leito, sofrendo de dores severas e constantes; e tudo isso entre estranhos — com a necessidade imperiosa de uma enfermeira particular, e as finanças naquele momento particularmente inadequadas para qualquer despesa extraordinária. Ela, porém, suportara-o, e podia realmente dizer que isto lhe fizera bem. Aumentara sua tranquilidade, fazendo-a sentir-se em boas mãos. Já conhecia suficientemente o mundo para não esperar encontrar um afeto repentino e desinteressado em qualquer lugar, mas sua doença lhe provara que a proprietária tinha bom caráter e não a trataria mal. Tivera muita sorte com sua enfermeira, uma irmã da proprietária, que sempre encontrava nesta casa um lar quando estava desempregada, e que por acaso estava desocupada na época para tratá-la.

— E ela, além de tratar da forma mais admirável de mim, provou ser uma preciosa amiga. Logo que pude usar as mãos, ensinou-me a tricotar, o que foi muito divertido; e ajudou-me a fazer pequenos caseamentos, almofadas de alfinetes e porta-cartas, com o que me vê sempre tão ocupada, e que me dá a oportunidade de fazer o bem para uma ou duas famílias pobres da redondeza. Tem muitas relações em sua profissão com aqueles que podem comprar e vende minha mercadoria. Sempre escolhe o momento adequado para falar. Todos os corações estão abertos, bem sabe, quando alguém se libertou há pouco de um forte sofrimento, ou quando está recuperando a graça da saúde, e a enfermeira Rooke compreende exatamente quando deve falar. É uma mulher sensível, inteligente e perspicaz. Tem argúcia para ver a natureza humana, tem discrição, bom senso e sagacidade de observação, o que, como amiga, a torna infinitamente superior a milhares daquelas que, tendo recebido "a melhor educação do mundo", não sabem nada que valha a pena ser ouvido. Chame-o de tagarelice, se quiser; mas quando a enfermeira Rooke tem meia hora disponível para ficar comigo, na certa relata algo útil e interessante, algo que nos faz conhecer melhor a espécie humana. Gostamos de saber o que se passa, e de estar *au fait* dos últimos métodos de se ser tolo e banal. Para mim, que vivo tão sozinha, a conversa dela é um tratamento, asseguro-lhe.

Anne, longe de desejar ironizar este prazer, respondeu:

— Posso facilmente acreditar. Mulheres dessa classe têm grandes oportunidades. Quando são inteligentes, é muito proveitoso ouvi-las. Observar tal variedade de tipos humanos, como estão habituadas! E não conhecem apenas suas leviandades, pois às vezes veem a natureza humana em circunstâncias mais interessantes ou mais impressionantes. Que exemplos não devem presenciar de amizade ardente, desinteressada e altruística, de heroísmo, resistência, paciência, resignação, de todos os conflitos e sacrifícios que mais enobrecem. O quarto de um doente pode muitas vezes suprir o melhor dos livros.

— Sim — disse a sra. Smith, mais hesitante —, talvez seja assim, embora eu tema que as lições que trazem nem sempre sejam de estilo tão elevado quanto descreve. De vez em quando a natureza humana pode ser grandiosa em tempos de provação, mas, de um modo geral, é fraca, e ouve-se mais falar de impaciência e egoísmo que de perseverança e generosidade. Há de fato tão pouca amizade no mundo!... E infelizmente (falando baixo e com voz trêmula) há tantos que se esquecem de pensar seriamente, até quando já é quase tarde demais.

Anne viu a amargura desses sentimentos. O marido não fora bom, e a esposa fora levada a conhecer aquela parte da sociedade que a fizera ter uma opinião pior do mundo do que ela achava que merecia. Não passava de uma emoção passageira da sra. Smith, que logo a afastou, acrescentando, num tom diferente:

— Não creio que a situação em que minha amiga, a sra. Rooke, está agora possa fornecer motivo de interesse ou instrução. Está cuidando da sra. Wallis, de Marlborough Buildings... uma mulher bonita, tola e esbanjadora, segundo creio... e claro que só poderá me relatar conversas sobre rendas e enfeites. Penso, porém, em obter meu lucro com a sra. Wallis. Tem muito dinheiro, e pretendo que compre a alto preço algumas coisas que estou fazendo agora.

Anne visitara várias vezes sua amiga antes que sua existência fosse conhecida em Camden Place. Por fim, tornou-se necessário falar dela. Sir Walter, Elizabeth e a sra. Clay voltaram certa manhã de Laura Place com um convite repentino de Lady Dalrymple para a mesma noite, e Anne já estava comprometida a passá-la em Westgate Buildings. Não se importou por ter de dar uma desculpa. Só haviam sido convidados, tinha certeza, porque Lady Dalrymple, presa ao leito por forte resfriado, estava feliz por tirar proveito do conhecimento que lhe fora tão impingido. Recusou-se a ir com grande alegria: "Tinha se comprometido a passar a noite com uma antiga colega de escola." Não tinham muito interesse em nada concernente a Anne, mas ainda assim fizeram suficientes perguntas para se tornar claro quem era esta antiga colega de escola. Elizabeth mostrou-se despeitada, e Sir Walter, severo.

— Westgate Buildings! — disse ele. — E quem é a srta. Anne Elliot para fazer visitas em Westgate Buildings? Uma sra. Smith! Uma viúva sra. Smith. E quem foi seu marido? Um dos cinco mil srs. Smiths com quem deparamos a cada esquina. E que atração oferece? Estar velha e doente. Dou-lhe minha palavra, srta. Anne Elliot, que tem um gosto bem extravagante! Tudo o que revolta às outras pessoas: má companhia, aposentos miseráveis, ambientes viciados, amizades indesejáveis, são convidativos para a senhora. Mas claro que pode adiar o compromisso com esta velha senhora para amanhã. Não está perto da morte, imagino, e na certa ainda verá um novo dia. Qual é a idade dela? Quarenta?

— Não, Sir, ainda não tem 31; mas não creio que possa adiar meu compromisso, pois *é* a única noite, nesses próximos dias, que convém tanto a ela quanto a mim. Ela irá aos banhos quentes amanhã, e o senhor sabe que temos compromissos para o resto da semana.

— Mas o que pensa Lady Russell desta amizade? — perguntou Elizabeth.

— Não vê nada de mal nela — respondeu Anne. — Pelo contrário, aprova-a; geralmente me leva até lá quando vou visitar a sra. Smith.

— Devem ter ficado bem surpresos em Westgate Buildings ao verem uma carruagem na sua rua — observou Sir Walter. — A viúva de Sir Henry Russell, sem dúvida, não tem brasões para honrá-la, mas ainda assim, tem uma linda carruagem, certamente digna de transportar a srta. Elliot. Uma viúva, sra. Smith, morando em Westgate Buildings! Uma pobre viúva, quase incapaz de viver, entre trinta e quarenta... Apenas uma sra. Smith, uma reles sra. Smith, entre todas as pessoas e nomes do mundo, ser escolhida como amiga da srta. Anne Elliot e preferida por ela em vez das próprias relações da família, oriundas da nobreza da Inglaterra e da Irlanda! Sra. Smith, que nome!

A sra. Clay, que estivera presente enquanto tudo isso se passava, achou mais aconselhável retirar-se da sala. Anne poderia ter dito muito e realmente ansiava por dizer um pouco em defesa de *sua* amiga, pois ela não tinha direitos tão diferentes da *deles*, mas seu senso de respeito à pessoa do pai impediu-a. Não respondeu. Deixou que ele mesmo se lembrasse de que a sra. Smith não era a única viúva em Bath entre os trinta e os quarenta anos, com pouca renda, e nenhum sobrenome nobre.

Anne manteve o compromisso; os outros mantiveram o deles, e claro que na manhã seguinte ouviu-os dizerem que tiveram uma noite maravilhosa. Fora a única ausente do grupo, pois Sir Walter e Elizabeth, além de se colocarem a serviço da senhora, também se sentiram felizes em receber dela a missão de reunir outros, e tiveram o trabalho de convidar tanto Lady Russell quanto o sr. Elliot. O sr. Elliot fizera questão de deixar cedo o coronel Wallis, e Lady Russell modificara todos os compromissos daquela noite a fim de visitá-la. Anne ouviu de Lady Russell toda a história que uma tal noite podia fornecer. O maior interesse para ela foi sua amiga e o sr. Elliot terem falado sobre ela, terem desejado sua presença ali, lastimado sua ausência e ao mesmo tempo respeitado o fato de ela ter-se afastado devido a um tal motivo. Suas gentis e compassivas visitas a esta antiga colega de colégio, doente e arruinada, pareciam ter encantado o sr. Elliot. Ele a considerava uma jovem extraordinária; encontrava em seu temperamento, nas maneiras, na mente, um modelo de perfeição feminina. Ele podia quase igualar-se a Lady Russell ao debaterem os seus méritos. Anne não pôde ouvir tudo isso nem se saber tão bem conceituada por um homem sensato sem sentir muitas das agradáveis sensações que sua amiga procurava provocar.

Lady Russell tinha agora uma opinião definitiva sobre o sr. Elliot. Estava tão convencida de que ele pretendia pedir a mão de Anne no momento apropriado quanto ela de merecê-lo. E começava a calcular o número de semanas que o libertariam das últimas restrições da viuvez e o deixariam à vontade para pôr em prática com mais franqueza suas gentilezas. Ao falar com Anne, não mostrava nem metade da certeza que ela própria sentia a respeito. Apenas arriscava pouco mais que insinuações sobre o que poderia suceder mais tarde, o possível afeto por parte dele, a conveniência daquela união, supondo que este afeto fosse real e retribuído. Anne ouviu-a, e não teve reações exaltadas. Apenas sorriu, corou, e sacudiu gentilmente a cabeça, em negativa.

— Não sou a pessoa apropriada para fazer alianças, como bem sabe — disse Lady Russell —, pois conheço excessivamente a incerteza de todos os acontecimentos e projetos humanos. Só desejo dizer com isso que, se o sr. Elliot começar a lhe dispensar suas atenções e se você estiver disposta a aceitá-las, creio que haverá toda a probabilidade de serem felizes juntos. Todos devem considerar esta união adequada, e de minha parte penso que será muito feliz.

— O sr. Elliot é um homem extremamente agradável, e em muitos aspectos tenho-lhe a mais alta estima, mas não nos daríamos bem.

Lady Russell não deu atenção a isso, dizendo apenas, em resposta:

— Acho que poder vê-la como a futura senhora de Kellynch, a futura Lady Elliot, vê-la ocupando o lugar de sua mãe, sucedendo-lhe em todos os direitos, em toda a sua estima, assim como em todas as suas virtudes, seria a maior gratificação possível para mim. Você é parecida com sua mãe na fisionomia e no temperamento. E se me fosse permitido imaginá-la, como ela, com sua posição, nome, lar, presidindo à mesa e orando exatamente no mesmo lugar, mas superior apenas por ser mais querida! Minha cara Anne, isso me daria mais prazer do que se costuma sentir em minha idade.

Anne foi obrigada a voltar-se, levantar, caminhar até uma mesa distante e reclinar-se ali, fingindo estar ocupada, tentando reprimir os sentimentos que esse quadro lhe despertou. Por alguns momentos sua imaginação e seu coração ficaram enfeitiçados. A ideia de tornar-se o que sua mãe fora e de possuir o precioso nome de "Lady Elliot" primeiro reviveram nela a perspectiva de voltar para Kellynch, tornando a chamá-la de seu lar, seu lar para sempre, era um fascínio ao qual não conseguiu resistir inicialmente. Lady Russell não falou mais, desejando que o assunto agisse por si; e imaginando se o sr. Elliot pudesse neste mesmo momento falar em sua própria causa! Acreditava, em suma, naquilo que Anne não podia crer. A mesma imagem de ver o sr. Elliot falando por si próprio fez Anne voltar a si. O encanto de Kellynch e de "Lady Elliot" se desvaneceram. Nunca poderia aceitá-lo. Não apenas por seus sentimentos ainda resistirem a todos os homens, exceto um; mas, ao considerar seriamente as possibilidades de um caso desses, seu julgamento era contra o sr. Elliot.

Embora já se conhecessem houvesse um mês, não estava convencida de realmente conhecer seu caráter. Era evidente que ele era um homem sensato e agradável, que falava bem, que emitia opiniões acertadas, parecia saber julgar corretamente, como um homem de princípios, tudo isso era bem claro. Sem dúvida sabia o que era correto, e ela não podia apontar qualquer aspecto moral por ele transgredido; mesmo assim, sentiria temor de responder por sua conduta. Suspeitava do seu passado, se não do presente. Os nomes que eventualmente escapavam sobre antigas amizades, as alusões a antigos hábitos e interesses sugeriam suspeitas pouco favoráveis sobre o que ele havia sido. Ela percebia que tivera maus hábitos. Aquelas viagens de domingo foram algo usual. Houve um período na vida dele (e provavelmente não muito curto) em que vivera totalmente descuidado de assuntos sérios; e embora talvez agora pensasse de forma muito diferente, quem poderia responder pelos verdadeiros sentimentos de um homem inteligente e cauteloso, já bastante maduro para julgar um bom caráter? Como podia ter certeza de que ele realmente se emendara?

O sr. Elliot era discreto, racional, cortês, mas não era franco. Nunca havia uma irrupção de sentimento, qualquer entusiasmo de indignação ou prazer, diante do mal ou do bem feito por outros. Isso, para Anne, era uma falha decisiva. Suas primeiras impressões eram irreversíveis. Prezava um caráter franco, bondoso e fervoroso acima de tudo. O entusiasmo e o ardor ainda a cativavam. Sentia que podia confiar muito mais na sinceridade daqueles que por vezes pareciam dizer ou diziam coisas precipitadas ou descuidadas do que naqueles cuja presença de espírito nunca falhava, cuja língua nunca se enganava.

O sr. Elliot era excessivamente agradável. Por mais diferentes que fossem os temperamentos na casa de seu pai, agradava a todos. Suportava bem demais, dava-se bem demais com todos. Falara com ela com uma dose de franqueza sobre a sra. Clay. Parecia ter visto perfeitamente as intenções da sra. Clay e desprezá-la. Porém, a sra. Clay também o achava agradável, como todos os demais.

Lady Russell via menos ou mais que a jovem amiga, pois nada ali lhe despertava a desconfiança. Não podia imaginar um homem de conduta mais irrepreensível que o sr. Elliot nem acalentar um sentimento mais agradável que vê-lo receber a mão de sua querida Anne na igreja de Kellynch, no outono seguinte.

18

Eram os primeiros dias de fevereiro. Anne, que já estava havia um mês em Bath, sentia-se cada vez mais ansiosa por receber notícias de Uppercross e Lyme. Queria saber muito mais do que Mary comunicava. Tinham-se passado três semanas desde que recebera notícias pela última vez. Sabia apenas que Henrietta voltara para casa e que Louisa, embora se considerasse rápida sua recuperação, ainda permanecia em Lyme. Estava pensando intensamente neles certa noite quando uma carta mais espessa que o usual lhe foi entregue, e, para seu maior prazer e surpresa, vinha acompanhada das saudações do almirante e da sra. Croft.

Os Crofts deviam estar em Bath! Uma circunstância que a interessava. Seu coração se inclinava para eles, com toda a naturalidade.

— Que é isso?! — exclamou Sir Walter. — Os Crofts chegaram a Bath? Os Crofts que alugaram Kellynch? Que lhe mandaram?

— Uma carta do Chalé de Uppercross, senhor.

— Ah! Essas cartas são passaportes muito cômodos. Asseguram uma apresentação. Mas eu teria visitado o almirante Croft de qualquer maneira. Sei de meus deveres para com o meu locatário.

Anne não pôde ouvir mais nada; nem saberia dizer como dessa vez o pobre físico do almirante escapara dos comentários do pai; a carta absorveu-a. Fora escrita sete dias antes.

"1º de fevereiro.

Minha querida Anne:

Não peço desculpas por meu silêncio, pois sei como as pessoas têm pouco tempo para pensar em cartas num lugar como Bath. Deve estar feliz demais para se importar com Uppercross, que, como sabe, tem pouco sobre o que se escrever. Tivemos um Natal muito triste; o sr. e a sra. Musgrove não deram um único jantar durante todos os feriados. Não conto os Hayters como alguém. Os feriados terminaram, finalmente; não creio que alguma criança possa ter tido feriados mais longos. Tenho certeza de que eu não tive. A casa ficou vazia ontem, exceto pelos pequenos Harvilles; mas ficará surpresa ao saber que ainda não foram para casa. A sra. Harville deve ser uma estranha mãe, para poder ficar afastada deles por tanto tempo. Não posso compreender isso. Não são nada boas essas crianças, na minha opinião; mas a sra. Musgrove parece gostar tanto deles — talvez mais que de seus próprios netos! Que tempo horrível tem feito! Talvez não se sinta tanto em Bath, com os lindos passeios públicos. Mas no campo é muito mais intenso. Ninguém veio me visitar, desde a segunda semana de janeiro, exceto Charles Hayter, que tem vindo com muito mais frequência do que seria desejável. Só entre nós, acho que é uma pena Henrietta não ter ficado em Lyme tanto tempo quanto Louisa; isso a teria mantido um pouco mais afastada dele. A carruagem foi hoje para buscar Louisa e os Harvilles, e volta amanhã. Entretanto, só fomos convidados para jantar com eles no dia seguinte. A sra. Musgrove está muito temerosa de que ela se fatigue na viagem, o que não é muito provável, levando-se em conta o cuidado que será tomado com ela. Seria muito mais conveniente para mim jantar lá amanhã. Estou contente em saber que o sr. Elliot é tão agradável, e desejaria poder conhecê-lo também. Mas tenho meu destino usual, estou sempre longe quando algo importante acontece. Sempre a última na família a ser notada. Que eternidade a sra. Clay tem permanecido com Elizabeth! Será que ela não pretende ir embora? Talvez, se deixasse o quarto vago, poderíamos ser convidados. Diga-me o que pensa disso. Não espero que convidem as crianças, é claro. Posso muito bem deixá-las na Casa-Grande por um mês, ou seis semanas. Acabo de ouvir nesse momento que os Crofts irão para Bath daqui a alguns instantes; acham que o almirante está com gota. Charles ouviu-o, por acaso. Não tiveram a delicadeza de me avisar, ou oferecer-se para levar alguma coisa. Não creio que tenham melhorado em nada como vizinhos. Nunca os vemos, e isto é realmente um exemplo de grave desatenção. Charles também lhe manda lembranças, e tudo o que convém.

Com o carinho de

Mary M...

P.S.: Sinto ter de lhe dizer que não estou nada bem. Além do mais, Jemima acaba de me contar que o açougueiro falou que há uma terrível epidemia de dor de garganta por aqui. Já posso lhe assegurar que a pegarei, e você sabe como as minhas dores de garganta são sempre piores que as de todo mundo."

Assim terminava a primeira parte da carta, que foi colocada num envelope contendo outra aproximadamente do mesmo tamanho.

"Deixei a carta aberta para poder contar-lhe como Louisa passou a viagem, e agora estou muito feliz por isso, pois tenho muito a acrescentar. Em primeiro lugar, recebi ontem uma nota da sra. Croft, oferecendo-se para trazer qualquer coisa para você. Uma nota muito gentil, realmente amistosa, dirigida a mim, exatamente como devia ser. Poderei, portanto, escrever uma carta tão longa quanto queira. O almirante não parece muito doente, e espero sinceramente que Bath lhe faça tão bem quanto espera. Ficarei realmente contente por vê-los de volta; não podemos passar sem uma família tão gentil na vizinhança. Mas agora, sobre Louisa, tenho algo a dizer que vai surpreendê-la bastante. Ela e os Harvilles chegaram em segurança na terça-feira, e à noite fomos perguntar-lhe como estava passando, quando ficamos muito surpresos por não encontrar o capitão

Benwick no grupo, que também fora convidado, além dos Harvilles. E, qual imagina ser a razão disso? Nem mais nem menos que está apaixonado por Louisa, e não se aventurava a ir a Uppercross sem antes obter a permissão do sr. Musgrove, pois tudo ficara resolvido entre os dois antes de ela vir, e ele escrevera ao pai dela através do capitão Harville. Verdade, dou-lhe minha palavra. Não está surpresa? Ficaria espantada se me dissesse que já o tinha ao menos percebido, pois eu não notara. A sra. Musgrove afirma solenemente que nada sabia sobre o assunto. Estamos todos muito contentes, entretanto; pois embora não se compare a casar com o capitão Wentworth, é infinitamente melhor do que com Charles Hayter. O sr. Musgrove já deu seu consentimento. O capitão Benwick é esperado hoje. A sra. Harville diz que seu marido sente muito pela irmã dele, mas Louisa é, no entanto, estimada por ambos. Sem dúvida a sra. Harville e eu nos pusemos de acordo em sermos nós quem mais gostamos dela por termos cuidado dela. Charles se pergunta o que dirá o capitão Wentworth, mas se você se lembra bem, nunca o achei ligado a Louisa; vi que não iria sair nada daquilo. Assim, como vê, termina a suposição de que o capitão Benwick era um admirador seu. Como Charles pôde colocar tal ideia na cabeça foi sempre incompreensível para mim. Espero que fique mais simpático agora. Certamente não é uma grande união para Louisa Musgrove; mas é um milhão de vezes melhor do que se casar com qualquer dos Hayters."

Mary não precisaria temer que sua irmã estivesse de alguma forma preparada para a notícia. Nunca em sua vida ficara tão surpreendida. O capitão Benwick e Louisa Musgrove! Era quase maravilhoso demais para acreditar. Foi com o maior esforço que conseguiu permanecer na sala, manter certo ar de tranquilidade e responder às perguntas esperadas no momento. Felizmente para ela, foram bem poucas. Sir Walter queria saber se os Crofts tinham viajado com quatro cavalos, e se iam se instalar num local de Bath que ficasse bem para ele e a srta. Elliot ir visitá-los, mas sua curiosidade não ia muito além disso.

— Como vai Mary? — perguntou Elizabeth. — Que motivo traz os Crofts a Bath?

— É por causa do almirante. Parece que está com gota.

— Gota e decrepitude! — disse Sir Walter. — Pobre cavalheiro. Tão idoso!

— Têm algum conhecimento aqui? — perguntou Elizabeth.

— Não sei. Mas quase não posso crer que o almirante Croft, na sua idade e profissão, não tenha muitos amigos num lugar como Bath.

— Suspeito que o almirante se tornará mais conhecido em Bath por ser o locatário de Kellynch Hall — disse friamente Sir Walter. — Elizabeth, será que devemos apresentá-lo a ele e a sua esposa em Laura Place?

— Ah, não! Não creio. Na nossa situação de primos, devemos ter cuidado para com Lady Dalrymple, a fim de não impor-lhe relações que talvez não aprove. Se não fôssemos parentes, isso não teria importância; mas, como primos, sentiria escrúpulos em relação a qualquer sugestão de nossa parte. Seria melhor deixar os Crofts descobrirem sozinhos seus iguais. Há vários homens bastante estranhos por aqui que são marinheiros, pelo que ouvi dizer. Os Crofts poderão se dar bem com eles.

Era este o interesse de Sir Walter e Elizabeth com relação à carta. Quando a sra. Clay acabou de se mostrar convenientemente interessada, perguntando pela sra. Musgrove e seus lindos filhinhos, Anne viu-se livre.

Em seu quarto tentou compreender. Charles tinha razão ao se perguntar como deveria estar se sentindo o capitão Wentworth! Talvez tivesse abandonado a batalha e desistido de Louisa, tivesse deixado de amá-la, ou descoberto que não a amava. Não podia suportar a ideia de traição ou leviandade, ou qualquer coisa que se aproximasse de uma atitude desleal entre ele e o amigo. Não podia suportar que uma amizade como a deles sofresse com uma deslealdade.

Capitão Benwick e Louisa Musgrove! A jovem sempre falante, alegre e bem-humorada, e o pensativo, pacato, sensível e culto capitão Benwick pareciam ser tudo o que menos combinava no mundo. Suas mentes diferiam tanto. Que poderia ter provocado esta atração? Logo teve a resposta. Fora a situação. Haviam permanecido juntos várias semanas; tinham vivido no mesmo reduzido grupo familiar; desde que Henrietta partira, deviam ter passado a depender quase exclusivamente um do outro, e Louisa, saindo da recuperação, entrara numa fase delicada. Por outro lado, o capitão Benwick não era inconsolável. Este era um aspecto que Anne já havia suspeitado antes. Em vez de tirar a mesma conclusão de Mary, do decorrer atual dos acontecimentos, isto serviu apenas para confirmar sua ideia de que ele já tinha sentido um despontar de sentimentos por ela própria. Não tencionava, contudo, deduzir muito daí, a fim de contentar a própria vaidade, como Mary insinuara. Estava persuadida de que qualquer jovem toleravelmente agradável que o tivesse ouvido e parecesse sentir algo por ele teria recebido a mesma atenção. Ele tinha um coração afetuoso. Precisava amar alguém.

Não via razão para não serem felizes. Louisa, para começar, tinha uma grande admiração pela Marinha, e logo se tornariam mais parecidos. Ele se tornaria mais alegre, ela aprenderia a ser uma entusiasta de Scott e Lord Byron; não, isso já tinha aprendido, provavelmente. Claro que tinham se apaixonado através da poesia. Ver Louisa Musgrove transformar-se numa pessoa de gosto literário e ideias sentimentais era divertido, mas não duvidava de que assim era. O dia em Lyme, a queda no Cobb, poderiam influenciar sua saúde, nervos, coragem e caráter até o fim da vida, tão completamente como pareciam ter influenciado seu destino.

A conclusão de tudo isso era que, se permitissem à mulher que fora sensível aos méritos do capitão Wentworth preferir outro homem, nada havia nesse noivado que despertasse maiores preocupações. E se, com este, o capitão Wentworth não perdia um amigo, nada havia a lastimar. Não, não era lástima o que o coração de Anne sentia, mesmo a contragosto, fazendo-a corar ao pensar no capitão Wentworth livre e desimpedido. Sentia vergonha de investigar certos sentimentos. Assemelhavam-se demais à alegria, à insensata alegria!

Ansiava por ver os Crofts, mas quando o encontro se deu, ficou claro que nenhum rumor da notícia tinha chegado até eles. A visita formal foi feita e retribuída e os nomes de Louisa Musgrove, bem como o do capitão Benwick, foram mencionados sem nem mesmo um sorriso.

Os Crofts tinham se instalado na rua Gay, para grande satisfação de Sir Walter. Nem de longe se sentia envergonhado de conhecê-los, e, na realidade, falou muito mais do almirante do que este alguma vez pensou ou chegou a falar sobre ele.

Os Crofts conheciam inúmeras pessoas em Bath, e consideravam o conhecimento dos Elliots apenas uma formalidade, sem nem de longe pensarem em tirar deste alguma satisfação. Trouxeram consigo o hábito do interior de estarem sempre juntos. Ele recebera ordem de passear para evitar a gota, e a sra. Croft, que parecia compartilhar tudo com ele, andaria até o final de suas forças se isso trouxesse o seu bem. Anne via-os juntos aonde quer que fosse. Lady Russell levava-a a passear de carruagem quase todas as manhãs, e Anne nunca deixara de pensar neles, nunca deixava de vê-los. Conhecendo seus sentimentos como ela os conhecia, eles representavam para ela um quadro atraente de felicidade. Sempre os observava o máximo que podia, deliciada ao imaginar que percebia o que estariam conversando, quando andavam nessa feliz independência. Também gostava de ver o caloroso aperto de mão do almirante quando encontrava um velho amigo, e observar a vivacidade da conversa quando se formava eventualmente um pequeno grupo da Marinha, a sra. Croft parecendo tão inteligente e perspicaz quanto qualquer dos oficiais à sua volta.

Anne tinha compromissos demais com Lady Russell para caminhar sozinha, mas certa manhã, uns sete ou dez dias depois da chegada dos Crofts, sentiu-se mais disposta a deixar a amiga e sua carruagem na parte baixa da cidade e voltar sozinha a Camden Place. E ao subir a rua Milsom, teve a sorte de encontrar o almirante. Estava parado sozinho diante de uma loja de gravuras, com as mãos atrás das costas, absorto na contemplação de uma estampa. Ela poderia ter passado despercebida, mas teve de trocá-lo e dirigir-lhe a palavra antes que pudesse chamar-lhe a atenção. Quando ele a notou, reconheceu-a e mostrou a franqueza e bom humor habituais.

— Ah! É você? Obrigado, obrigado. Isto é que é tratar-me como um amigo. Aqui estou, como vê, olhando um quadro. Nunca passo por esta loja sem parar. Mas que coisa é essa imitando um barco? Olhe para isso! Já viu algo parecido? Que estranhos sujeitos esses pintores devem ser, para pensar que alguém aventuraria a vida numa velha casca de noz dessas, e desconjuntada! E contudo, há dois cavalheiros em cima dela, bem à vontade, e olhando rochas e montanhas à sua volta, como se no momento seguinte não pudessem ser atirados para fora, o que certamente acontecerá. Só me pergunto onde terão construído este barco (rindo sinceramente). Eu não me aventuraria nele nem num charco de lavar cavalos. Bem (voltando-se), aonde vai agora? Posso ir a algum lugar por você ou com você? Posso ser-lhe útil em alguma coisa?

— Em nada, muito obrigada, a menos que me queira dar o prazer de sua companhia, no pequeno trecho em que nosso caminho é comum. Estou indo para casa.

— Isso farei, com todo o prazer, e irei até mais longe, inclusive. Sim, sim, teremos nosso passeiozinho, e tenho algo a dizer-lhe enquanto caminhamos. Pronto, segure meu braço; assim está bem. Não me sinto bem se não tenho uma mulher ao meu lado. Senhor! Mas que barco! — murmurou, lançando um último olhar ao quadro, enquanto se punham em marcha.

— Disse que tinha alguma coisa a me dizer, senhor?

— Sim, tenho. Bem. Mas aqui vem um amigo, o capitão Brigden. Direi apenas "Como vai?" quando passarmos; não vou parar... Como vai? Brigden sempre olha quando me vê com uma mulher que não seja a minha. Ela, pobre coitada, está impossibilitada de sair devido a uma bolha num dos calcanhares, grande como uma moeda de três xelins. Se olhar para o outro lado da rua, verá o almirante Brand descendo com o irmão. Rapazes desleixados, esses dois! Fico contente por não estarem deste lado da rua. Sophy não os suporta. Pregaram-me uma terrível peça certa vez... Tiraram alguns de meus melhores homens. Vou contar-lhe toda a história noutra oportunidade. Aí vem o velho Sir Archibald Drew e seu neto. Veja, ele nos viu; fez o gesto de beijar sua mão; pensa que *é* minha mulher. Ah! A guerra acabou cedo demais para este aristocrata. Pobre e velho Sir Archibald! Que acha de Bath, srta. Elliot? Gostamos muito daqui. Estamos sempre encontrando velhos amigos que desde manhã cedo já estão na rua. Sempre encontramos com quem conversar. Então nos afastamos de todos, nos trancamos em casa, aproximamos nossas cadeiras e nos sentimos tão confortáveis como se estivéssemos em Kellynch... Ah! Ou como costumávamos ficar, mesmo em North Yarmouth e Deal. Não gostamos menos de nossa casa aqui, afirmo-lhe, pois nos lembra a primeira que tivemos, em North Yarmouth. O vento sopra por um dos aparadores, igualzinho.

Quando já haviam caminhado um pouco mais, Anne aventurou-se a lembrar-lhe que tinha algo a comunicar. Tivera a esperança de que, uma vez fora da rua Milsom, teria satisfeita sua curiosidade. Mas ainda foi obrigada a esperar, pois o almirante estava resolvido a não começar antes de chegarem nas ruas mais amplas e tranquilas de Belmont, e como ela não era a sra. Croft, devia deixá-lo agir como entendesse. Logo que se puseram a subir agradavelmente a rua Belmont, ele começou:

— Bem, ouvirá uma coisa que vai surpreendê-la. Mas antes de tudo, deve dizer-me o nome da jovem sobre quem vou falar. Aquela jovem, sabe, com que todos nós nos preocupamos tanto. A srta. Musgrove, com quem aconteceu tudo aquilo. Seu nome de batismo... sempre esqueço seu primeiro nome.

Anne sentira-se envergonhada em mostrar compreender depressa demais. Mas agora podia, em segurança, sugerir o nome de Louisa.

— Sim, sim, srta. Louisa Musgrove, é esse mesmo o nome. Gostaria que as jovens não tivessem tantos nomes bonitos de batismo. Nunca me embaraçaria, se todas se chamassem Sophy, ou algo assim. Bem, esta srta. Louisa, como sabe, ia casar com Frederick. Ele a cortejava semana após semana. A única pergunta era o que poderiam estar esperando, até que ocorreu o acidente de Lyme. Então, ficou evidente que deviam esperar até que a cabeça dela ficasse boa. Mesmo assim, havia algo estranho na maneira de eles se portarem. Em vez de ficar em Lyme, partiu para Phymouth e depois foi ver Edward. Quando voltamos de Minehead, ele havia partido para a casa de Edward e lá ficou até agora. Não o vimos uma única vez desde novembro. Até mesmo Sophy não pôde compreender isso. Mas agora o assunto tomou o rumo mais surpreendente possível, pois esta jovem, esta mesma srta. Musgrove, em vez de se casar com Frederick, casa-se com James Benwick. Conhece James Benwick?

— Um pouco. Conheço ligeiramente o capitão Benwick.

— Bem, vai se casar com ele. Não, é mais provável que já estejam casados, pois não sei o que mais têm a esperar.

— Achei o capitão Benwick um jovem muito agradável, e acredito ter um excelente caráter — disse Anne.

— Ah, sim, sim, não há nada a dizer contra James Bewick. É apenas um comandante, é verdade, promovido no verão passado, e os tempos estão difíceis para se viver agora, mas não tem nenhuma outra falha, que eu saiba. Um sujeito excelente, de bom coração, e um oficial muito mais ativo e zeloso, também, do que se pode imaginar, pois aquele seu jeito gentil não lhe faz juz.

— Sem dúvida se engana, senhor. Nunca deduziria haver falta de coragem pelas maneiras do capitão Benwick. Achei-as especialmente agradáveis, e posso afirmar-lhe que geralmente dão boa impressão.

— Bem, bem, as mulheres é que melhor podem julgar. Mas James Benwick é delicado demais para mim, e embora seja muito provável que seja por parcialidade de nossa parte, Sophy e eu não podemos deixar de considerar as maneiras de Frederick melhores que as dele. Há alguma coisa em Frederick que nos agrada mais.

Anne fora pega. Apenas tencionara contestar a ideia por demais difundida de que força e delicadeza são incompatíveis, e nunca dizer que as maneiras do capitão Benwick eram as mais perfeitas possíveis. Depois de breve hesitação, começava a dizer:

— Não estava fazendo uma comparação entre os dois amigos...
Mas o almirante interrompeu-a:

— Mas é essa a verdade, sem dúvida. Não *é* apenas assunto de conversa. O próprio Frederick nos contou. A irmã recebeu uma carta dele, ontem, na qual conta isso. Tinha acabado de receber uma carta de Harville, escrita lá mesmo, em Uppercross. Imagino que estejam todos em Uppercross.

Esta era uma oportunidade a que Anne não pôde resistir. Disse, portanto:

— Espero sinceramente, almirante, que não haja nada na carta do capitão Wentworth que possa inspirar inquietação ao sr. e à sra. Croft. Realmente, no último outono, parecia haver algum afeto entre ele e Louisa Musgrove, mas espero que ambos tenham percebido que este cessou igualmente em ambos os lados, e sem violência. Espero que esta carta não deixe transparecer um estado de espírito infeliz.

— Nem de longe, nem de longe; não há um único lamento ou blasfêmia, do começo ao fim.

Anne baixou os olhos para esconder seu sorriso.

— Não, não. Frederick não é homem de queixar-se e lamuriar--se; tem inteligência demais para isso — continuou o almirante. — Se uma jovem gosta mais de outro homem, o certo é que fique com ele.

— Sem dúvida. Mas o que pretendo dizer é se não há nada na maneira de escrever do capitão Wentworth que os faça supor que considere desleal o procedimento do amigo para com ele. Isso pode aparecer, o senhor sabe, sem que fique de nenhuma forma explícito. Ficaria muito triste se uma amizade como a deles, que subsistiu por tanto tempo, fosse destruída ou mesmo afetada por uma circunstância desse tipo.

— Sim, sim, eu a compreendo. Mas não há nada dessa natureza na carta. Não faz a menor crítica a Benwick. Limita-se apenas a dizer: "Surpreende-me, e tenho minhas próprias razões para surpreender-me com isso." Não, não se adivinharia, pelo seu modo de escrever, que alguma vez tenha pensado nesta senhorita (qual é o seu nome?) com alguma intenção pessoal. Desejou os mais belos votos de felicidade para os dois, e não há nada de rancoroso nisso, creio eu.

Anne não percebeu uma convicção tão grande quanto o almirante tencionava transmitir, mas teria sido inútil prosseguir em suas perguntas. Portanto, satisfez-se com comentários comuns ou em ouvir em silêncio, e o almirante prosseguiu à sua própria maneira:

— Pobre Frederick! — disse, por fim. — Agora tem de começar tudo de novo com outra pessoa. Creio que devemos trazê-lo para Bath. Sophy deve escrever-lhe e pedir-lhe que venha para Bath. Aqui há suficientes garotas bonitas, estou certo. De nada serviria voltar para Uppercross, pois penso que a outra srta. Musgrove já foi pedida em casamento pelo primo, o jovem pároco. Não acha, srta. Elliot, que deveríamos trazê-lo para Bath?

19

Enquanto o almirante Croft passeava com Anne, expressando seu desejo de fazer com que o capitão Wentworth viesse a Bath, este já estava a caminho. Antes que a sra. Croft tivesse tempo de lhe escrever, ele já havia chegado. E de outra vez que Anne tornou a sair, avistou-o.

O sr. Elliot acompanhava suas duas primas e a sra. Clay. Estavam na rua Milsom. Começou a chover um pouco, não muito, mas o suficiente para tornar necessário à srta. Elliot ter o privilégio de ser levada para casa na carruagem de Lady Dalrymple, que fora vista à espera a uma certa distância. Portanto, Anne e a sra. Clay entraram no Molland's, enquanto o sr. Elliot caminhava até Lady Dalrymple, para pedir ajuda. Logo voltou, claro que bem-sucedido. Lady Dalrymple teria o maior prazer em levá-los para casa, e mandaria chamá-los dali a alguns minutos.

Sua carruagem senhorial era uma caleça e não tinha lugar para mais de quatro com algum conforto. A srta. Carteret estava com a mãe; portanto, não era razoável esperar por acomodação para todas as três senhoras de Camden Place. Não havia dúvida quanto à srta. Elliot. Por mais transtornos que os outros sofressem, ela não suportaria nenhum; mas levou algum tempo para que as outras duas resolvessem quanto àquele ato de cortesia. A chuva era insignificante, e Anne sinceramente preferia voltar caminhando com o sr. Elliot. Mas a chuva também era insignificante para a sra. Clay; mal podia admitir que estivesse realmente chovendo, e sua botas eram tão grossas! Muito mais grossas que as da srta. Anne. Enfim, sua delicadeza tornou-a tão ansiosa para ficar com o sr. Elliot quanto Anne, e a discussão entre elas passou a ser de uma generosidade tão cheia de polidez e determinação que os outros tiveram de decidir o assunto por elas. A srta. Elliot insistia em que a sra. Clay já estava um pouco resfriada, e o sr. Elliot resolveu concordar que as botas da prima Anne eram bem mais grossas.

Portanto, ficou resolvido que a sra. Clay faria parte do grupo da carruagem; e tinham justamente chegado a esta conclusão quando Anne, ao sentar-se perto da janela, divisou nítida e perfeitamente o capitão Wentworth caminhando pela rua.

Seu sobressalto foi perceptível apenas para si mesma. Mas no mesmo instante sentiu-se a maior tola do mundo, a mais imprevisível e absurda! Por alguns minutos não viu nada diante de si. Tudo era confusão. Estava perdida. Quando conseguiu controlar suas emoções, viu que os outros ainda esperavam pela carruagem e pelo sr. Elliot (sempre prestativo, acabara de dirigir-se à rua Union com uma incumbência da sra. Clay).

Agora sentiu um grande desejo de dirigir-se à porta; queria ver se ainda estava chovendo. Por que deveria suspeitar de outro motivo? O capitão Wentworth já devia estar fora de vista. Deixou seu lugar, iria, uma parte sua não devia sempre ser tão mais sensata que a outra, nem suspeitar sempre de que a outra era pior que na realidade. Veria se estava chovendo. Teve de recuar, contudo, no mesmo instante, devido à entrada do próprio capitão Wentworth, acompanhado de um grupo de cavalheiros e senhoras, evidentemente seus amigos, e que deviam tê-lo encontrado um pouco além da rua Milsom. Obviamente, ele ficou bem mais surpreso e confuso por vê-la do que ela observara até então; estava totalmente ruborizado. Pela primeira vez, desde que tinham voltado a se ver, ela sentiu que era, dos dois, quem menos traía seus sentimentos. Levara vantagem sobre ele, ao se preparar alguns momentos antes. Todos os efeitos iniciais perturbadores, esmagadores, ofuscantes, derivados da forte surpresa, já haviam passado nela. Mesmo assim, ainda tinha bastante para sentir! Era agitação, dor, prazer, alguma coisa entre alegria e infelicidade.

Ele cumprimentou-a, depois afastou-se. A característica marcante de sua atitude foi o embaraço. Não poderia tê-la chamado de uma atitude fria nem amistosa, ou de qualquer outra coisa mais acertada do que embaraço.

Depois de um curto intervalo, porém, voltou até ela e tornou a falar-lhe. Fizeram perguntas mútuas sobre assuntos banais; provavelmente, nenhum deles estava muito consciente do que ouvia, e Anne percebeu por todo o tempo que ele estava menos à vontade do que antes. Haviam se acostumado, à força de conviverem tanto tempo, a falar-se com uma considerável dose de indiferença e calma aparentes; mas ele não o conseguiu agora. O tempo transformara-o, ou Louisa o fizera. De uma forma ou de outra, percebia o que se passava. Estava com ótima aparência, sem a menor sombra de sofrimento, de corpo e alma. Falou de Uppercross, dos Musgroves, e até mesmo de Louisa, tendo até um olhar passageiro e significativo ao mencioná-la. Contudo, o capitão Wentworth não se sentia à vontade, nem sem sofrimento, e nem era capaz de fingir.

Anne não se surpreendeu, mas se entristeceu ao observar que Elizabeth se recusava a notá-lo. Percebeu que eles se tinham visto, que haviam se reconhecido perfeitamente. Estava convencida de que ele estava disposto a ser aceito como um amigo e desejava-o, e teve a tristeza de ver a irmã voltar-lhe as costas, com uma inalterável frieza.

A carruagem de Lady Dalrymple, pela qual a srta. Elliot já começava a esperar com impaciência, estacionou neste instante. O criado veio anunciá-la. A chuva recomeçava, e finalmente houve uma demora, rebuliço, comentários, que deviam fazer o pequeno número de pessoas dentro da loja compreender que Lady Dalrymple chamava a srta. Elliot. Por fim, a srta. Elliot e a amiga, acompanhadas apenas pelo criado (pois as primas não tinham vindo), retiraram-se. O capitão Wentworth, observando-as, voltou-se outra vez para Anne, e, por gestos, mais do que palavras, ofereceu seus préstimos.

— Fico-lhe muito agradecida, mas não vou com elas. A carruagem não pode acomodar a todos. Vou a pé. Prefiro caminhar.

— Mas está chovendo.

— Ah! Muito pouco. Não me importo.

Depois de um momento de silêncio, ele disse:

— Ainda que tenha chegado apenas ontem, já me equipei apropriadamente para Bath, como vê (apontando para um guarda-chuva novo). Espero que o aproveite, se está resolvida a ir a pé, embora eu creia que seria muito mais prudente permitir-me que lhe consiga uma liteira.

— Estou esperando apenas pelo sr. Elliot. Tenho certeza de que logo chegará.

Mal dissera essas palavras, o sr. Elliot entrou. O capitão Wentworth recordava-se perfeitamente dele. Não havia a menor diferença entre ele e o homem que parara na escada, em Lyme, admirando Anne passar, exceto na sua aparência e maneiras de um amigo e parente privilegiado. Entrou muito agitado, pareceu ver e pensar apenas nela, desculpou-se pela demora, estava aborrecido por tê-la feito esperar e ansioso por levá-la sem mais perda de tempo, antes que a chuva aumentasse. Dali a um instante saíram juntos, de braço dado, ela com um olhar gentil e perturbado, com tempo apenas para dizer um "bom dia para você" de passagem.

Logo que saíram de vista, as senhoras do grupo do capitão Wentworth começaram a falar deles.

— A prima não desagrada ao sr. Elliot, imagino!

— Ah, não, isso ficou bem claro. Já se pode adivinhar o que vai acontecer. Está sempre com eles. Acho que vive quase todo o tempo com a família. Que homem bonito!

— É, e a srta. Atkinson, que jantou com ele uma vez, em casa dos Wallises, disse que *é o* homem mais simpático que já conheceu.

— Acho que é bonita a Anne Elliot, muito bonita quando alguém chega a vê-la. Não fica bem dizer isso, mas confesso que gosto mais dela que da irmã.

— Ah, eu também.

— Eu também. Nem tem comparação. Mas os homens vivem exaltados pela srta. Elliot. Anne é delicada demais para eles.

Anne ficaria particularmente grata ao primo se tivessem andado lado a lado, até Camden Place, sem dizer uma única palavra. Nunca achou tão difícil ouvi-lo, embora nada pudesse exceder sua solicitude e atenção, e os assuntos que escolhesse fossem particularmente os que costumavam interessá-la, com elogios, fervor, justiça e discernimento, sobre Lady Russell, e insinuações altamente racionais contra a sra. Clay. Mas, no momento, só conseguia pensar no capitão Wentworth. Não conseguia compreender seus sentimentos de agora, se estava realmente sofrendo muito pelo desengano, ou não; e até que este ponto ficasse esclarecido, não voltaria a ser ela mesma.

Outra circunstância muito importante para ela descobrir era quanto tempo ele tencionava ficar em Bath. Não o mencionara, ou ela o esquecera. Talvez estivesse apenas de passagem. Mas era mais provável que ficasse. Nesse caso, como era plausível que todos se encontrassem em Bath, Lady Russell com toda a probabilidade o veria em algum lugar. Poderia lembrar-se dele? Como se daria o acontecimento?

Já fora obrigada a contar a Lady Russell que Louisa ia se casar com o capitão Benwick. Custara-lhe bastante enfrentar sua surpresa. Agora, se de alguma forma deparasse com o capitão Wentworth e fosse vista em companhia dele, seu conhecimento incompleto do assunto poderia trazer mais uma sombra de predisposição contra ele.

Na manhã seguinte, Anne saiu com a amiga e passou a primeira hora numa espécie de expectativa contínua e temerosa, mas em vão. Por fim, voltando pela rua Pulteney, distinguiu-o na calçada do lado direito, a uma distância que lhe permitia vê-lo até quase o final da rua. Havia muitos homens com ele, e muitos grupos caminhando na mesma direção, mas não poderia ter-se enganado. Olhou instintivamente para Lady Russell, mas sem imaginar que o teria reconhecido com tanta rapidez quanto ela. Não, não poderia supor que Lady Russell o avistaria antes que chegasse à sua frente. Olhava-a, no entanto, a intervalos, ansiosa; e quando se aproximou o momento em que deveria vê-lo, embora não ousasse olhar de novo (pois sabia que sua fisionomia não estava em condições de ser vista), teve a perfeita consciência de que os olhos de Lady Russell se voltavam exatamente na direção dele, ou, em suma, que ela o observava com muita atenção. Podia compreender muito bem a espécie de fascínio que devia se apossar da mente de Lady Russell, a dificuldade que devia sentir para afastar os olhos dele, o espanto por ele, depois de oito ou nove anos em climas estrangeiros e na ativa, não ter perdido um único atrativo pessoal!

Por fim, Lady Russell voltou a cabeça. "E agora, que diria ela?", pensou Anne.

— Deve estar curiosa para saber o que me chamou tanto a atenção; mas estive olhando umas cortinas de que Lady Alicia e a sra. Frankland me falaram ontem. Descreveram-me as cortinas da sala de visita de uma das casas deste lado da rua, e este trecho, como das mais bem decoradas de Bath, mas não posso me recordar exatamente do número, e estive me esforçando para descobrir. Mas confesso que nenhuma cortina por aqui corresponde à sua descrição.

Anne suspirou, corou e sorriu, sentindo pena e desprezo — dela ou da amiga. A parte que mais a aborreceu foi que, com todo esse desperdício de cautela e prevenção, tivesse perdido o momento exato de ver se ele as tinha visto.

Durante um ou dois dias nada aconteceu. O teatro e os salões que ele devia frequentar não eram suficientemente elegantes para os Elliots, cujas distrações à noite restringiam-se à elegante estupidez das festas particulares a que compareciam com crescente frequência. Anne, farta do estado de estagnação, cansada de não conhecer nada, e imaginando-se mais forte porque sua saúde não fora testada, esperava com ansiedade a noite do concerto. Era o concerto de alguém patrocinado por Lady Dalrymple. Claro que iriam. Esperava-se que fosse realmente bom, e o capitão Wentworth gostava muito de música. Se ao menos pudesse ter mais alguns minutos de conversa com ele, pensava que ficaria satisfeita; quanto à capacidade de dirigir-se a ele, sentia-se cheia de coragem, caso surgisse a oportunidade. Elizabeth voltara-lhe as costas; Lady Russell fingira não vê-lo. Seus nervos ficaram fortalecidos por essas circunstâncias; sentia que lhe devia atenção.

Já tinha em parte prometido à sra. Smith passar a noite com ela; mas indo até lá, rápida e apressadamente, desculpou-se e adiou o compromisso da noite, prometendo fazê-lo mais demoradamente no dia seguinte. A sra. Smith aceitou-o com a melhor disposição de ânimo.

— De qualquer forma, conte-me tudo quando vier. Com quem você vai?

Anne citou o nome de todos. A sra. Smith não disse nada, mas quando ela estava de saída, falou com uma expressão meio séria, meio irônica:

— Bem, espero sinceramente que o concerto seja bom como deseja. E não deixe de vir amanhã, se puder, pois começo a ter o pressentimento de que já não a verei muitas vezes.

Anne ficou surpresa e confusa; mas depois de permanecer de pé ali, num momento de incerteza, viu-se obrigada — e não se sentiu triste por isso — a partir correndo.

20

Sir Walter, suas duas filhas e a sra. Clay foram os primeiros do grupo a chegar aos salões naquela noite. Como Lady Dalrymple ainda se faria esperar, sentaram-se perto de uma das lareiras, na Sala Octogonal. Nem bem se acomodaram, contudo, a porta tornou a abrir-se e o capitão Wentworth entrou, sozinho. Anne estava mais próxima dele e, avançando um pouco, falou-lhe imediatamente. Ele estava disposto apenas a fazer uma reverência e prosseguir, mas seu gentil "Como vai?" fê-lo voltar à correção e, permanecendo de pé junto a ela, fazer-lhe também algumas perguntas, apesar da presença temível do pai e da irmã, ao fundo. O fato de estarem às suas costas era um apoio para Anne. Ignorava seus olhares e sentiu-se capaz de fazer tudo o que considerava correto.

Enquanto conversavam, ouviu um sussurro entre o pai e Elizabeth. Não pôde distinguir as palavras, mas sim adivinhar o assunto. Quando o capitão Wentworth fez um discreto aceno de cabeça, ela compreendeu que seu pai julgara correto externar esse simples sinal de reconhecimento e ainda teve tempo para captar uma ligeira reverência da própria Elizabeth. Isso, embora feito tardia, relutante e desgraciosamente, ainda assim era melhor que nada, e ela melhorou de estado de espírito.

Depois de conversarem sobre o clima de Bath e o concerto, contudo, sua conversa começou a esmorecer e passaram a dizer-se tão pouca coisa que ela esperava vê-lo partir a qualquer momento. Mas ele não o fez. Parecia não ter a menor pressa em deixá-la; agora, com nova disposição, disse, com um sorriso e certo ardor:

— Quase não pude vê-la desde aquele dia em Lyme. Temo que tenha sofrido com o choque, principalmente por não tê-lo sentido naquele momento.

Ela afirmou-lhe que não.

— Foi um instante terrível, um dia terrível! — disse ele, e passou a mão pelos olhos, como se a lembrança ainda fosse penosa demais, mas depois de um momento sorria outra vez, e acrescentava: — No entanto, o dia teve os seus efeitos, algumas consequências que devem ser encaradas como o contrário de aterrorizador. Quando teve a presença de espírito de sugerir que Benwick era a pessoa mais apropriada para ir buscar um médico, mal imaginava que no final seria um dos mais interessados na recuperação dela.

— Claro que não podia imaginar. Mas parece... espero que seja uma ligação muito feliz. Há de ambas as partes bons princípios e bom temperamento.

— Sim — disse ele, sem parecer muito entusiasmado —, mas creio que aí termina toda a semelhança. Desejo a felicidade deles do fundo de minha alma e alegro-me com tudo que a favoreça. Não têm dificuldades para enfrentar em casa. Nenhuma oposição, contrariedades, barreiras. Os Musgroves são extraordinários, agindo, como sempre, da forma mais honrada e bondosa, com seu coração realmente paternal, apenas ansiando promover a felicidade da filha. Tudo isso representa muito em favor da felicidade deles. Mais talvez do que...

Deteve-se. Pareceu voltar-lhe uma repentina lembrança, que o fez experimentar um pouco da emoção que ruborizava as faces de Anne, e a obrigava a baixar os olhos. Porém, depois de um pigarro, continuou:

— Confesso que acho haver uma disparidade excessiva, num ponto tão essencial quanto a mente. Considero Louisa Musgrove uma jovem muito gentil, bem-humorada e não desprovida de dotes intelectuais, mas Benwick é muito mais do que isso. É um homem inteligente e culto, e confesso que tomo conhecimento de seus sentimentos em relação a ela com uma certa surpresa. Se fosse pelo efeito da gratidão, se tivesse aprendido a amá-la porque acreditava que ela o admirava, teria sido muito diferente. Mas não tenho qualquer razão para crer nisso. Parece, ao contrário, ter sido um sentimento totalmente natural e espontâneo, e isso me surpreende. Um homem como ele, na sua situação! Com um coração sensível, quase alquebrado! Fanny Harville era uma criatura muito superior; e sua ligação com ela era realmente de amor. Um homem não se recupera de uma tal devoção de alma por uma mulher assim! Não deve... não consegue.

Quer pela consciência de que, apesar de tudo, seu amigo se recuperara, ou por qualquer outro motivo, não prosseguiu; e Anne, a despeito de sua voz perturbada ao pronunciar essas últimas palavras, e dos inúmeros ruídos da sala, o bater quase incessante da porta, e o contínuo rumor de pessoas passando, distinguira cada palavra. Estava surpreendida, agradecida, confusa, e começou a respirar com mais rapidez, e sentir cem vezes mais cada momento. Era-lhe impossível entrar num tal assunto; contudo, depois de uma pausa, sentindo a necessidade de falar e não tendo o menor desejo de mudar o rumo da conversa, desviou-o apenas a ponto de dizer:

— Ficou bastante tempo em Lyme, ao que creio.

— Aproximadamente 15 dias. Não pude sair até que a recuperação de Louisa fosse certa. Tinha-me envolvido demais nos fatos para parar de pensar logo neles. Eu fui o único culpado, apenas eu. Não teria sido tão obstinada se eu não tivesse sido pusilânime. O campo nas proximidades de Lyme é lindo. Fiz muitos passeios a pé e a cavalo. E quanto mais via, mais encontrava o que admirar.

— Gostaria muito de rever Lyme.

—Verdade? Pensei que não tivesse encontrado nada em Lyme para despertar-lhe este sentimento. O horror e a infelicidade em que esteve envolvida, a tensão da mente, o desgaste do espírito! Pensei que suas últimas impressões de Lyme a tivessem desagradado intensamente.

— As últimas horas foram sem dúvida muito dolorosas — respondeu Anne. — Mas quando a dor acaba, frequentemente a sua lembrança transforma-se em prazer. Não se gosta menos de um lugar por ter-se sofrido nele, a menos que tudo tenha sido sofrimento, só sofrimento, o que não foi, de modo algum, o caso em Lyme. Sentimo-nos angustiados e infelizes só durante as duas últimas horas, mas, antes, divertimo-nos bastante. Tantas novidades e tanta beleza! Viajei tão pouco que qualquer lugar novo é interessante para mim. Mas Lyme é verdadeiramente bonita. Enfim (ruborizando-se levemente com certas recordações), em geral, minhas impressões do lugar são muito agradáveis.

Quando acabou, a porta de entrada tornou a abrir-se e entraram exatamente as pessoas que estavam sendo esperadas. "Lady Dalrymple, Lady Dalrymple!", elevou-se o som de regozijo. E com toda a vivacidade compatível com uma elegância solícita, Sir Walter e as duas damas adiantaram-se para ir ao encontro de Lady Dalrymple e da srta. Carteret, escoltadas pelo sr. Elliot e o coronel Wallis, que haviam chegado, por coincidência quase no mesmo momento, e entravam no salão. Os outros reuniram-se a eles, e Anne se viu necessariamente incluída nesse grupo. Teve de se separar do capitão Wentworth. Sua conversa tão interessante, quase surpreendentemente interessante, devia ser interrompida por alguns minutos, mas era um ligeiro sofrimento se comparado com a felicidade que o precedera! Aprendera, nos últimos dez minutos, mais sobre os sentimentos dele em relação a Louisa, mais sobre todos os seus sentimentos, do que ousava imaginar! Dedicou-se às exigências do grupo, às necessárias cortesias do momento, sentindo intensas sensações. Estava bem-humorada com todos. Ouvira coisas que a dispunham a ser gentil e bondosa para com todos, e lastimar aqueles que eram menos felizes do que ela.

Suas agradáveis sensações arrefeceram quando, ao afastar-se do grupo para voltar a se reunir ao capitão Wentworth, viu que ele tinha partido. Teve tempo apenas de vê-lo entrar na sala de concerto. Tinha-se ido, desaparecera. Sentiu uma momentânea tristeza. Mas eles tornariam a se encontrar. Procuraria por ela, encontrá-lo-ia muito antes do fim da noite, e no momento, talvez, a separação fosse boa. Precisava de uma pequena interrupção para se recordar.

Com a chegada de Lady Russell um pouco mais tarde, o grupo se reuniu. Agora só lhes restava se mover, dirigindo-se à sala de concerto e tirar todo o proveito que lhes era possível: atrair tantos olhares, despertar tantos comentários e perturbar tantas pessoas quanto possível.

Anne e Elizabeth estavam muito, muito felizes ao entrarem ali. Elizabeth, de braço dado com a srta. Carteret, e encarando as amplas costas da viúva, a viscondessa de Dalrymple, diante de si, não podia desejar nada além do que parecia já estar ao seu alcance; e Anne — mas seria um insulto à natureza da felicidade de Anne fazer qualquer comparação com a da irmã. A origem de uma era a vaidade egoísta; a da outra, um generoso afeto.

Anne não via nada, não pensava no esplendor da sala. Sua felicidade procedia de seu íntimo. Seus olhos brilhavam, as faces estavam coradas, mas não o percebia. Pensava naquela última meia hora, e quando chegaram a seus lugares, sua mente pôde recordá-la num rápido exame. Os assuntos que ele escolhera, suas expressões — e, mais ainda, seus gestos e seu olhar —, só podiam ser analisados sob um ângulo. Sua opinião sobre a inferioridade de Louisa Musgrove — uma opinião que parecera ansioso por dar —, sua surpresa em relação ao capitão Benwick, seus sentimentos quanto a um primeiro e intenso amor, as sentenças iniciadas, e que não pudera terminar, os olhos, que teve de desviar, e mais de um olhar significativo — tudo, tudo indicava que ao menos ainda sentia alguma coisa por ela. Seu ódio, ressentimento, sua fuga, já não existiam, haviam sido substituídos não apenas pela amizade e interesse, mas pelo afeto do passado. Sim, por um pouco do afeto do passado. Não podia atribuir implicações menos importantes a esta transformação. Ele devia amá-la.

Esses eram pensamentos, acompanhados de devaneios, que a ocupavam e agitavam a ponto de retirar-lhe qualquer poder de observação. E ela percorreu a sala sem vê-lo, sem ao menos tentar avistá-lo. Quando seus lugares foram determinados e estavam acomodados adequadamente, olhou à volta para ver se por acaso ele estava naquela parte da sala. Mas não — seus olhos não conseguiram avistá-lo; e como o concerto estivesse começando, teve de se conformar com uma felicidade mais modesta.

O grupo fora dividido e distribuído em dois bancos contíguos. Anne estava entre os da primeira fila, e o sr. Elliot manobrava tão bem, com a ajuda de seu amigo Wallis, que conseguira sentar-se ao lado dela. A srta. Elliot, circundada pelos primos, e sendo o principal objeto da galanteria do coronel Wallis, sentia-se bastante satisfeita.

A mente de Anne não poderia estar mais propícia àquele tipo de lazer; era exatamente a ocupação perfeita a daquela noite. Tinha sensibilidade para a suavidade, humor para a alegria, atenção para o científico e paciência para o cansativo; e jamais apreciara tanto um concerto, pelo menos durante a primeira parte. Quando este chegava ao fim, no intervalo que sucedeu a uma canção italiana, explicou ao sr. Elliot o significado de sua letra, que estava escrita no programa.

— Este *é* aproximadamente o sentido, ou antes o significado, pois o sentido de uma canção de amor italiana é alguma coisa que não se pode traduzir. Mas esse é o significado mais aproximado que se lhe possa dar, pois não pretendo saber a língua. Não sou boa conhecedora de italiano.

— Sim, sim, estou vendo. Vejo que não sabe nada do assunto. Só tem conhecimento suficiente para traduzir do italiano à primeira vista esses versos invertidos, transpostos, truncados, num inglês claro, elegante e compreensível. Não precisa dizer mais nada sobre sua ignorância, pois aí está uma prova cabal disto.

— Não vou contradizer uma gentileza tão bondosa, mas sentiria escrúpulos em ser examinada por uma pessoa realmente versada.

— Em todas as vezes que estive em Camden Place — disse ele — não pude deixar de descobrir algo sobre a srta. Anne Elliot. E considero-a modesta demais para que as pessoas em geral tomem conhecimento de metade das suas qualidades, e dotada de excessiva humildade que parecesse natural noutras mulheres.

— Que vergonha! Que vergonha! Isto já é excessivamente lisonjeiro! Esqueci qual será o próximo número — disse, voltando ao programa.

— Talvez — disse o sr. Elliot, falando em voz baixa — eu conheça melhor seu caráter do que pensa.

— Deveras? Como assim? Só pode conhecê-lo desde que cheguei a Bath, a não ser que tenha ouvido falar de mim antes, através de minha família.

— Muito antes de chegar a Bath já a conhecia de nome. Ouvi descrições a seu respeito por parte de pessoas que a conheciam intimamente. Conheço sua índole há muitos anos. Sua aparência, temperamento, dotes, maneiras... Tudo me era descrito e estava presente em mim.

O sr. Elliot não se desapontou quanto ao interesse que esperava despertar. Ninguém poderia resistir ao fascínio de um tal mistério. Ter sido comentada há tanto tempo com um amigo recente, por pessoas desconhecidas, é irresistível; e Anne era toda curiosidade. Perguntou-lhe e indagou-lhe ansiosamente, mas em vão. Ele se deleitava em se fazer de rogado, mas recusava-se a responder.

— Não, não, de outra vez, quem sabe, mas agora não.

Não desejava mencionar qualquer nome agora, mas esta era a verdade, podia lhe assegurar. Há muitos anos ouvira uma descrição tal da Anne Elliot que lhe havia inspirado o mais alto conceito sobre seus méritos, e lhe despertara a mais ardente curiosidade de conhecê-la.

Anne não se lembrava de ninguém que pudesse ter falado com parcialidade a seu respeito há muitos anos senão o sr. Wentworth, de Monkford, irmão do capitão Wentworth. Talvez ele tivesse conhecido o sr. Elliot, mas não teve coragem de perguntar-lhe.

— O nome de Anne Elliot sempre me despertou interesse. Há muito tempo exerce fascínio sobre minha imaginação. Se ousasse, aspiraria a que este nome não mudasse nunca.

Essas tinham sido as suas palavras, pensava; mas mal as ouvira, quando vozes às suas costas atraíram-lhe a atenção, tornando tudo o mais insignificante. Seu pai e Lady Dalrymple conversavam.

— Um homem bonito, muito bonito — disse Sir Walter.

— Um jovem muito elegante, de fato — disse Lady Dalrymple. — Tem mais garbo do que se vê habitualmente em Bath. Irlandês, provavelmente?

— Não, apenas sei o nome dele. Conheço-o de vista. Capitão Wentworth, da Marinha. A irmã dele se casou com meu locatário de Somersetshire, os Crofts, que alugaram Kellynch.

Antes que Sir Walter tivesse chegado a dizer isto, o olhar de Anne dirigira-se para a direita, e divisara o capitão Wentworth, que estava num grupo de homens — e pareceu desviar o olhar assim que ela o avistara. Foi esta sua impressão. Era como se ela tivesse com um momento de atraso. E tanto quanto ousou observar, ele não voltou a olhá-la. Mas o concerto recomeçava, e ela se viu forçada a parecer atenta à orquestra e a olhar para a frente.

Quando conseguiu dar outra olhada, ele já se afastara. Não poderia ter-se aproximado dela, mesmo se o desejasse; ela estava tão rodeada de pessoas. Mas ela gostaria de ter apenas encontrado seu olhar.

A frase do sr. Elliot também a afligira. Já não sentia a menor disposição para conversar com ele. Gostaria que não estivesse tão próximo dela.

A primeira parte acabara. Agora esperava alguma mudança benéfica. Depois de um momento de silêncio no grupo, alguns resolveram sair para tomar chá. Anne foi uma das poucas que preferiu não sair. Permaneceu em seu lugar, assim como Lady Russell; mas teve o prazer de se ver livre do sr. Elliot, e não pretendia, o que quer que pudesse sentir em relação a Lady Russell, se esquivar a uma conversa com o capitão Wentworth, se ele lhe desse a oportunidade. Estava convencida, pela expressão de Lady Russell, de que ela o vira.

Ele, contudo, não se aproximou. Anne por vezes imaginou distingui-lo a distância, mas não apareceu. O angustiante intervalo se arrastou improdutivamente. Os outros retornaram, a sala voltou a se encher, os assentos foram novamente ocupados, e uma outra hora de prazer — ou de penitência — devia transcorrer, outra hora de música para provocar o deleite ou bocejos, conforme predominasse um gosto real ou apenas fingido. Para Anne, havia principalmente a perspectiva de uma hora de agitação. Não poderia deixar a sala em paz sem ver mais uma vez o capitão Wentworth, sem a troca de um olhar amistoso.

Ao se acomodarem outra vez, houve muitas mudanças, com resultado favorável para ela. O coronel Wallis recusou-se a se sentar novamente, e o sr. Elliot foi convidado por Elizabeth e pela srta. Carteret, de uma forma que não admitia recusa, a sentar-se entre elas. Com mais algumas trocas, e uma pequena maquinação, Anne pôde se colocar muito mais para a extremidade do banco que antes, bem mais ao alcance dos passantes. Não pôde deixar de se comparar, ao fazê-lo, com as srtas. Larolle, as inimitáveis srtas. Larolle — mesmo assim, sem maior êxito. Contudo, por algo muito próximo a uma desistência prematura por parte de seus vizinhos, viu-se na ponta do banco antes do término do concerto.

Tal era sua situação, com um lugar vago perto dela, quando o capitão Wentworth surgiu novamente. Avistou-o a pouca distância. Ele também a viu; entretanto, parecia sério, irresoluto, e só muito lentamente aproximou-se o suficiente para falar-lhe. Percebeu que alguma coisa devia estar acontecendo. A mudança era incontestável. A diferença entre sua atitude de agora e a que tivera na Sala Octogonal era surpreendente. Por que isso? Pensou no pai, em Lady Russell. Poderiam ter-se passado alguns olhares pouco amistosos? Começou falando do concerto com gravidade; parecia-se mais com o capitão Wentworth de Uppercross. Admitiu estar desapontado; esperara canto melhor. Em suma, tinha que confessar que não lamentaria quando terminasse. Anne respondeu, e falou tão bem em defesa do espetáculo, e ao mesmo tempo, por deferência a seus sentimentos, com tanta gentileza, que a expressão dele melhorou, e respondeu quase com um sorriso. Conversaram por mais alguns minutos; a melhora persistiu. Ele chegou a olhar para o banco, como se visse ali um lugar digno de ser ocupado, quando, neste momento, um toque no ombro de Anne obrigou-a a se voltar. Era o sr. Elliot. Pedia-lhe desculpas, mas precisavam de sua ajuda para explicar um pouco mais de italiano. A srta. Carteret estava muito desejosa de ter uma ideia geral do que seria cantado em seguida. Anne não pôde recusar; mas nunca se sacrificou à cortesia com maior espírito de abnegação.

Passaram-se inevitavelmente alguns minutos, por mais reduzidos que fossem, e quando voltou a ser dona de sua própria vontade e pôde voltar-se e olhar como antes, o capitão Wentworth aproximou-se dela, numa espécie de despedida circunspecta e apressada. "Precisava despedir-se. Já se ia. Tinha que chegar em casa o mais rápido possível."

— Será que não vale a pena ficar para ouvir a canção? — perguntou Anne, tomada por uma ideia que a fez ainda mais ansiosa por encorajá-lo.

— Não! — respondeu ele, de forma impressionante. — Nada há mais que mereça minha permanência aqui.

E partiu imediatamente.

Ciúme do sr. Elliot! Era o único motivo compreensível. O capitão Wentworth ciumento de seu afeto! Se pudesse ter acreditado nisso uma semana antes, três horas antes! Por um momento sentiu extrema alegria. Mas, ai! Pensamentos muito diferentes deveriam tomar seu lugar. Como tranquilizar tal ciúme? Como fazê-lo descobrir a verdade? Como, com todas as desvantagens peculiares de sua respectiva situação, poderia ele compreender seus verdadeiros sentimentos? Era uma infelicidade pensar nas atenções do sr. Elliot. Traziam consigo um mal incalculável.

21

Anne lembrou-se com satisfação, na manhã seguinte, de que prometera ir à casa da sra. Smith, pensando que isso a afastaria de casa à hora em que o sr. Elliot costumava fazer suas visitas, pois evitá-lo era quase o seu principal objetivo.

Sentia muito boa vontade para com ele. Apesar do dano provocado por suas atenções, devia-lhe gratidão e estima, talvez compaixão. Não podia deixar de pensar nas extraordinárias circunstâncias que se seguiram a seu conhecimento, no direito que ele parecia ter em interessá-la, por tudo nessas ocorrências — seus próprios sentimentos, sua imediata inclinação por ela: tudo era extraordinário. Lisonjeiro, mas doloroso. Havia muito a lastimar. Que estaria sentindo, não fosse a existência do capitão Wentworth, não valia a pena indagar, pois havia um capitão Wentworth, e fosse bom ou mau o resultado da expectativa de agora, seu afeto seria dele para sempre. Esta união, pensava, não poderia afastá-la mais dos outros homens que uma separação definitiva.

As ruas de Bath nunca viram mais belos devaneios de amor e de eterna constância do que aqueles que ocuparam Anne no trajeto de Camden Place até Westgate Buildings. Quase bastou para espalhar perfume e pureza por todo o caminho.

Tinha certeza de que seria recebida com prazer, e esta manhã a amiga parecia particularmente grata por sua visita, parecendo não esperá-la, embora tudo estivesse combinado.

Logo pediu-lhe que lhe falasse do concerto; e as lembranças de Anne foram suficientemente felizes para animar-lhe a fisionomia, e fazê-la contente. Disse tudo o que pôde com a maior alegria; mas o tudo parecia pouco a alguém que lá estivera, e insuficiente para uma pessoa tão perquiridora quanto a sra. Smith, que já soubera, por intermédio de um garçom e de uma lavadeira, do êxito geral da noite — mais do que Anne poderia relatar — e agora perguntava sobre várias particularidades da companhia. A sra. Smith conhecia de nome todas as pessoas de alguma importância ou notoriedade de Bath.

— Os pequenos Durand estavam lá, imagino — disse ela —, boquiabertos, ouvindo música, como dois papagaios depenados, prontos para serem cozinhados. Não perdem um único concerto.

— Estavam sim. Não os vi, mas ouvi o sr. Elliot dizer que estavam.

— Os Ibbotsons estavam lá? E as duas novas belezas, com aquele oficial irlandês alto, que dizem ser pretendente a uma delas?

— Não sei. Não creio que estivessem lá.

— A velha Lady Mary Maclean? Não preciso perguntar por ela. Nunca perde um, eu sei; deve tê-la visto. Com certeza esteve na sua roda, pois se foi com Lady Dalrymple, deviam estar sentados nos lugares de honra, perto do palco.

— Não, era isso o que eu temia. Teria sido muito desagradável para mim, sob todos os aspectos. Mas felizmente Lady Dalrymple gosta de se sentar sempre um pouco afastada, e estávamos em excelentes lugares, isto é, para ouvir. Não posso dizer para ver, pois parece que vi muito pouco.

— Ah! Viu o suficiente para se divertir. Compreendo. Há uma espécie de prazer íntimo em ser conhecida por todos, e isto você teve. Você estava num grupo grande, que se bastava, e não precisava de mais nada!

— Mas devia ter olhado mais à minha volta — disse Anne, percebendo, enquanto falava, que na realidade não fora preciso olhar à volta. Faltara objetivo para isso.

— Não, não, tinha melhor ocupação. Não precisa me contar que teve uma noite agradável. Leio-o em seus olhos. Posso ver perfeitamente como as horas passaram, que teve sempre alguma coisa agradável para ouvir. E que conversou, nos intervalos do concerto.

Anne esboçou um meio sorriso e disse:

— Pode ler isso em meus olhos?

— Posso. Sua fisionomia me diz perfeitamente que na noite passada esteve em companhia da pessoa que considera a mais agradável do mundo, a pessoa que de fato a interessa agora mais do que tudo no mundo.

As faces de Anne se ruborizaram. Não conseguiu responder.

— E sendo este o caso — continuou a sra. Smith depois de uma rápida pausa —, espero que acredite que sei valorizar sua bondade em vir me visitar esta manhã. É realmente uma grande bondade sua ficar aqui comigo quando deve ter ocupações muito mais agradáveis para seu tempo.

Anne não ouviu isso. Ainda estava tomada de surpresa e confusão, devido à perspicácia da amiga, e incapaz de imaginar como qualquer comentário sobre o capitão Wentworth poderia ter chegado até ela. Depois de uma rápida pausa:

— Diga-me — disse a sra. Smith —, o sr. Elliot sabe de sua amizade comigo? Sabe que estou em Bath?

— O sr. Elliot! — repetiu Anne, levantando os olhos, surpresa. Um momento de reflexão lhe mostrou seu erro. Percebeu-o instantaneamente, e, recobrando a coragem, ao sentir-se a salvo, acrescentou, com mais serenidade:

— Conhece o sr. Elliot?

— Fui grande amiga dele — respondeu a sra. Smith com gravidade. — Mas tudo parece haver terminado agora. Faz muito tempo que não nos vemos.

— Não tinha a menor ideia disso. Nunca o havia notado antes. Se tivesse sabido disso, teria tido o prazer de falar com ele sobre você.

— Para dizer a verdade — disse a sra. Smith, assumindo seu costumeiro ar de alegria —, este é exatamente o prazer que gostaria que você tivesse. Gostaria que falasse sobre mim ao sr. Elliot e o persuadisse. Pode ser-me de uma ajuda inestimável. E, minha querida srta. Elliot, se tivesse a bondade de tomar esse assunto a seu encargo, claro que tudo se arrumaria.

— Teria o maior prazer... Espero que não duvide de minha vontade em ajudá-la mesmo nas mais ínfimas coisas — respondeu Anne. — Mas suspeito que me considera com uma ascendência sobre o sr. Elliot, mais merecedora de influenciá-lo, do que é na realidade o caso. Tenho certeza de que você, de alguma forma, imbuiu-se dessa ideia. Deve me considerar apenas uma amiga do sr. Elliot. Se nessas condições há qualquer coisa que uma prima possa licitamente pedir-lhe, imploro-lhe que não hesite em utilizar meus préstimos.

A sra. Smith lançou-lhe um olhar penetrante e depois, sorrindo:

— Creio que fui um tanto precipitada. Peço-lhe perdão. Devia ter esperado uma participação oficial. Mas agora, minha cara srta. Elliot, entre velhas amigas, pode dar-me uma vaga ideia sobre quando poderei falar? Com certeza na próxima semana já poderei acreditar que tudo estará resolvido, e basear meus próprios planos egoístas na felicidade do sr. Elliot.

— Não, nem na próxima semana, nem na outra, ou na outra. Afirmo-lhe que nada do que está pensando acontecerá. Não me casarei com o sr. Elliot. Gostaria de saber por que pensa assim.

A sra. Smith tornou a olhá-la com sinceridade, sorriu, sacudiu a cabeça e exclamou:

— Bem, como gostaria de compreendê-la! Como gostaria de conhecer seus planos! Minha suposicão é de que você não tenciona ser cruel no momento azado. Até que este chegue, sabe que nós, mulheres, nunca afirmamos ter alguém. É algo certo para nós que todo homem será recusado, até que faça o pedido. Mas por que você seria cruel? Deixe-me interceder por meu... de amigo atual não posso chamá-lo, mas posso dizer meu antigo amigo. Onde poderia achar um partido ideal? Onde poderia encontrar um homem mais agradável e cavalheiresco? Deixe-me recomendar-lhe o sr. Elliot. Tenho certeza de que só ouviu bons comentários sobre ele por parte do coronel Wallis. E quem pode conhecê-lo melhor do que Wallis?

— Minha cara sra. Smith, a esposa do sr. Elliot está morta há pouco mais de seis meses. Não se deve supô-lo fazendo a corte a ninguém.

— Ah! Se essas são as suas únicas objeções! — exclamou maliciosamente a sra. Smith. — O sr. Elliot não terá problemas, e não preciso mais me preocupar com ele. Só quero que não se esqueça de mim quando se casar, isso é tudo. Faça-o saber que sou sua amiga pois assim ele achará pouco o trabalho que lhe darei, pois é muito compreensível que ele agora, com tantos assuntos e compromissos, evite-os e livre-se deles, se conseguir. É muito natural, talvez. Noventa e nove por cento fariam a mesma coisa. Claro que ele não pode saber como é importante para mim. Bem, minha cara srta. Elliot, espero e acredito que será muito feliz. O sr. Elliot tem sensatez para conhecer o valor de uma mulher como você. Sua tranquilidade não será arruinada, como aconteceu comigo. Estará segura em tudo o que diz respeito à sociedade e quanto ao caráter dele. Não se deixará iludir nem desencaminhar, causando a própria ruína.

— Sim, posso muito bem crer que meu primo é capaz de tudo isso. Parece ter um temperamento calmo, resoluto, em nada exposto às impressões indesejáveis. Tenho-lhe grande respeito. Não tenho motivos, pelo que pude observar, para pensar de outra forma. Mas não o conheço muito; e ele não é um homem, creio, que se deixe conhecer intimamente logo. Será que esta forma de falar sobre ele, sra. Smith, não a convencerá de que não representa nada para mim? Sem dúvida, falo com suficiente calma. Dou-lhe minha palavra de que ele não representa nada para mim. Se algum dia me pedir em casamento (o que tenho muito pouca base para afirmar que já pensou em fazer), não aceitarei. Asseguro-lhe que o sr. Elliot não tem a influência que supõe em qualquer prazer que o concerto de ontem possa ter-me proporcionado. Não o sr. Elliot, não é o sr. Elliot que...

Deteve-se, lamentando com um intenso rubor das faces que tivesse dito tanto. Contudo, menos que isso não bastaria. A sra. Smith dificilmente teria acreditado tão depressa no fracasso do sr. Elliot, se não tivesse percebido haver alguém mais. Sendo assim, resignou-se imediatamente, aparentando não ver nada além disso. E Anne, ansiosa por escapar a outros comentários, impacientava-se em saber por que a sra. Smith tinha imaginado que se casaria com o sr. Elliot, de onde poderia ter tirado esta ideia, e onde poderia tê-la ouvido.

— Conte-me como lhe ocorreu tal ideia?

— Ela me ocorreu inicialmente ao saber que estavam sempre juntos, e perceber que não havia nada no mundo mais provável de ser desejado por vocês dois. Esteja certa de que, entre os conhecidos, todos imaginaram a mesma coisa. Mas só ouvira falar nisso dois dias atrás.

— E isso foi realmente comentado?

— Observou a pessoa que lhe abriu a porta ontem, quando veio aqui?

— Não, não foi a sra. Speed, como de hábito, ou a empregada? Não observei ninguém em especial.

— Era minha amiga, a sra. Rooke. A enfermeira Rooke, que aliás tinha grande curiosidade em vê-la e gostou de abrir-lhe a porta ontem. Chegou a Marlborough Buildings apenas domingo; foi ela quem me disse que você ia se casar com o sr. Elliot. Ouviu a própria sra. Willis dizê-lo, e ela parecia bastante bem informada. Veio na noite de segunda-feira e passou uma hora me contando toda a história.

— Toda a história! — repetiu Anne, rindo. — Acho que não pode ter contado uma história muito comprida, com notícias tão escassas e infundadas.

A sra. Smith guardou silêncio.

— Mas — prosseguiu Anne — embora não seja verdade que tenha ascendência sobre o sr. Elliot, ficaria extremamente feliz em poder ser-lhe útil em tudo que for possível. Devo mencionar que está em Bath? Devo levar-lhe algum recado?

— Não, obrigada, claro que não. Num momento de entusiasmo, e sob a impressão errada, talvez tentasse interessá-la em certas circunstâncias. Mas não agora; não, agradeço-lhe, mas não tenho nada com que incomodá-la agora.

— Creio que disse ter conhecido o sr. Elliot há muitos anos?

— É verdade.

— Não antes do casamento dele, suponho.

— Sim, ele ainda não estava casado quando o conheci.

— E... eram muito amigos?

— Íntimos.

— Verdade? Então conte-me como ele era nessa época da vida. Tenho enorme curiosidade de saber como era o sr. Elliot em rapaz. Tinha alguma semelhança com o que é hoje?

— Não tenho visto o sr. Elliot nesses últimos três anos — foi a resposta da sra. Smith, dada com tanta gravidade que era impossível prosseguir falando do assunto; e Anne percebeu que nada conseguiria, a não ser ficar ainda mais curiosa. Ambas permaneceram em silêncio, e a sra. Smith pensativa. Finalmente:

— Perdoe-me, minha cara srta. Elliot — exclamou, com seu tom habitual de cordialidade —, perdoe-me pelas respostas bruscas que lhe dei, mas tenho tido muitas dúvidas quanto ao que devo fazer. Tenho considerado e hesitado quanto ao que devo lhe dizer. Havia muitas coisas para se levar em consideração. Nunca se gosta de ser intrometido, causar má impressão, fazer o mal. Mesmo a frágil superficialidade da união familiar parece digna de ser mantida, embora talvez não tenha nada de duradouro em si. Contudo, estou decidida; penso estar certa. Penso que deve conhecer o verdadeiro caráter do sr. Elliot. Embora acredite realmente que, hoje em dia, não tem a menor intenção de aceitar o pedido dele, quem sabe se isso não pode vir a acontecer? Talvez em alguma época tenha uma impressão diferente sobre ele. Portanto, ouça a verdade, agora, enquanto está imparcial. O sr. Elliot é um homem sem coração nem consciência; por seu próprio interesse ou tranquilidade, seria capaz de qualquer crueldade ou traição que não ameaçasse a opinião geral sobre ele. Não tem sensibilidade para com os outros. Esquece e desampara aqueles cujo principal motivo da ruína foi ele mesmo, sem o menor escrúpulo. É completamente insensível a qualquer sentimento de justiça e compaixão. Ah, tem um mau coração, mau e insensível!

O ar surpreso de Anne e suas exclamações de admiração fizeram-na interromper-se. Numa voz mais calma, acrescentou:

— Minhas palavras a surpreendem. Deve desculpar uma mulher doente e irritada. Mas tentarei controlar-me. Não vou injuriá-lo. Direi apenas o que descobri sobre ele. Os fatos falarão por si. Ele era amigo íntimo de meu querido marido, que o estimava e confiava tanto nele quanto em si mesmo. Essa amizade datava de antes de nosso casamento. Quando os conheci, já eram amigos íntimos. Também passei a admirar excessivamente o sr. Elliot e tê-lo na mais alta conta. Aos 19 anos, sabe, não se pensa com muita seriedade; mas o sr. Elliot me parecia tão bom quanto todos, e muito mais agradável que a maioria. Estávamos quase sempre juntos. Vivíamos muito bem na cidade, no melhor estilo. Na época, era ele quem estava na pior situação econômica. Era ele o pobre, então! Alugava uns cômodos no Temple, e isso era tudo o que podia fazer para manter a aparência de um cavalheiro.

Sempre encontrava um lar em nossa casa quando queria. Era sempre bem-vindo. Era como um irmão. Meu pobre Charles, que tinha a índole mais generosa e dedicada do mundo, teria dividido seu último tostão com ele. Sei que sua bolsa estava sempre aberta para ele, sei que muitas vezes o ajudou.

— Isso deve ter ocorrido na época da vida do sr. Elliot que sempre me despertou particular curiosidade. Deve ter sido na ocasião em que conheceu meu pai e minha irmã. Não o conheci; só ouvi falar dele. Havia, porém, alguma coisa em sua conduta, na época, com relação a meu pai e minha irmã, e mais tarde nas circunstâncias de seu casamento, que jamais consegui conciliar com o presente. Parecia anunciar um outro tipo de homem.

— Sei de tudo, sei de tudo! — exclamou a sra. Smith. — Fora apresentado a Sir Walter e a sua irmã antes que eu o conhecesse, mas ouvi-o falar com muita frequência deles. Sabia que era convidado, incentivado, e que ele preferia não ir. Talvez possa satisfazer sua curiosidade em pontos que não espera. Estava a par de todos os prós e os contras; era a amiga a quem ele confiava seus planos e esperanças, e embora não conhecesse sua mulher antes de eles se casarem (pois a posição dela na sociedade, muito inferior, teria tornado isso impossível), conheci-a pelo resto da vida, mais tarde, ou pelo menos até os últimos dois anos de vida, e posso responder a tudo o que queira saber.

— Não, não tenho qualquer pergunta em especial a lhe fazer sobre ela. Sempre os julguei um casal infeliz. Mas gostaria de saber por que, nesta época de sua vida, ele desprezaria a amizade de meu pai, como fez. Meu pai, sem dúvida, estava disposto a demonstrar-lhe grande consideração. Por que o sr. Elliot se afastou?

— O sr. Elliot — respondeu a sra. Smith —, nessa época da vida, tinha apenas um objetivo em vista: fazer fortuna, e por um processo bem mais rápido que a herança. Estava decidido a consegui-la através do casamento. Pelo menos estava decidido a não arruiná-la com um casamento irrefletido; e sei que acreditava (se estava certo ou não, claro que não poderia dizer) que seu pai e sua irmã, com todas as suas cortesias e convites, planejavam um casamento entre o herdeiro e a jovem senhora. Era impossível que um tal casamento tivesse correspondido a suas ideias de riqueza e independência. Foi este motivo que o fez se afastar, posso garantir-lhe. Contou-me toda a história. Não tinha reservas comigo. É curioso que, logo depois de você sair de Bath, meu primeiro e maior amigo, depois de casada, fosse seu primo; e que, através dele, ouvisse continuamente falar de seu pai e de sua irmã. Ele me descrevia uma srta. Elliot, e eu pensava com grande afeto na outra.

— Talvez — exclamou Anne, tomada por uma súbita ideia — tenha algumas vezes falado sobre mim com o sr. Elliot?

— Sem dúvida que sim, muitas vezes. Costumava me vangloriar da minha Anne Elliot, e afirmar que era uma pessoa muito diferente da...

Conteve-se a tempo.

— Isso justifica algo que o sr. Elliot disse na noite passada! — exclamou Anne. — Explica tudo. Verifiquei que costumava ouvir falar de mim. Não consegui entender como. Que incríveis fantasias a pessoa cria, quando nosso querido "eu" está envolvido! Como *é* certo estarmos enganados! Mas peço-lhe desculpas; eu a interrompi. O sr. Elliot se casou, então, apenas por dinheiro? Foi essa, provavelmente, a primeira circunstância que lhe abriu os olhos para o caráter dele?

A sra. Smith hesitou por um momento.

— Ah, essas coisas acontecem frequentemente! Quando se vive em sociedade, o fato de um homem ou uma mulher se casarem por dinheiro não nos surpreende como deveria ocorrer. Eu era muito jovem, só tinha amigos jovens. Éramos um grupo alegre, despreocupado, sem nenhuma regra estrita de conduta. Vivíamos apenas para nos divertir. Agora penso de forma muito diferente; o tempo, a doença e a tristeza me deram outros princípios; mas naquela época, devo confessar-lhe, não via nada de repreensível neste ato do sr. Elliot. "Tentar levar a melhor" passava por um dever.

— Mas ela não era de uma classe muito baixa?

— Era. Objetei-lhe isso, mas não me deu ouvidos. Dinheiro, isso era tudo o que desejava. O pai dela era criador de gado, o avô, açougueiro, mas isso nada significava para ele. Era uma mulher fina, tinha uma educação adequada, fora apresentada por uns primos, encontrou-se por acaso com o sr. Elliot e se apaixonou por ele. Não houve uma única barreira ou escrúpulo da parte dele com respeito às origens dela.

Gastou toda a sua cautela limitando-se em assegurar-se do verdadeiro montante da fortuna dela, antes de comprometer-se. Pode estar certa de que qualquer que seja a consideração que o sr. Elliot possa ter agora por sua própria situação na vida, em rapaz não lhe dava o mínimo valor. Tinha grandes perspectivas com a propriedade de Kellynch, mas considerava toda honra de família uma insignificância. Muitas vezes o ouvi declarar que, se os títulos de baronetes fossem vendáveis, qualquer um poderia obter o seu por cinquenta libras, com brasão e divisa, nome e libré incluídos. Mas não me atrevo a repetir metade do que costumava ouvi-lo dizer a esse respeito. Não seria justo. Contudo, deve ter uma prova, pois de que servem afirmações? Você terá uma prova.

— Na verdade, cara sra. Smith, não é preciso! — exclamou Anne. — Não declarou nada que contrariasse a impressão que tive do sr. Elliot, há alguns anos. Isto vem antes confirmar o que costumávamos ouvir e pensar dele. Estou mais curiosa de saber por que teria se modificado tanto.

— Mas para minha própria satisfação — se tiver a bondade de chamar Mary —, espere, tenho certeza de que terá a bondade ainda maior de ir você mesma a meu quarto e trazer a caixinha marchetada que encontrará na última prateleira do armário.

Anne, vendo a amiga tão resoluta, fez o que esta desejava. A caixa foi trazida e colocada diante da sra. Smith, que deu um suspiro enquanto a abria:

— Aqui estão os papéis que pertenceram a meu marido, apenas uma pequena parte de tudo o que tive de examinar cuidadosamente quando o perdi. A carta que procuro foi-lhe escrita pelo sr. Elliot antes de nosso casamento, e acabou sendo poupada, não sei como. Mas ele era descuidado e pouco metódico, como tantos outros homens em relação a tais coisas, e quando examinei seus papéis, descobri-a entre outros ainda mais banais, de diferentes pessoas, espalhados por aí, enquanto muitas cartas e documentos realmente importantes haviam sido destruídos. Aqui está. Não quis queimá-la porque, mesmo descontente com o sr. Elliot, tinha decidido preservar todos os documentos para me alegrar em poder mostrá-la.

Esta era a carta, dirigida a "Charles Smith, Esq. Tunbridge Wells", e datada de Londres, julho de 1803.

"Caro Smith,

Recebi sua carta. Sua bondade quase me acabrunha. Gostaria que corações iguais ao seu fossem mais numerosos, mas nos 23 anos em que vivi neste mundo não encontrei nenhum que se lhe assemelhasse. No momento, creia-me, não necessito de sua ajuda, tenho dinheiro outra vez. Felicite-me. Livrei-me de Sir Walter e sua filha. Retornaram a Kellynch e quase me fizeram jurar que os visitaria este verão, mas minha primeira visita a Kellynch será com um agrimensor, para dizer-me a melhor maneira de levá-la a leilão. O baronete, entretanto, não *é* de todo incapaz de vir a casar-se novamente; ele é suficientemente tolo para isso. Contudo, se o fizer, eles me deixarão em paz, o que pode ser um equivalente aceitável para minha perda. Está pior que no ano passado.

Gostaria de ter qualquer outro nome que não Elliot. Estou farto dele. O nome Walter posso omitir, graças a Deus! E espero que nunca mais me insulte com meu segundo W., daqui para sempre. Com meus sinceros votos,

Wm. Elliot."

Tal carta não podia ser lida por Anne sem que seu rosto se afogueasse, e a sra. Smith, reparando no intenso rubor de suas faces, disse:

— Sei que o tom é altamente desrespeitoso. Embora tenha me esquecido dos termos exatos, tenho uma perfeita impressão de seu sentido geral. Mas isso revela quem é. Mostra seus protestos de amizade a meu pobre marido. Poderiam ser mais delicados?

Anne não conseguiu se recuperar imediatamente do choque e da humilhação de ver tais palavras aplicadas a seu pai. Viu-se forçada a lembrar-se de que violara as leis da honra ao ler a carta, que ninguém deve ser julgado ou conhecido por tais provas, que nenhuma correspondência deve ser lida por outros, antes que pudesse recuperar suficientemente a calma para devolver a carta, sobre a qual ainda meditava.

— Obrigada. Sem dúvida isso é prova suficiente, prova de tudo o que esteve me dizendo. Mas por que é nosso amigo agora?

— Também posso explicar isso! — exclamou a sra. Smith, sorrindo.

— Pode mesmo?

— Sim. Mostrei-lhe como o sr. Elliot era há 12 anos e lhe mostrarei como é agora. Não posso mais lhe apresentar provas escritas, mas tenho um testemunho oral da maior autenticidade, que lhe dirá o que deseja agora e o que está fazendo. Não está sendo hipócrita. Deseja realmente casar com você. As atenções à sua família são bastante sinceras e do fundo do coração. Vou revelar-lhe minha fonte autorizada: amigo dele, coronel Wallis.

— O coronel Wallis! Você o conhece?

— Não. Os fatos não chegam até mim numa linha tão direta assim. O rio faz uma ou duas voltas, mas nada de muita importância. A corrente vem tão límpida quanto antes; a pouca sujeira que recolhe nas curvas é facilmente removível. O sr. Elliot fala abertamente ao coronel Wallis das intenções que tem em relação a você. Creio que o coronel Wallis tenha um caráter sensato, cauteloso e prudente. Mas tem uma esposa muito tola e bonitinha a quem conta as coisas que faria melhor em calar. Ela, na alegria de seu estado de espírito durante a recuperação, repete tudo à enfermeira, e esta, sabendo que a conheço, naturalmente me conta tudo. Na noite de segunda-feira, minha boa amiga, a sra. Rooke, pôs-me a par, assim, dos segredos de Marlborough Buildings. Quando me referi a toda uma história, como vê, não estava romanceando tanto quanto supunha.

— Minha cara sra. Smith, suas informações são incompletas. Não podem estar corretas. As intenções do sr. Elliot em relação a mim em nada explicam seus esforços para reconciliar-se com o meu pai. Isso tudo ocorreu antes que eu chegasse a Bath. Já estavam nas relações mais amistosas, quando cheguei.

— Sei disso, sei de tudo perfeitamente, mas...

— Na realidade, sra. Smith, não devemos esperar conseguir informações de forma tão indireta. Fatos ou opiniões que passaram pelas mãos de tantos, sendo deturpados pela tolice de uns e pela ignorância de outros, dificilmente poderão ter alguma veracidade.

— Conceda-me apenas algumas palavras. Logo será capaz de julgar o crédito que merecem, se ouvir certos pormenores que você mesma poderá imediatamente contradizer ou confirmar. Ninguém supõe que tenha sido você a primeira causa de sua aproximação. Realmente ele a vira e a admirara antes de vir para Bath, mas sem saber quem era você. Pelo menos assim me disse a narradora. É verdade que ele a viu no último verão ou outono passado "em algum lugar do oeste", para usar suas próprias palavras, sem saber que era você?

— Certamente. Até aí é tudo verdade. Em Lyme. Eu estava, por acaso, em Lyme.

— Bem — continuou a sra. Smith, triunfante —, conceda a minha amiga o crédito devido ao primeiro ponto verídico estabelecido. Então ele a viu em Lyme, e gostou de você o suficiente para ficar extremamente satisfeito por encontrá-la de novo em Camden Place, como a srta. Anne Elliot, e desde então, não tenho a menor dúvida, teve um duplo motivo para suas visitas. Mas havia outro, anterior, que lhe explicarei em seguida. Se qualquer coisa nesta história for falsa ou improvável, detenha-me. O relato diz que a amiga de sua irmã, a senhora que está agora com vocês e que você mesma mencionou, veio para Bath com a srta. Elliot e Sir Walter em setembro (em suma, na mesma época em que eles mesmos chegaram) e permaneceu aqui desde então. É uma mulher bonita, insinuante, inteligente, pobre e aceitável e, devido a suas atitudes e situação, dá em geral a ideia, no círculo de Sir Walter, de pretender tornar-se Lady Elliot. Isso também desperta a surpresa generalizada de que a srta. Elliot aparentemente esteja cega ao perigo.

Aqui a sra. Smith interrompeu-se um instante. Mas como Anne nada tivesse a dizer, prosseguiu:

— Era essa a impressão de todos que conheciam a família muito antes de você voltar; e o coronel Wallis observava seu pai o suficiente para percebê-lo, embora não frequentasse Camden Place na época. Mas sua amizade pelo sr. Elliot deu-lhe o interesse necessário para observar tudo o que acontecia ali, e quando o sr. Elliot chegou a Bath para passar um ou dois dias, como costumava fazer pouco antes do Natal, o coronel Wallis informou-o da aparência das coisas e dos comentários que começavam a surgir. Agora vai compreender que o tempo operou uma mudança substancial nos conceitos do sr. Elliot sobre o valor de um título de baronete. Quanto a tudo o que diz respeito a família e sangue, é um homem completamente mudado. Sempre acostumado a ter quanto dinheiro quisesse, e sem qualquer inclinação à avareza ou à indulgência, aos poucos aprendeu a depositar sua felicidade na importância social que herdara. Achei que isso já acontecia antes que nossa amizade terminasse, mas agora é uma opinião confirmada. Não pode suportar a ideia de não ser Sir William. Pode bem imaginar como a notícia que recebeu do amigo não lhe foi muito agradável, e quais foram as consequências: resolveu vir para Bath o mais rápido possível, estabelecer-se aqui por algum tempo, com o objetivo de renovar sua antiga amizade e recuperar uma situação tal na família que lhe desse os meios de apurar o grau do perigo e afastar a tal senhora, caso achasse necessário. Isso foi combinado entre os dois amigos como a única solução possível, e o coronel Wallis devia ajudá-lo em tudo o que fosse possível. O sr. Elliot voltou, portanto, e ao pôr seu plano em prática foi perdoado, como sabe, e readmitido na família; e era este constante objetivo e único propósito (até que sua chegada propiciou outro objetivo): vigiar Sir Walter e a sra. Clay. Não perdeu uma única oportunidade de estar com eles, estorvou-os, fez visitas a todas as horas, mas não preciso dar detalhes a esse respeito. Pode imaginar o que um homem engenhoso é capaz de fazer. E com esta explicação, talvez se recorde do que ele costumava fazer.

— Sim — concordou Anne —, nada do que me disse contradiz o que soube ou poderia imaginar. Há sempre algo de ofensivo nos detalhes da astúcia. As manobras do egoísmo e da má-fé são sempre revoltantes, mas nada ouvi que me surpreendesse realmente. Conheço pessoas que se chocariam com um tal relato sobre o sr. Elliot, que teriam dificuldade em crê-lo; mas nunca me dei por satisfeita. Sempre procurei outro motivo além do aparente para explicar sua conduta. Gostaria de saber sua opinião atual quanto à probabilidade do acontecimento que tanto temia se realizar; se considera o perigo menor ou não.

— Menor, creio — replicou a sra. Smith. — Ele acha que a sra. Clay tem medo dele, consciente de que ele não se deixa enganar por ela, e não ousa proceder como faria na sua ausência. Mas já que precisa se ausentar de vez em quando, não compreendo como pode estar sempre seguro, enquanto ela mantém uma contínua influência. A sra. Wallis tem uma ideia engraçada, segundo a enfermeira me contou, que é colocar nas cláusulas condicionais do casamento de vocês dois que seu pai não poderá casar-se com a sra. Clay. Um plano digno da perspicácia da sra. Wallis, na opinião de todos. Mas a sensata enfermeira Rooke percebe o absurdo da ideia. "Ora essa, por quê, madame?", disse ela, "isso não o impediria de se casar com outra." E, para falar a verdade, não creio que a enfermeira, no íntimo, seja uma opositora muito extremada de uma segunda aliança para Sir Walter. Deve-se levar em conta que é a favor do casamento, sabe, e (já que se trata aqui de interesses) quem poderá afirmar que não tenha seus devaneios de vir a servir à próxima Lady Elliot, através de uma recomendação da sra. Wallis?

— Estou muito contente em saber tudo isso — disse Anne, depois de pensar um pouco. — Será mais penoso para mim, em alguns aspectos, estar na companhia dele, mas saberei melhor como agir. Minha linha de conduta será mais direta. O sr. Elliot é evidentemente um homem leviano, artificial e dissimulado, sem melhores princípios que o egoísmo para guiá-lo.

A amiga, no entanto, ainda não acabara de falar do sr. Elliot. A sra. Smith desviara-se do seu primeiro objetivo, e Anne esquecera, interessada nos assuntos de sua própria família, tudo quanto inicialmente fora insinuado contra ele. Sua atenção voltava-se agora para a explicação dessas primeiras alusões e ouviu um relato que, se não justificava por completo a irrestrita amargura da sra. Smith, provava que ele fora muito insensível em sua conduta para com ela, tanto em justiça quanto em compaixão.

Soube que (pois a intimidade entre eles continuara inalterada depois do casamento do sr. Elliot) estiveram sempre juntos, como antes, e que o sr. Elliot levara seu amigo a fazer despesas muito além de sua fortuna. A sra. Smith não queria desculpar a si mesma, e nem colocar a culpa no marido; mas Anne pôde deduzir que a renda deles nunca fora proporcional ao seu estilo de vida, e que desde o início houve muitas extravagâncias por parte de todos. Através do relato da esposa, Anne percebeu que o sr. Smith fora um homem de bons sentimentos, de boa índole, hábitos descuidados, e não perspicaz, mas muito mais bondoso que o amigo, e muito diferente dele — influenciado e provavelmente desprezado por este. O sr. Elliot fora alçado através do casamento a uma grande fortuna.

Dispunha de todas as satisfações do prazer e da vaidade que podia alcançar sem se envolver (pois com todo o seu comodismo tornara-se um homem prudente). Começava a enriquecer ao mesmo tempo em que o amigo empobrecia. Parecia não se preocupar nada com o provável estado de finanças do amigo, e, pelo contrário, induzia-o e o encorajava a fazer despesas que só podiam terminar em ruína. E os Smiths, por conseguinte, tinham-se arruinado.

O marido morrera bem a tempo de ser poupado do pleno conhecimento de sua ruína. Já haviam tido dificuldades suficientes para pôr à prova a amizade dos amigos e descobrir que seria melhor não o fazer com o sr. Elliot. Mas só com a morte do marido foi-lhe revelado realmente o estado deplorável de seus negócios. Confiando na estima do sr. Elliot, mais oriunda de seus sentimentos que de seu bom senso, o sr. Smith designara-o executor testamentário. Mas o sr. Elliot se recusou a tomar qualquer medida. As dificuldades e apreensões que se acumularam com essa recusa, além do sofrimento inevitável de sua situação, foram tais que não poderiam ser relatados sem tormento de espírito, ou ouvidos sem uma indignação correspondente.

Anne viu algumas de suas cartas que datavam da ocasião, respostas a pedidos urgentes da sra. Smith, que deixavam sempre transparecer a mesma firme resolução de não se empenhar num trabalho infrutífero. Sob fria cortesia, viu a mesma indiferença insensível a qualquer dos males que poderia causar. Era um terrível quadro de ingratidão e desumanidade; e Anne sentiu em certos momentos que nenhum crime flagrante e notório seria pior do que este. Teve muito que ouvir; todos os pormenores das cenas tristes do passado, todas as minúcias de uma angústia após outra, que mal tinham sido aludidas em suas primeiras conversas, agora eram repisadas com uma natural indulgência. Anne compreendia perfeitamente o intenso alívio que ela experimentava, e só podia ficar ainda mais surpreendida com a serenidade habitual do estado de espírito da amiga.

Havia uma circunstância na história de seus infortúnios particularmente irritante. Tinha boas razões para acreditar que uma propriedade do marido nas Índias Ocidentais, que durante muitos anos estivera sob uma espécie de confisco para o pagamento de suas dívidas, poderia ser recuperada por meio de medidas adequadas. E esta propriedade, embora não fosse grande, daria o suficiente para torná-la relativamente rica. Mas não havia ninguém que tratasse do assunto. O sr. Elliot não queria fazer nada, e ela nada podia, incapacitada de tratar do caso pessoalmente, tanto devido ao seu estado de fraqueza física quanto por não poder empregar outros, com seu pouco dinheiro. Não tinha parentes a quem recorrer, mesmo para conselhos, e não podia custear o auxílio da lei. Este era um sério agravante para sua situação financeira, atualmente má. Pensar que poderia estar em melhores condições, que um pouco de trabalho bem dirigido poderia conseguir isso, e temer que a demora reduzisse ainda mais seus direitos era difícil de suportar.

Foi nesse aspecto que esperava conseguir a ajuda de Anne junto ao sr. Elliot. De início, prevendo o casamento, ficara apreensiva quanto a perder a amiga, mas quando lhe asseguraram que ele não fizera qualquer tentativa dessa natureza, já que ele nem sabia de sua permanência em Bath, ocorreu-lhe imediatamente que algo poderia ser feito em seu favor mediante influência da mulher que ele amava e apressara-se em dirigir o interesse dos sentimentos de Anne para com o sr. Elliot — tanto quanto permitissem as concessões ao seu caráter — quando a refutação do suposto noivado mudou a face dos fatos. Ao mesmo tempo, ao tirar-lhe a recente esperança de triunfar no seu principal motivo de ansiedade, deixou-lhe ao menos o consolo de contar toda a história a seu próprio modo.

Depois de ouvir toda a descrição do sr. Elliot, Anne não pôde deixar de se surpreender com o fato de a sra. Smith ter falado de forma tão favorável dele no início da conversa: parecia até recomendá-lo e elogiá-lo!

— Minha querida — retorquiu a sra. Smith —, não havia mais nada a fazer. Considerava inevitável o casamento de vocês, embora talvez ainda não tivesse feito o pedido, e já não podia dizer a verdade sobre ele como se já fosse seu marido. Meu coração sofria por você, quando falava de felicidade. Porém, ele é sensato, agradável, e com uma mulher como você, talvez não fosse de todo incorrigível. Era muito insensível para com a primeira mulher. Eles foram muito infelizes. Mas ela era ignorante e frívola demais para merecer respeito, e ele nunca a amara. Desejava melhor sorte para você.

Só de imaginar a possibilidade de ter sido induzida a casar-se com ele, Anne estremeceu, pensando na ideia de infelicidade que se seguiria. É bem possível que fosse persuadida por Lady Russell! Nesta suposição, que seria a mais infeliz possível, que aconteceria quando o tempo tivesse desvendado tudo, tarde demais?

Era desejável que Lady Russell não continuasse no seu engano. Uma das deliberações tomadas durante essa importante conversa que as ocupou, naquela manhã, foi a de que Anne tinha toda a liberdade de relatar à amiga todos os fatos relativos à sra. Smith em que a conduta dele estivesse envolvida.

22

Anne foi para casa refletir sobre tudo o que ouvira. Num aspecto, seus sentimentos ficaram aliviados por ter tido esse conhecimento sobre o sr. Elliot. Não havia mais necessidade de sentir qualquer afeto por ele. Comparado com o capitão Wentworth, permanecia agora à luz de toda a sua inconveniente impertinência; e o dano de suas atenções, na noite anterior, o mal irremediável que poderia ter provocado foi considerado com sentimentos claros e objetivos. Terminara toda a comiseração que sentira por ele. Mas era esse o único ponto de alívio. Em todos os outros aspectos, ao olhar à sua volta, ou imaginar o futuro, só via mais motivos de desconfiança e apreensão. Estava preocupada com o desapontamento e a dor que Lady Russell sentiria, a humilhação que aguardava o pai e a irmã, e tinha a infelicidade de prever tantos males sem saber como evitar nenhum deles. Estava muito agradecida por ter sido alertada sobre ele. Nunca se considerara com direito ao reconhecimento por não ter traído uma amiga tão antiga como a sra. Smith, mas na realidade havia uma recompensa ali! A sra. Smith fora capaz de contar-lhe aquilo que ninguém mais poderia ter feito. Poderia este conhecimento ser difundido em sua família? Mas essa era uma ideia inútil. Tinha que falar com Lady Russell, contar-lhe, consultá-la, esperar pelos acontecimentos com toda a calma possível. E, afinal, tinha maior necessidade de calma naquela parte de sua mente que não poderia ser revelada a Lady Russell, naquela profusão de temores e ansiedades que deviam ser guardados apenas para si mesma.

Descobriu, ao chegar em casa, que conseguira escapar do sr. Elliot, como planejara. Ele fizera uma longa visita pela manhã, mas nem bem se felicitara, considerando-se a salvo até o dia seguinte, quando ouviu dizerem que ele voltaria à noite.

— Não tinha a menor intenção de convidá-lo — disse Elizabeth, com fingida indiferença —, mas ele fez tantas insinuações! Pelo menos é o que diz a sra. Clay.

— Disse, de fato. Nunca em minha vida vi alguém mais desejoso de ser convidado. Pobre homem! Estava realmente penalizada com ele, pois sua perversa irmã, srta. Anne, parece gostar de ser cruel!

— Ah! — exclamou Elizabeth. — Já estou suficientemente acostumada às artimanhas de um cavalheiro para me deixar levar por insinuações. Mas quando reparei como lastimava não ter encontrado meu pai esta manhã, acedi imediatamente, pois perderia uma oportunidade de proporcionar o encontro dos dois! Parecem sentir-se tão bem quando estão um em companhia do outro! Tratam-se de maneira tão agradável, e o sr. Elliot lhe tem tanto respeito!

— É encantador! — exclamou a sra. Clay, sem no entanto ousar voltar os olhos para Anne. — Exatamente como pai e filho! Cara srta. Elliot, não poderia dizer como pai e filho?

— Ah! Não vou proibir ninguém de utilizar quaisquer palavras. Se pensa assim! Mas dou-lhe minha palavra, não percebo nada em suas atenções que se diferencie das de outros homens.

— Minha cara srta. Elliot! — continuou a sra. Clay, erguendo as mãos e os olhos, e calando o resto de sua surpresa num silêncio conveniente.

— Bem, minha cara Penélope, não precisa temer por causa dele. Eu o convidei, você sabe. Despedi-me dele com um sorriso. Quando descobri que ia passar todo o dia de amanhã com seus amigos em Thornberry Park, fiquei compadecida dele.

Anne admirou a boa atuação da amiga, ao ser capaz de mostrar tanta alegria com essa perspectiva e até com a chegada exatamente da pessoa cuja presença mais devia interferir no seu principal objetivo. Só podia ser possível que a sra. Clay odiasse a visão do sr. Elliot; e, contudo, podia assumir um ar de total placidez e cortesia, e parecer indiferente à possibilidade de poder devotar metade do tempo a Sir Walter.

Para a própria Anne foi um grande aborrecimento ver o sr. Elliot entrar na sala, e bastante penoso vê-lo se aproximar e lhe dirigir a palavra.

Já tivera antes a ideia de que ele não podia ser sempre sincero, mas agora via insinceridade em tudo. Sua atenciosa deferência para com seu pai, contrastando com os termos usados no passado, era odiosa. Quando pensou em sua cruel conduta para com a sra. Smith, quase não pôde suportar ver seus sorrisos e gentilezas de agora, ou ouvi-lo falar de seus bons sentimentos artificiais. Pretendia evitar qualquer modificação que pudesse provocar qualquer desaprovação por parte dele. Seu maior objetivo era escapar a quaisquer perguntas ou estardalhaço, mas tinha a intenção de ser tão resolutamente fria com ele quanto seria compatível com seu grau de amizade, e recuar, de forma tão discreta quanto possível, nos poucos passos de desnecessária intimidade a que gradualmente se deixara levar. Portanto, ficou mais reservada e fria que na noite anterior.

Ele queria tornar a despertar sua curiosidade sobre como e quando tinha ouvido elogios a ela, queria sentir-se satisfeito com alguma insistência. Mas o encanto quebrara-se. Percebeu que o ardor e entusiasmo de uma sala de espetáculos eram necessários para avivar a vaidade de sua modesta prima. Verificou, ao menos, que não deveria fazê-lo agora, entre quaisquer tentativas que podia arriscar em meio às exigentes reivindicações dos outros. Mal imaginava que o assunto atuava agora exatamente contra seus interesses, e trazia de imediato aos pensamentos dela todos os aspectos de sua conduta que eram os menos justificáveis.

Ficou satisfeita ao saber que ele partiria de Bath cedo na manhã seguinte, e que deveria ausentar-se por quase dois dias. Foi convidado para voltar a Camden Place na mesma noite em que regressasse; mas da noite de quinta-feira até a de sábado, sua ausência seria certa. Era bastante mau que uma sra. Clay estivesse sempre em seu caminho, mas que um hipócrita ainda maior fosse unir-se ao seu grupo parecia a destruição de tudo que lembrasse paz e tranquilidade. Era tão vergonhoso pensar que estava constantemente enganando o pai e Elizabeth; considerar os vários motivos de humilhação que preparava para eles! O egoísmo da sra. Clay não era tão complexo e revoltante quanto o dele. E Anne teria concordado imediatamente com o casamento desta, em toda a extensão de seus males, apenas para livrar-se das astúcias do sr. Elliot quando tentava impedi-lo.

Na manhã de sexta-feira, planejou visitar Lady Russell bem cedo, e fazer a necessária revelação. Teria ido logo após o café se a sra. Clay também não estivesse de saída, o que a fez esperar até que pudesse livrar-se de uma tal companhia. Deixou a sra. Clay afastar-se bastante, portanto, antes de comunicar que pretendia passar a manhã na rua Rivers.

— Muito bem — disse Elizabeth. — Só posso mandar-lhe minhas lembranças. Ah! Também pode levar aquele livro maçante que ela fez questão de me emprestar. Finja que eu o li todo. Realmente, não posso me interessar por todas as últimas edições que aparecem no país, de poesia e até de declarações no Parlamento! Lady Russell me aborrece com suas novas publicações. Não precisa dizer-lhe isso, mas achei o vestido dela horrível, aquela noite. Pensei que ela tivesse certo gosto para se vestir, mas tive vergonha dela, no concerto. Tinha um ar tão formal e *arrangé*! E estava sentada tão empertigada! Dê-lhe minhas lembranças, é claro.

— E as minhas também — acrescentou Sir Walter. — As melhores recomendações. Pode dizer-lhe que pretendo visitá-la em breve. Dê um recado polido. Mas só deixarei meu cartão. Visitas matutinas nunca ficam bem a mulheres na sua idade, que aparecem tão pouco em sociedade. Se pelo menos ela usasse *rouge*, não temeria ser vista. Mas da última vez que fui lá, observei que as venezianas foram abaixadas imediatamente.

Enquanto seu pai falava, bateram na porta. Quem poderia ser? Anne, lembrando-se das visitas planejadas do sr. Elliot a qualquer hora, só não esperou vê-lo ali por sabê-lo a sete milhas de distância. Depois do momento de expectativa natural, sons de passos foram ouvidos mais perto, e "O sr. e sra. Charles Musgrove" foram introduzidos na sala.

A surpresa foi o sentimento preponderante causado por sua chegada; mas Anne estava realmente contente por vê-los. Os outros não ficaram tão tristes a ponto de não conseguirem adotar um ar passável de boas-vindas. E logo que ficou claro que os seus parentes mais próximos não tinham vindo com o intuito de se acomodarem em sua casa, Sir Walter e Elizabeth conseguiram ficar cordiais, e fazer muito bem as honras da casa. Tinham vindo a Bath para passar alguns dias com a sra. Musgrove, e estavam hospedados no White Hart. Isso foi o que logo se descobriu; mas só depois que Sir Walter e Elizabeth foram mostrar a sala de visitas a Mary, enquanto se deleitavam com a sua admiração, é que Anne conseguiu arrancar de Charles uma história coerente sobre a vinda deles, ou uma explicação sobre algumas insinuações risonhas a respeito de um certo encargo secreto feitas ostensivamente por Mary, e também um esclarecimento sobre exatamente quem fazia parte do grupo deles.

Descobriu que este se compunha da sra. Musgrove, Henrietta e do capitão Harville, além deles mesmos. Ele lhe fez um relato muito claro e compreensível de tudo. Uma narração em que ela viu muito de uma atitude característica. A primeira ideia do plano fora dada pelo capitão Harville, que desejava vir a Bath a negócios. Começara a falar do assunto há uma semana. E, como a estação de caça terminara, para fazer alguma coisa, Charles Musgrove propusera acompanhá-lo; e a sra. Harville parecera apreciar muito a ideia, como uma vantagem para o marido. Mas Mary não aceitou ficar, e tornou-se tão infeliz por isso que depois de um ou dois dias tudo parecia estar em suspenso, ou esquecido. Então, o pai e a mãe adotaram a ideia. Sua mãe tinha alguns antigos amigos em Bath que gostaria de rever; achou-se que esta era uma oportunidade para Henrietta comprar o enxoval, para ela e a irmã. Em suma, o grupo acabou passando a ser o de sua mãe, visando à comodidade do capitão Harville, e ele e Mary foram incluídos, para conveniência geral. Tinham chegado na noite anterior. A sra. Harville, os filhos e o capitão Benwick tinham permanecido com o sr. Musgrove e Louisa em Uppercross.

A única surpresa de Anne foi que tudo estivesse indo tão bem a ponto de se falar do enxoval de Henrietta. Imaginava existirem tantas dificuldades que o casamento não poderia estar iminente. Mas Charles disse que, há muito pouco tempo (desde que Mary lhe escrevera pela última vez), Charles Hayter fora convidado por um amigo para ser tutor da propriedade de um jovem que não poderia reivindicá-la dentro de muitos anos. Com o reforço dessa renda e quase a certeza de obter algo mais permanente muito antes de expirar esse termo, as duas famílias concordaram com os desejos dos dois jovens de que o casamento se realizasse dentro de alguns meses, quase na mesma época que o de Louisa.

— É uma ótima propriedade — acrescentou Charles — a apenas 25 milhas de Uppercross, num local muito bonito. Fica na melhor parte de Dorsetshire, no centro de uma das melhores reservas do reino, circundada por três grandes proprietários, cada um mais cuidadoso e zeloso de suas terras que o outro. E, dos três, pelo menos de dois Charles Hayter poderá obter uma permissão especial. Não que ele dê o valor que devia a isso — observou ele. — Charles não se importa com a caça. Isto *é* o pior nele.

— Estou muito contente — exclamou Anne —, realmente contente que tudo corra bem assim e que, entre duas irmãs que se gostam tanto e sempre foram tão boas amigas, os planos de uma não diminuam os da outra, que tenham sempre igual felicidade e conforto. Espero que seu pai e sua mãe estejam muito felizes com relação a ambas.

— Ah, sim. Meu pai também ficaria satisfeito se os cavalheiros fossem mais ricos, mas não tem outra falha para apontar neles. O dinheiro, você sabe, que terá de gastar com as duas filhas ao mesmo tempo o obrigará a restringir-se em muitos aspectos. Contudo, não quero dizer que elas não o mereçam. É muito correto receberem seu dote, como filhas, e não tenho dúvidas de que ele sempre foi um pai muito bom e liberal para mim. Mary não aprecia muito o casamento de Henrietta. Jamais gostou, você sabe. Não faz justiça nem valoriza suficientemente Winthrop. Não consigo fazê-la compreender o valor dessa propriedade. Será uma ótima aliança, daqui a mais tempo. Eu sempre gostei de Charles Hayter, toda a minha vida, e não deixarei de fazê-lo agora.

— Pais tão bons quanto o sr. e a sra. Musgrove — exclamou Anne — devem estar felizes com o casamento de suas filhas. Estou certa de que devem estar se esforçando ao máximo para que elas sejam felizes. Disso estou certa. Que felicidade para os jovens estarem em tão boas mãos! Seu pai e sua mãe parecem totalmente isentos de quaisquer sentimentos da ambição que levam velhos e jovens a tantas infelicidades e exorbitâncias! Espero que Louisa esteja gozando de perfeita saúde, agora.

Charles respondeu com bastante hesitação.

— Sim, creio que sim, recuperou muito. Mas está diferente. Não corre nem pula mais, não dança nem ri; está bem diferente. Se alguém por acaso bate a porta com um pouco mais de força, ela se assusta e se agita como um mergulhão na água. E Benwick se senta ao lado dela, lendo poemas, ou sussurrando-lhe o dia todo.

Anne não pôde deixar de rir.

— Disso você não deve gostar muito. Mas acho-o um excelente jovem.

— Claro que é. Ninguém duvida disso. E espero que não me considere tão pouco liberal a ponto de desejar que todos os homens tenham os mesmos objetivos e gostos que eu. Tenho uma grande estima por Benwick, e quando se consegue que fale, tem muito a dizer. A leitura não o estragou, pois ele, além de ler, também lutou. É um sujeito corajoso. Conheci-o mais profundamente na última segunda-feira. Fizemos uma célebre caçada aos ratos a manhã inteira, nos celeiros de meu pai. Ele se saiu tão bem que comecei a apreciá-lo mais desde então.

Aqui foram interrompidos pela necessidade imperiosa de Charles seguir os outros para admirar espelhos e porcelanas. Mas Anne já ouvira o suficiente para compreender a situação atual de Uppercross e sentir-se satisfeita pela sua felicidade. E embora suspirasse ao ouvir falar da alegria, seus suspiros nada tinham da maldade da inveja. Sem dúvida os teria acompanhado em seus louvores, se pudesse, mas não queria diminuí-los.

A visita passou-se em completa animação. Mary estava com excelente estado de espírito, apreciando a alegria e a mudança. Estava tão satisfeita com a viagem na carruagem de quatro cavalos da sogra e com sua independência completa de Camden Place que se sentia inclinada a admirar tudo como convinha e compenetrar-se prontamente de todas as superioridades da casa quando ouvia sua detalhada descrição. Não tinha qualquer exigência a fazer sobre o pai ou a irmã, e se sentia tão importante quanto eles com sua bela sala de estar.

Elizabeth sofreu bastante, por algum tempo. Percebeu que a sra. Musgrove e todo o grupo deveriam ser convidados para jantar com eles, mas não podia suportar a mudança no estilo, a redução de empregados — que um jantar denunciaria —, testemunhada por aqueles que sempre tinham sido inferiores aos Elliots de Kellynch. Era uma luta entre a correção e a vaidade. Mas a vaidade triunfou, e ela novamente se sentiu alegre. Foi assim que se persuadiu interiormente: "Noções ultrapassadas, hospitalidade de interior. Não nos gabamos de dar jantares, poucas pessoas em Bath o fazem; Lady Alicia nunca os dá; não chegou a convidar nem a família da própria irmã, embora ficassem um mês aqui. Aventuro-me a dizer que seria muito inconveniente para a sra. Musgrove — seria muito incômodo. Eu os convidarei para a noite; será muito melhor, ao mesmo tempo uma novidade e uma delicadeza. Nunca viram uma sala de estar como esta, antes. Ficarão encantados por vir amanhã à noite. Será uma festa normal, pequena, mas muito elegante." Isso satisfez a Elizabeth. Quando o convite foi feito aos dois presentes e prometido aos ausentes, Mary também ficou satisfeita. Foi convidada especialmente para conhecer o sr. Elliot, e ser apresentada a Lady Dalrymple e à srta. Carteret, as quais, por sorte, já tinham sido convidadas. E não poderia ter recebido uma deferência mais agradável. A srta. Elliot teria a honra de visitar a sra. Musgrove no decorrer da manhã. Anne partiu com Charles e Mary para visitá-la e a Henrietta imediatamente.

Seu plano de passar a manhã com Lady Russell tinha que ser adiado, no momento. Os três estiveram na rua Rivers por alguns minutos; Anne se persuadiu que um dia de demora na pretendida comunicação não poderia ter importância, e apressou-se a partir para White Hart, para rever os amigos e companheiros do último outono, com a excelente disposição que tantas amizades contribuíam para despertar.

Encontraram a sra. Musgrove e a filha no hotel. Anne foi recebida da melhor maneira por ambas. Henrietta estava exatamente numa fase de maior beleza, com a recente felicidade que a fazia tornar a interessar-se por todos a quem já chegara a estimar, por pouco que fosse, antes. E ganhara realmente o afeto da sra. Musgrove por seus préstimos, quando estiveram tão aflitos. Era um afeto, ardor e sinceridade que encantavam mais a Anne por não encontrar tais felicidades em casa. Pediram-lhe que lhes dedicasse o maior tempo possível, e a convidaram para todos os dias, todas as horas, ou, antes, solicitaram-na como componente da família. Em retribuição, teve sua atitude habitual de desvelo e atenção; quando Charles partiu, ouviu a versão da sra. Musgrove sobre Louisa, e depois a de Henrietta, deu opiniões sobre vários assuntos, e recomendou lojas. Às vezes era interrompida pela necessidade que Mary tinha de ajuda, desde arrumar a sua fita até organizar as finanças, desde encontrar as chaves e guardar os objetos até tentar convencê-la de que não estava sendo prejudicada por ninguém, pois isso Mary não poderia deixar de imaginar, por vezes mesmo divertindo-se como ocorria, debruçada à janela com vista para a entrada das bombas de água mineral.

Esperava-se uma manhã da mais completa balbúrdia. Um grande grupo no mesmo hotel assegurava uma cena movimentada e irrequieta. A cada cinco minutos chegava um recado ou um pacote, e Anne ainda não estava ali há meia hora quando a sala de jantar, apesar de espaçosa, pareceu quase repleta. Um grupo de velhos e sóbrios amigos estava sentado à volta da sra. Musgrove, e Charles voltou com os capitães Harville e Wentworth. A vinda deste não poderia provocar mais que uma surpresa momentânea. Como teria sido possível para ela esquecer que a chegada dos amigos comuns logo os reuniria? Seu último encontro tivera a maior importância para desvendar os sentimentos dele. Ganhara uma deliciosa convicção a esse respeito. Mas temia, por seu olhar, que a mesma ideia desafortunada que antes o afastara da sala do concerto ainda o dominasse. Não parecia desejar aproximar-se o suficiente para poderem conversar.

Tentou manter-se calma e deixar as coisas seguirem seu curso; e tentou insistir neste argumento de confiança mental. Sem dúvida, se há um constante sentimento de ambas as partes, nossos corações devem se compreender daqui por diante. Já não somos crianças, para ficarmos capciosamente irritados, levados por qualquer momento de inadvertência, e brincando caprichosamente com nossa própria felicidade. Contudo, depois de alguns minutos, sentiu como se o fato de ficarem em companhia um do outro, nas atuais circunstâncias, só os expusessem às negligências e mal-entendidos do tipo mais pernicioso.

— Anne — exclamou Mary, ainda à janela —, lá está a sra. Clay, tenho certeza, de pé sob a colunata, com um cavalheiro. Vi-os virar a esquina da rua Bath há pouco. Parecem conversar animadamente. Quem é ele? Venha cá dizer-me. Deus do Céu! Eu me lembro. É o sr. Elliot em pessoa!

— Não — exclamou Anne tranquilamente —, não pode ser o sr. Elliot, asseguro-lhe. Ia partir de Bath às nove horas esta manhã, e só voltará amanhã.

Ao falar, percebeu que o capitão Wentworth a observava. Isso envergonhou-a e embaraçou-a, e a fez lamentar ter dito tanto, mesmo sendo algo tão simples.

Mary, sentindo que não devia conhecer o primo, começou a falar com entusiasmo dos traços da família, declarando ainda mais positivamente que era com certeza o sr. Elliot, tornando a chamar Anne para vir ela mesma olhar. Mas Anne não pretendia se mover, e tentou permanecer fria e indiferente. Sua ansiedade voltou, contudo, ao perceber que duas ou três visitas femininas trocavam olhares compreensivos, como se pensassem estar perfeitamente a par do segredo. Era evidente que a notícia sobre ela tinha se difundido. E a pausa que se seguiu parecia confirmar que se espalharia ainda mais agora.

— Venha, Anne — exclamou Mary —, venha olhar você mesma. Chegará tarde demais se não se apressar. Estão se despedindo, estão apertando as mãos. Ele se voltou, agora. Não conhece o sr. Elliot, realmente! Parece ter se esquecido de Lyme.

Para tranquilizar Mary e talvez ocultar o próprio embaraço, Anne se dirigiu devagar à janela. Teve tempo apenas para ver que realmente se tratava do sr. Elliot (o que não acreditara até então), antes que ele desaparecesse de um lado, enquanto a sra. Clay partia rapidamente noutra direção. Dominando a surpresa que não pôde deixar de sentir com aquela conversa, aparentemente tão amistosa entre duas pessoas de interesses tão opostos, disse, calmamente:

— Sim, sem dúvida é o sr. Elliot. Suponho que mudou a hora da partida, isso é tudo. Ou talvez eu esteja enganada sobre o que ele disse; talvez não tenha prestado atenção — e voltou para a cadeira, recomposta, e com a consoladora esperança de ter se saído bem.

As visitas partiram; e Charles, tendo-os acompanhado gentilmente até a porta, fez-lhes uma careta e criticou-os por terem vindo, dizendo em seguida:

— Bem, mãe, fiz uma coisa para a senhora de que vai gostar. Fui ao teatro e reservei um camarote para amanhã à noite. Não sou um bom menino? Sei que adora teatro; há lugar para todos. Cabem nove. Convidei o capitão Wentworth. Anne gostará de acompanhar-nos, tenho certeza. Todos nós gostamos de teatro. Não fiz bem, mãe?

A sra. Musgrove estava começando a expressar de forma bem humorada sua alegria em poder ir à peça e perguntar se Henrietta e os outros gostariam de ir também quando Mary a interrompeu bruscamente, exclamando:

— Bom Deus, Charles! Como pode pensar numa coisa dessas? Reservar um camarote para amanhã à noite? Nós que fomos especialmente convidados para conhecer Lady Dalrymple, sua filha, e o sr. Elliot, todos os parentes mais importantes da família? Como pode ser tão esquecido?

— Blá-blá-blá! — respondeu Charles. — Que é uma festa? Algo que logo se esquece. Seu pai nos poderia ter convidado para jantar, acho, se quisesse realmente nos ver. Você pode fazer como quiser, mas eu irei à peça.

— Ah, Charles! Afirmo-lhe que será abominável se fizer isso, quando prometeu ir!

— Não, não prometi. Limitei-me a sorrir, fazer uma reverência e dizer a palavra "feliz". Não houve qualquer promessa.

— Mas precisa ir, Charles. Seria imperdoável se faltasse. Fomos convidados com o objetivo de sermos apresentados. Sempre houve uma amizade íntima entre os Dalrymples e nós. Nada aconteceu, para ambas as partes, que não fosse imediatamente comunicado. Somos parentes bem próximos, sabe; e o sr. Elliot também, a quem deve ser especialmente apresentado! O sr. Elliot merece toda atenção. Pense que ele é o herdeiro de meu pai! O futuro representante da família.

— Não me fale em herdeiros e representantes! — exclamou Charles. — Não sou desses que negligenciam o poder reinante para me curvar diante do sol nascente. Se já não iria por causa de seu pai, acho escandaloso ir por causa do herdeiro. Que significa o sr. Elliot para mim?

Aquela expressão de indiferença foi tudo para Anne. Viu que o capitão Wentworth era todo atenção, e que essas últimas palavras fizeram seus olhos indagadores passarem de Charles para ela.

Charles e Mary continuaram falando do mesmo modo; ele, meio sério, meio sarcástico, mantinha sua intenção de ir à peça. Ela, invariavelmente séria, opondo-se com ardor a isso, e sem deixar de expressar sua opinião de que, por mais determinada que estivesse a ir a Camden

Place, sentir-se-ia bastante prejudicada se fossem ao teatro sem ela. A sra. Musgrove interpôs-se:

— É melhor adiarmos isso, Charles. É muito melhor você ir trocar o camarote para terça-feira. Seria uma pena nos separarmos, e também perderíamos a companhia da srta. Anne, já que há uma festa na casa do pai dela. E estou certa de que nem Henrietta nem eu gostaremos da peça, se a srta. Anne não puder vir conosco.

Anne sentiu-se sinceramente agradecida por tal delicadeza, e também pela oportunidade de responder com decisão:

— Se dependesse apenas de minha vontade, madame, a festa em casa (exceto por causa de Mary) não seria obstáculo. Não sinto nenhum prazer nesse tipo de diversão e ficaria muito feliz em poder trocá-la por uma peça, com a senhora. Mas talvez seja melhor não tentar fazê-lo.

Dissera-o mas tremia ao acabar, cônscia de que suas palavras tinham sido ouvidas, sem ao menos ousar observar seu efeito.

Logo foi combinado que terça-feira seria o dia. Charles só se reservou a possibilidade de implicar com a esposa, persistindo em dizer que iria à peça no dia seguinte, mesmo se ninguém mais fosse.

O capitão Wentworth saiu de seu lugar e dirigiu-se à lareira, provavelmente para se afastar dali a pouco e sentar-se perto de Anne, mas sem mostrar a princípio seu intuito.

— Ainda não esteve bastante em Bath para aproveitar as festas do lugar — disse a Anne.

— Ah, não! Sua característica usual não me interessa. Não sei jogar cartas.

— Não sabia antigamente, bem sei. Não costumava jogar cartas, mas o tempo traz grande modificações.

— Não estou ainda assim tão modificada! — exclamou Anne, mas deteve-se, temendo nem bem sabia que mal-entendido. Depois de alguns minutos, ele falou, como se fosse o resultado de algum repentino sentimento:

— Realmente é muito tempo! Oito anos e meio já é bastante!

Se ele iria prosseguir ou não, foi deixado para a imaginação de Anne ponderar numa hora de mais calma, pois enquanto ainda ouvia as palavras dele, sua atenção foi chamada a outros assuntos por Henrietta, ansiosa para aproveitar o momento, sair e ir visitar os amigos, antes que chegassem mais pessoas.

Foram obrigados a se separar. Anne disse estar pronta, e esforçou-se por parecê-lo, mas sentiu que se Henrietta tivesse sabido sua tristeza e relutância ao deixar aquela cadeira e preparar-se para sair da sala, teria encontrado, nos seus próprios sentimentos pelo primo, na segurança quanto ao afeto dele, motivo para penalizar-se dela.

Seus preparativos foram, entretanto, bruscamente interrompidos. Ouviram-se sons alarmantes. Mais visitas aproximavam-se; a porta escancarou-se e Sir Walter e a srta. Elliot entraram, parecendo provocar um calafrio geral. Anne sentiu-se logo oprimida, e em toda parte encontrou os mesmos indícios. A tranquilidade, a liberdade, a alegria da sala tinham terminado e se transformado numa atitude fria, num silêncio forçado e numa conversa insípida, a fim de enfrentar a insensível elegância de seu pai e sua irmã. Que humilhante sentir que era assim!

Seus olhos ciumentos satisfizeram-se num pormenor. Ambos tornaram a cumprimentar o capitão Wentworth, Elizabeth com mais afabilidade que antes. Até chegou a dirigir-lhe a palavra e olhou-o mais de uma vez. Elizabeth estava, na realidade, arquitetando um grande plano. O que se seguiu explicou-o. Depois de passar alguns minutos dizendo as coisas de praxe, fez o convite que devia abranger os demais Musgroves. Na noite do dia seguinte, uma reunião com alguns amigos, não seria uma festa formal — tudo foi dito com grande cortesia, e os cartões que tinha trazido, os "srta. Elliot recebe em sua casa", foram colocados sobre a mesa com uma reverência, um sorriso dirigido a todos, e um cartão mais incisivo para o capitão Wentworth. A verdade é que Elizabeth já estava há bastante tempo em Bath para compreender a importância de um homem com a graça e a aparência dele. O passado nada significava. O cartão foi entregue resolutamente, e, feito isso, Sir Walter e Elizabeth ergueram-se e partiram.

A interrupção fora breve, mas profunda. A alegria e a tranquilidade voltaram a quase todos quando partiram e a porta fechou-se, mas não para Anne. Só conseguia pensar no convite que testemunhara com tanto estarrecimento, e na forma como fora recebido, cujo sentimento era dúbio: mais de surpresa que de satisfação, mais de polido assentimento que de aceitação. Ela o conhecia; viu desdém em seu olhar, e não se aventuraria a crer que ele resolvera aceitar um tal convite como expiação por toda a insolência do passado. Sentiu-se entristecida. Ele segurava o cartão, depois da saída deles, como se o considerasse profundamente.

— Pense na ideia de Elizabeth: convidar a todos! — sussurrou Mary, embora de forma audível. — Não me surpreende que o capitão Wentworth esteja encantado! Bem vê que ele nem consegue guardar o cartão!

Anne surpreendeu o olhar dele, viu suas faces se ruborizarem e a boca formar uma expressão momentânea de desprezo. Depois voltou as costas para que ela não mais visse nem ouvisse nada que a perturbasse.

O grupo despediu-se. Os cavalheiros tinham suas próprias ocupações, e as senhoras continuaram tratando de seus assuntos. Não tornaram a se encontrar enquanto Anne esteve ali. Pediram-lhe sinceramente que voltasse para jantar e dedicar-lhes o restante do dia. Mas seu estado de espírito fora tão exaurido que no momento sentia-se incapaz de qualquer outra coisa, e inclinada apenas a voltar para casa, onde com certeza encontraria a tranquilidade desejada.

Portanto, depois de prometer passar ali toda a manhã do dia seguinte, pôs fim às fadigas deste com uma penosa caminhada até Camden Place. Lá passou praticamente toda a noite ouvindo falar apenas dos atarefados arranjos de Elizabeth e da sra. Clay para a festa do dia seguinte: a repetida enumeração da lista dos convidados e a contínua descrição dos ornamentos que a tornariam a festa mais elegante do tipo em Bath. Enquanto isso, atormentava-se em segredo com a eterna pergunta: o capitão Wentworth viria ou não? Contavam-no como certo, mas para ela isso era uma persistente ansiedade, que não cessava nem por cinco minutos. De modo geral, achava que ele viria, porque isso seria o correto. Mas este era um caso que não podia classificar em qualquer ato de incontestável dever ou discrição, sem provocar inevitáveis sugestões de sentimentos totalmente contraditórios.

Ela só se interrompeu nessa meditação de inquieto tumulto para fazer saber à sra. Clay que a vira com o sr. Elliot três horas depois que este deveria estar fora de Bath. Depois de esperar inutilmente alguma insinuação sobre a entrevista por parte da própria senhora, decidiu mencioná-la. O rosto da sra. Clay pareceu expressar certa culpa ao ouvi-lo. Foi algo muito passageiro, e desanuviou-se num instante, mas Anne imaginou ler ali a consciência de que, devido ao resultado de sua própria trama ou de uma autoridade dominadora por parte dele, fora obrigada (talvez por meia hora) a ouvir suas críticas e restrições quanto aos seus planos em relação a Sir Walter. Ela, entretanto, exclamou, numa imitação bastante tolerável de naturalidade:

— Ah, meu Deus, imagine, a minha surpresa, srta. Elliot, ao encontrar o sr. Elliot na rua Bath! Nunca fiquei tão surpreendida. Ele voltou e caminhou comigo pelo Pump Yard. Não pôde partir para Thornberry, esqueci por que motivo. Estava com pressa e não pude demorar muito. Só posso afirmar que estava decidido a não se atrasar na volta. Queria saber a que horas poderia ser recebido amanhã. Só falava em "amanhã", e eu também. Foi só por ter ouvido falar nisso que cheguei em casa e, sabendo da extensão dos planos para a festa e tudo o que ocorrerá, pude me esquecer tão completamente de tê-lo visto.

23

Passara-se apenas um dia desde a última conversa com a sra. Smith, mas um interesse mais agudo tinha surgido e agora sentia-se muito pouco afetada pela conduta do sr. Elliot, a não ser quanto aos seus efeitos num determinado ponto. Mas este ainda devia esperar, pois a visita de esclarecimento à rua Rivers teria que ser mais uma vez adiada. Comprometera-se a passar o dia todo com os Musgroves, do café da manhã até o jantar. Sua promessa estava empenhada, e o caráter do sr. Elliot, como a cabeça da Princesa Sherazade, deveria esperar mais um dia.

Não pôde, contudo, cumprir pontualmente seu compromisso. O tempo não estava bom e lastimou a chuva por sua amiga e também por sua própria causa antes de poder sair para um passeio. Quando chegou ao White Hart e dirigiu-se ao quarto adequado, viu que nem era a primeira a chegar nem estava atrasada. O grupo que encontrou se compunha da sra. Musgrove, que conversava com a sra. Croft, o capitão Harville, que falava ao capitão Wentworth — e imediatamente ouviu que Mary e Henrietta, impacientes demais para esperar, tinham saído no momento em que o tempo melhorara, mas voltariam logo, e tinham dado estritas recomendações à sra. Musgrove para fazê-la esperar ali até que retornassem. Nada lhe restou a fazer senão sentar-se e mostrar uma serenidade exterior, enquanto no íntimo se sentia imersa no tumulto que só esperara para o final da manhã. Não houve demora, nem perda de tempo. No mesmo instante imergiu na felicidade de tanto infortúnio, ou no infortúnio de tal felicidade. Dois minutos após ela entrar na sala, o capitão Wentworth disse:

— Escreverei agora a carta de que falamos, Harville, se você me fornecer o material necessário.

O necessário estava à mão, sobre uma mesa; para lá se dirigiu e, praticamente voltando-se de costas para todos, ficou absorvido em escrever a carta.

A sra. Musgrove contava à sra. Croft a história do noivado de sua filha mais velha, exatamente naquele tom de voz inconveniente que pretende ser um sussurro, mas na realidade *é* perfeitamente audível. Anne sentiu que a conversa não lhe dizia respeito e, como o capitão Harville parecia pensativo e não muito disposto a falar, não pôde evitar ouvir muitos pormenores indesejáveis, tais como: "O sr. Musgrove e meu irmão Hayter se encontraram inúmeras vezes para discutir o assunto; que meu irmão Hayter dissera isso um dia e que o sr. Musgrove propusera aquilo no dia seguinte; o que sucedera a minha irmã Hayter, e quais as aspirações dos jovens; e que de início eu dissera que nunca poderia consentir, mas depois convencera-me de que poderia muito bem dar certo", e muita coisa neste estilo de conversa franca, minúcias que, mesmo se de questionáveis bom gosto e delicadeza, a sra. Croft ouvia com ótima disposição, e sempre que dizia alguma coisa, era algo sensato. Anne esperava que os dois cavalheiros estivessem ocupados demais para ouvir.

— E assim, madame, levando-se tudo em consideração — disse a sra. Musgrove, no seu sussurro audível —, embora pudéssemos desejá-lo de outro modo, achamos que em geral não seria bom adiar por mais tempo, pois Charles Hayter estava bastante ansioso, assim como Henrietta. Assim, achamos que seria melhor casarem de imediato e tirarem o melhor proveito disso, como tantos fizeram antes deles. De qualquer forma, disse eu, é melhor do que um longo noivado.

— Era isto mesmo o que eu ia observar! — exclamou a sra. Croft. — Prefiro ver dois jovens se instalarem imediatamente com uma pequena renda tendo de lutar juntos com algumas dificuldades do que se envolverem num longo noivado. Sempre pensei que um mútuo...

— Ah, cara sra. Croft — exclamou a sra. Musgrove, incapaz de permitir que a outra terminasse a frase —, não há nada que eu abomine mais em dois jovens que um longo noivado. Foi isso o que sempre quis evitar para meus filhos. Está muito bem, costumava dizer, dois jovens ficarem noivos, se há certeza de que poderão se casar em seis meses, ou mesmo em 12, mas um noivado longo!

— Sim, cara senhora — disse a sra. Croft —, ou um noivado incerto, um noivado que talvez seja longo. Iniciá-lo sem saber que num determinado tempo haverá possibilidade de casar-se considero algo muito inseguro e imprudente, e acho que todos os pais devem impedi-lo na medida de suas forças.

Anne encontrou inesperado interesse nisso. Sentiu as implicações em relação a si própria, sentiu-o com um estremecimento nervoso por todo o corpo, e no momento em que seus olhos se voltaram instintivamente para a mesa distante, a pena do capitão Wentworth parou de se mover e ele ergueu a cabeça, detendo-se, prestando atenção, e virou-se para olhá-la — um olhar rápido e consciente.

As duas senhoras continuaram a conversar, reafirmando as mesmas verdades reconhecidas, reforçando-as com todos os exemplos dos efeitos nocivos desta prática errada que conseguiam reunir, mas Anne já não conseguia ouvir nada distintamente; era apenas um zumbido de palavras em seu ouvido; sua mente estava confusa.

O capitão Harville, que na realidade não estivera prestando atenção a nada disso, deixou agora seu lugar e dirigiu-se a uma janela. Anne, aparentemente observando-o, embora isso se desse por total abstração mental, aos poucos percebeu que ele a convidava para ir até onde se encontrava. Olhou-a com um sorriso, um pequeno aceno de cabeça que expressava "Venha até aqui, tenho algo a lhe dizer", e a atitude simples, que denotava o afeto de um amigo mais antigo do que na verdade era, reforçou intensamente o convite. Ela levantou-se e caminhou em sua direção. A janela diante da qual estava de pé ficava na extremidade oposta ao lugar onde as senhoras estavam sentadas, e embora mais próxima da mesa do capitão Wentworth, ainda assim não era muito próxima. Ao chegar, a fisionomia do capitão Harville reassumiu sua expressão séria e pensativa que parecia ser sua característica natural.

—Veja — disse ele, abrindo um embrulho e exibindo uma pequena pintura em miniatura. — Sabe quem é?

— Claro, é o capitão Benwick.

— Sim, e pode imaginar para quem é. Mas — num tom mais profundo — não foi feito para ela. Srta. Elliot, lembra-se de nosso passeio em Lyme, quando o lamentamos? Quase não pensei, na hora... mas não importa. Foi desenhado no Cape. Ele conheceu no Cape um pintor alemão muito jovem e inteligente, e em cumprimento a uma promessa feita a minha pobre irmã, posou para ele, e o trazia para dar a minha irmã. E agora estou sendo encarregado de prepará-lo para outra! Fui incumbido disso! Mas quem mais havia para encarregar-se disso? Espero poder perdoá-lo. Não me sinto triste, na verdade, por ter de prepará-lo para outra. Ele se encarregará disso (olhando em direção ao capitão Wentworth). Está escrevendo sobre isso agora.

E, com um tremor nos lábios, concluiu acrescentando:

— Pobre Fanny! Ela não o teria esquecido tão depressa.

— Não — replicou Anne, numa voz baixa e emocionada. — Posso muito bem imaginá-lo.

— Não condizia com a natureza dela. Ela o idolatrava.

— Não estaria na natureza de qualquer mulher que amasse realmente.

O capitão Harville sorriu, dizendo:

— Reivindica isso para o seu sexo?

E ela respondeu à pergunta sorrindo também:

— Sim, sem dúvida não nos esquecemos tão rápido de vocês como vocês de nós. Talvez este seja mais nosso destino do que nosso mérito. Não podemos evitá-lo. Vivemos em casa, tranquilas, confinadas, e nossos sentimentos nos atormentam. Vocês são forçados a ter uma ocupação. Sempre têm uma profissão, atividades, alguma espécie de negócio para fazê-los voltar imediatamente ao mundo, e a contínua ocupação e mudança logo atenuam as impressões.

— Admitindo-se sua afirmação de que o mundo logo faz tudo isso pelo homem (com o que, no entanto, não creio que possa concordar), isto não se aplica a Benwick. Não foi forçado a ter nenhuma ocupação. A paz levou-o à terra no mesmo instante e tem vivido conosco, em nosso pequeno círculo familiar, desde então.

— É verdade — disse Anne —, essa é a pura verdade. Não me lembrei disso; mas que diremos então, capitão Harville? Se a mudança não vem das circunstâncias exteriores, deve vir do íntimo; deve ser a natureza, a natureza masculina, que agiu assim sobre o capitão Benwick.

— Não, não é a natureza masculina. Não posso admitir que seja mais próprio da natureza masculina que da feminina ser inconstante e esquecer aqueles que amamos, no presente ou no passado. Creio no contrário. Creio numa verdadeira analogia entre nossa constituição física e mental. E que quando nosso corpo é mais forte, nossos sentimentos também o são, e somos também capazes de suportar os piores tratos e resistir às piores intempéries.

— Seus sentimentos podem ser mais ardentes — replicou Anne —, mas esse mesmo espírito de analogia me permitirá afirmar que o nosso é mais afetuoso. O homem é mais forte que a mulher, mas seus sentimentos são menos duradouros, o que explica perfeitamente minha concepção sobre a natureza de seus afetos. Não, seria difícil demais para os homens se não fosse assim. Estão sempre trabalhando e se afanando, expostos a todos os riscos e dificuldades. Seu lar, seu país, seus amigos, tudo deve ser abandonado. Nem tempo, nem saúde, nem vida, nada que possa chamar de seu. Seria de fato difícil demais (com a voz embargada) se os sentimentos femininos ainda fossem somados a isso tudo.

— Jamais concordaremos nesse ponto — começou a dizer o capitão Harville quando um leve ruído chamou-lhes a atenção para o capitão Wentworth, que até então permanecera em completo silêncio no meio da sala. Não acontecera nada demais, somente sua pena caíra no chão, mas Anne se surpreendeu ao verificar que estava muito mais próximo do que imaginara, e viu-se meio inclinada a suspeitar que ele estivera se esforçando por captar o que diziam, o que não cria que tivesse conseguido.

— Já terminou a carta? — perguntou o capitão Harville.

— Ainda não, faltam algumas linhas. Acabarei em cinco minutos.

— Não há pressa, de minha parte. Estarei pronto assim que você estiver. Estou muito bem ancorado aqui — (sorrindo para Anne) —, bem provido, nada me falta. Não há pressa para se emitir qualquer sinal de código. Bem, srta. Anne — (baixando a voz) —, como eu estava dizendo, jamais concordaremos neste ponto. Nenhum homem e mulher concordariam, provavelmente. Mas deixe-me observar que toda a História está contra você, todos os relatos, em prosa e em verso. Se tivesse a memória do capitão Benwick, poderia mostrar-lhe cinquenta citações, em pouco tempo, para provar meu argumento, e não creio ter aberto um único livro em minha vida que não falasse da inconstância feminina. Canções e provérbios sempre falam de volubilidade feminina. Mas talvez me dirá que foram escritos por homens.

— Talvez o diga. Sim, sim, por favor, não faça referência a exemplos de livros. Os homens levaram todas as vantagens sobre nós ao contar sua própria história. A educação pertenceu-lhes em tão maior grau! A pena esteve em suas mãos. Não posso admitir que os livros provem alguma coisa.

— Mas como podemos provar alguma coisa?

— Nunca o faremos. Nunca podemos esperar provar nada a este respeito. É uma divergência de opinião que não admite provas. Cada um de nós parte, possivelmente, de uma predileção pelo seu próprio sexo, e sobre esta predisposição constrói a seu favor cada circunstância que ocorre dentro de nosso próprio círculo. Muitas dessas circunstâncias (talvez exatamente esses casos que nos surpreendam mais) podem ser precisamente aquelas que não podem ser reveladas sem trair a confiança ou dizer aquilo que em algum aspecto não deveria ser dito.

— Ah! — exclamou o capitão Harville num tom de forte emoção. — Se ao menos pudesse fazê-la compreender o que sofre um homem quando olha sua mulher e seus filhos pela última vez, acompanha o barco que os leva embora até onde a vista alcança, depois volta-se e diz: "Só Deus sabe se nos tornaremos a ver!" E depois, se eu lhe pudesse transmitir a alegria de sua alma se realmente torna a vê-los; quando, retornando talvez após um ano de ausência, e forçado a desembarcar noutro porto, calcula o tempo necessário para chegarem, fingindo enganar-se, e dizendo: "Não podem estar aqui antes de tal dia", mas sempre esperando por eles 12 horas mais cedo, e vendo-os por fim chegar, como se o céu lhes tivesse dado asas, muitas horas mais cedo! Se eu lhe pudesse explicar tudo isso, e tudo o que um homem pode suportar e fazer, e se orgulha em fazer pelos tesouros de sua existência! Falo, bem sabe, somente dos homens de coração! — apertando o dele, emocionado.

— Ah! — exclamou Anne, ansiosa. — Espero estar sendo justa para com tudo que você e todos os homens que se lhe assemelham sentem. Deus não permita que eu subestime os sentimentos sinceros e verdadeiros de qualquer criatura humana. Seria digna do maior desprezo se ousasse supor que o verdadeiro afeto e a constância pertencem apenas às mulheres. Não, creio-os capazes de tudo de grandioso e bom, quando se casam. Creio-os capazes de qualquer ação essencial, de qualquer sacrifício pela família, enquanto, se me permitir a expressão, enquanto tiverem um objetivo. Isto é, enquanto a mulher amada viver e viver por eles. Só reivindico para meu próprio sexo o privilégio (que não é muito invejável, não precisa cobiçá-lo) da maior duração do amor, quando a existência ou a esperança já não existem.

Não poderia ter dito mais nada no momento; seu coração estava por demais pesado, a respiração opressa.

— Você tem uma boa alma! — exclamou o capitão Harville, pousando a mão no braço dela com bastante afeto. — Não há como discutir com você. E quando penso em Benwick, não consigo dizer nada.

Sua atenção foi despertada pelos demais. A sra. Croft estava de partida.

— Creio, Frederick, que nós nos despediremos agora — disse ela. — Vou para casa, e você tem um compromisso com seu amigo. Hoje à noite teremos o prazer de nos rever em sua festa (voltando-se para Anne). Recebemos o cartão de sua irmã ontem, e penso que Frederick também recebeu um, embora não o tenha visto. E você não tem nenhum compromisso, não é, Frederick, assim como nós?

O capitão Wentworth estava dobrando a carta com grande precipitação, e não conseguiu ou não quis responder completamente.

— Sim, é verdade. Agora nos despedimos, mas Harville e eu logo partiremos, isto é, Harville, se você estiver pronto, porque eu estarei em trinta segundos. Sei que não lastimará ter de partir. Estarei à sua disposição em meio minuto.

A sra. Croft deixou-os; o capitão Wentworth, tendo selado a carta com grande rapidez, estava realmente pronto e tinha mesmo um ar agitado e apressado, que mostrava sua impaciência em partir. Anne não sabia como interpretar isso. Recebeu o mais gentil "Bom dia, Deus a abençoe" do capitão Harville, mas dele nem uma palavra, nem um olhar. Deixara a sala sem um olhar!

Só teve tempo, entretanto, de se aproximar da mesa onde ele estivera escrevendo, quando ouviu passos de volta. A porta se abriu: era ele. Pediu-lhe desculpas, mas esquecera-se das luvas. Atravessando a sala dirigiu-se à escrivaninha onde, de costas para a sra. Musgrove, retirou uma carta de sob o papel espalhado, colocou-a diante de Anne com um olhar demorado de súplica, pegou apressadamente as luvas e saiu da sala, antes mesmo que a sra. Musgrove percebesse sua presença ali — questão de um instante!

A revolução que um instante provocara em Anne era quase inexprimível. A carta, endereçada de forma quase ilegível à srta. A. E., era, evidentemente, a que dobrara com tanta pressa. Enquanto se supunha que escrevia apenas ao capitão Benwick, escrevera também a ela! Do conteúdo desta carta dependia tudo o que este mundo podia fazer por ela. Tudo seria possível, poderia enfrentar qualquer coisa menos a incerteza. A sra. Musgrove tinha alguns afazeres na sua mesa. Nestes devia se escudar e, deixando-se cair na cadeira que ele acabara de ocupar, substituindo-o no exato lugar onde ele se reclinara para escrever, seus olhos devoraram as seguintes palavras:

"Já não posso ouvir em silêncio. Preciso falar-lhe pelo meio que está ao meu alcance. Você me fere a alma: sou meio agonia, meio esperança. Não me diga que cheguei tarde demais, que sentimentos tão preciosos já desapareceram para sempre. Ofereço-me agora com um coração ainda mais seu do que há oito anos e meio, quando chegou quase a despedaçá-lo. Não se atreva a dizer que o homem se esquece mais depressa do que a mulher, que seu amor morre mais cedo. Só amei a você. Posso ter sido injusto, fraco e rancoroso, isso eu o fui, mas nunca inconstante. Só você me fez vir a Bath. Só penso e planejo por sua causa. Não reparou nisso? Pode ter deixado de compreender minhas aspirações? Não teria esperado nem mesmo esses dez dias, se pudesse ter lido em seus sentimentos, como penso que deve ter penetrado os meus. Quase não consigo escrever. A cada instante ouço algo que me atormenta. Você baixa a voz, mas posso distinguir os tons dela, o que não ocorreria com outra. Excelente criatura, boa demais! Você de fato nos faz justiça. Crê realmente que há verdadeiro afeto e constância nos homens. Acredito ser este o mais fervoroso e constante em

F. W.

Devo partir, incerto de minha sorte, mas voltarei ou me unirei a seu grupo logo que possível. Uma palavra, um olhar será o suficiente para decidir se irei à casa de seu pai esta noite, ou nunca."

Não conseguiria recobrar-se logo de uma tal carta. Meia hora de reflexão e isolamento a teriam tranquilizado, mas apenas os dez minutos que se passaram antes que fosse interrompida, com todas as restrições de sua situação, nada podiam fazer em favor de sua serenidade. Cada momento trazia, pelo contrário, novas emoções. Era uma esmagadora felicidade. E antes que tivesse se recuperado do primeiro impacto de suas intensas sensações, Charles, Mary e Henrietta voltaram.

A premente necessidade de manter as aparências provocou então uma luta imediata, mas, depois de um momento, não mais a suportou. Passou a não compreender uma única palavra do que diziam, e viu-se obrigada a pretextar uma indisposição como desculpa. Então viram como parecia doente — ficaram assustados e preocupados — e não iriam a parte alguma sem ela. Isto era terrível. Se apenas concordassem em partir, e a deixassem ficar tranquila e sozinha, na sala, isto seria a recuperação; mas tê-los todos à sua volta, protegendo-a, era enlouquecedor. E, em desespero, disse que iria para casa.

— De qualquer forma, minha querida — exclamou a sra. Musgrove —, vá para casa imediatamente e cuide-se, para que esteja bem hoje à noite. Gostaria que Sarah estivesse aqui para tratá-la; mas eu não sei cuidar de ninguém. Charles, toque a sineta e peça uma liteira. Ela não deve caminhar.

Mas a liteira não resolveria nada. Pior que tudo! Perder a oportunidade de trocar duas palavras com o capitão Wentworth no decorrer de um tranquilo e solitário passeio pela cidade (e achava quase certo encontrá-lo) era insuportável. Protestou resolutamente contra a liteira, e a sra. Musgrove, que só pensava numa espécie de doença, tendo se certificado com certa ansiedade de que não houvera nenhuma queda, no caso, e que Anne, nos últimos tempos, não havia escorregado e levado uma pancada na cabeça, que estava perfeitamente convencida de não ter caído, pôde se despedir alegremente dela, e esperar encontrá-la melhor à noite.

Ansiosa por não se descuidar de todas as precauções possíveis, Anne fez um esforço e disse:

— Temo, madame, que não tenha ficado bastante claro. Peço-lhe a bondade de lembrar aos outros cavalheiros que esperamos ver todo o grupo hoje à noite. Receio que tenha havido algum engano, e desejaria que confirmasse principalmente com o capitão Harville e o capitão Wentworth que esperamos vê-los hoje.

— Ah, minha querida, está perfeitamente claro, dou-lhe minha palavra. O capitão Harville só pensa nisso.

— Acha mesmo? Mas tenho medo e lamentaria muito. Promete-me lembrá-lo quando tornar a vê-lo? Provavelmente tornará a ver a ambos, esta manhã. Prometa-me.

— Pode ficar certa de que o farei, se assim o deseja. Charles, se vir o capitão Harville em algum lugar, lembre-se de lhe dar o recado de Anne. Mas claro, minha querida, não precisa se inquietar. O capitão Harville considera-se convidado, e eu respondo por isso. E o mesmo se dá com o capitão Wentworth, imagino.

Anne nada mais pôde fazer, mas seu coração profetizava algum contratempo que toldasse a perfeição de sua felicidade. Entretanto, isso não podia durar muito. Mesmo que ele não fosse a Camden Place, estaria a seu alcance mandar-lhe algumas palavras compreensíveis pelo capitão Harville.

Houve outra momentânea contrariedade. Charles, com sua solicitude e boa índole, iria acompanhá-la até em casa; não havia como impedi-lo. Isso era quase cruel! Mas ela não podia ser ingrata; ele estava sacrificando um compromisso numa loja de armas para ser útil; e partiu com ele, sem sentir outra coisa senão aparente gratidão.

Estavam na rua Union quando um passo mais rápido atrás deles, um som familiar, deu-lhe tempo suficiente para se preparar para avistar o capitão Wentworth. Ele se aproximou; mas como se estivesse irresoluto quanto a permanecer ou prosseguir, não disse nada — só olhou. Anne conseguiu se controlar o suficiente para receber o olhar, sem repudiá-lo. As faces que estavam tão pálidas agora brilhavam, e os movimentos há pouco hesitantes tornaram-se decididos. Ele caminhava a seu lado. Neste momento, tomado por uma súbita ideia, Charles disse:

— Capitão Wentworth, para que lado está indo? Só até a rua Gay ou mais além?

— Não sei bem — respondeu o capitão Wentworth, surpreso.

— Vai até Belmont? Vai na direção de Camden Place? Porque, se vai, não terei escrúpulos em pedir-lhe que me substitua e dê o braço a Anne até a casa do pai. Está bastante fatigada esta manhã, não deve caminhar tanto sem ajuda, e preciso ir à loja daquele sujeito, no mercado. Prometeu me mostrar uma espingarda de primeira qualidade, que vai expedir. Disse que a deixaria desembrulhada até o último instante, para que eu pudesse vê-la. Se eu não voltar agora, não haverá a menor possibilidade. Pela descrição, parece muito com aquela minha arma de dois tambores e dois calibres com que atirou um dia em Winthrop.

Não poderia haver objeção. Só a mais adequada alegria, a mais cortês condescendência geral; os sorrisos reinavam, os espíritos triunfavam em íntimo êxtase. Num instante Charles estava no final da rua Union e os dois prosseguiram juntos. Logo trocaram palavras suficientes para resolver que se dirigiam à alameda de cascalho relativamente tranquila e retirada, onde a possibilidade de conversarem transformaria aquela hora numa bênção e a prepararia para toda a imortalidade que as mais felizes lembranças de sua futura vida poderiam fornecer. Lá tornaram a trocar os sentimentos e promessas que já uma vez pareciam ter assegurado tudo, mas que foram depois seguidos de tantos, tantos anos de separação e alheamento. Tinham voltado ao passado, mais intensamente felizes, talvez, em sua reunião, do que quando a tinham planejado pela primeira vez. Mais afetuosos, mais vividos, mais estáveis no conhecimento do seu caráter mútuo, na verdade, e no afeto um do outro; mais equilibrados para agir, mais justificados em seus atos. E ali, enquanto caminhavam lentamente pela suave ladeira, indiferentes a qualquer pessoa à sua volta, não vendo nem políticos passeando, agitadas donas de casa, moças namoradeiras, nem babás com crianças, puderam se entregar à retrospectiva e ao conhecimento, e principalmente às explicações do que havia ocorrido imediatamente antes do presente momento, que eram de interesse tão pungente e incessante. Durante todo o tempo os acontecimentos da última semana foram discutidos, e os de ontem e hoje, sem poderem chegar ao final.

Ela não se enganara. O ciúme do sr. Elliot fora o peso que o retardara, a dúvida, o tormento. Começara a ocorrer exatamente na hora em que se encontravam pela primeira vez em Bath; reincidira, depois de uma curta interrupção, arruinando o concerto; e influenciara-o em tudo o que dissera e fizera, ou deixara de falar e fazer, nas últimas 24 horas. Mas fora aos poucos se submetendo às maiores esperanças que seu olhar, palavras ou atos encorajavam ocasionalmente. Fora vencido, afinal, pelos pensamentos e inflexões que chegaram até ele enquanto conversava com o capitão Harville. E, dominado de forma irresistível por estes, tomara de uma folha de papel e extravasara seus sentimentos.

Não ia retirar ou modificar nada do que escrevera. Insistia que não amara senão a ela. Nunca fora suplantada. Nem podia acreditar que vira alguém comparável a ela. Tudo isso teve de reconhecer — que fora constante em sua inconstância, mesmo sem o desejar. Tentara esquecê-la, e acreditara tê-lo conseguido. Imaginara ser-lhe indiferente, quando estava apenas zangado. Fora injusto para com seus méritos, porque sofrera devido a eles. O caráter dela agora era para sua mente a própria perfeição, formando um belo equilíbrio de coragem e delicadeza. Mas ele se via obrigado a reconhecer que somente em Uppercross aprendera a fazer-lhe justiça, e apenas em Lyme começara a conhecer-se a si mesmo. Em Lyme aprendera mais de uma lição. A admiração do sr. Elliot, ao passar, pelo menos despertara-o, e as cenas no Cobb e na casa do capitão Harville haviam mostrado sua superioridade.

Quanto a suas tentativas anteriores de se unir a Louisa Musgrove (tentativa do orgulho irado), afirmou ter sempre sabido que isso seria impossível, que jamais gostara, que jamais poderia gostar de Louisa; embora até o dia do acidente, até o período que se seguiu a ele, não tivesse compreendido a perfeição da mente com que a de Louisa mal se poderia comparar; ou o perfeito, indizível, inimitável domínio que tinha sobre a dele. Lá aprendera a distinguir entre a correção do princípio e a obstinação da força de vontade. Lá vira todos os motivos de exaltação à mulher que perdera, e começara a lastimar o orgulho, a loucura, a insensatez do ressentimento que o impediram de tentar recuperá-la quando tornaram a se ver.

Desde essa época, seu sofrimento se tornara intenso. Nem bem se vira livre do horror e do remorso que o acossaram alguns dias depois do acidente de Louisa, mal começara a se sentir reviver, passou a sentir-se, embora vivo, sem liberdade.

— Descobri — disse ele — que Harville me considerava noivo! Que nem Harville nem a mulher nutriam a menor dúvida quanto ao nosso afeto mútuo. Fiquei surpreso e abalado. Até certo ponto, podia contradizê-lo imediatamente; mas, quando comecei a refletir que outros poderiam estar pensando a mesma coisa, a família dela, não, talvez ela própria, não mais me senti à vontade. Seria dela, por honra, se ela assim o desejasse. Eu fora imprudente. Não pensara com seriedade no assunto, antes. Não considerara que minha excessiva intimidade tinha o perigo de trazer más consequências em muitos sentidos, e que não tinha o direito de tentar me unir a qualquer das duas moças, sob o risco de despertar maus comentários, se não ocorresse coisa pior. Estivera muito errado, e devia suportar as consequências.

Descobriu tarde demais, enfim, que se deixara enredar e que, justo quando se sentia plenamente satisfeito por não gostar mesmo de Louisa, devia se considerar preso a ela, se os sentimentos que ela nutria por ele fossem os que os Harvilles supunham. Isso o persuadiu a deixar Lyme e aguardar seu completo restabelecimento em outro lugar. Atenuaria de bom grado, por quaisquer meios plausíveis, quaisquer impressões ou especulações que existissem a seu respeito. Foi, por isso, para a casa do irmão, pretendendo retornar depois de algum tempo a Kellynch, e agir como exigissem as circunstâncias.

— Passei seis semanas com Edward — continuou — e o vi feliz. Era minha única felicidade, pois não merecia nada mais que isso. Perguntou-me em especial por você; perguntou até se havia mudado fisicamente, sem suspeitar que a meus olhos você nunca mudaria.

Anne sorriu e deixou-o passar. Era um equívoco agradável demais para ser criticado. Para uma mulher que está no seu vigésimo oitavo ano de vida, significa muito ser assegurada de que ainda não perdeu um único encanto do início da juventude; mas o valor de um tal elogio tornou-se indizivelmente maior para Anne, ao compará-lo com suas palavras anteriores, e ao sentir que era o resultado, não a causa do renascer de seu ardoroso sentimento.

Permanecera em Shropshire, lamentando a cegueira de seu próprio orgulho e o erro de seus cálculos, até que se viu de repente liberto de Louisa, com a surpreendente e feliz notícia de seu noivado com Benwick.

— Aqui termina a pior parte de minha situação, pois agora podia ao menos tentar a felicidade, esforçar-me, poderia fazer alguma coisa. Mas esperar tanto tempo na passividade e apenas pelo mal foi horrível. Nos cinco minutos que se seguiram, disse: "Estarei em Bath na quarta-feira", e aqui estava. Seria imperdoável pensar que valeria a pena vir? E chegar com alguma esperança? Você era solteira. Era possível que, como eu, ainda tivesse os mesmos sentimentos do passado. E por acaso eu tinha um motivo de encorajamento. Nunca poderia duvidar de que fora amada e pedida em casamento por outros, mas sabia com alguma certeza que recusara pelo menos um homem, de melhor posição que eu; e não podia deixar de repetir inúmeras vezes: "Não seria por minha causa?"

Tinham muito o que conversar sobre o seu primeiro encontro na rua Milsom e mais ainda sobre o concerto. Aquela noite parecia feita de momentos extraordinários. O instante em que ela se adiantara na Sala Octogonal para falar-lhe, o momento em que o sr. Elliot aparecera e a levara dali, e uma ou duas ocasiões subsequentes, que denotavam uma redobrada esperança ou um crescente desalento, foram intensamente recordados.

—Vê-la em meio àqueles que podiam não simpatizar comigo, ver seu primo perto de você, conversando e sorrindo, e perceber todas as terríveis qualificações e conveniências de uma tal união! Considerar um desejo indiscutível de todos os que poderiam aspirar induzi-la a uma tal união! Mesmo se os seus sentimentos fossem relutantes ou indiferentes, considerar o grande apoio que lhe davam! Isso já não era suficiente para me fazer parecer o tolo que aparentava ser? Como poderia assistir a isso sem angústia? Não era exatamente a visão da amiga que se sentava atrás de você, não era a recordação do que acontecera, o conhecimento da influência dela, a indelével, inabalável impressão do que a persuasão ocasionara outrora... não estava tudo contra mim?

— Deveria ter feito uma distinção — replicou Anne. — Não deveria ter suspeitado de mim agora; o caso *é* tão diferente, minha idade, outra. Se errei uma vez ao ceder à persuasão, lembre-se de que foi por esta ser exercida em favor da segurança, e não do risco. Quando me submeti, pensei que era este o meu dever; mas nenhum dever poderia servir de apoio neste caso. Ao me casar com um homem indiferente a mim, incorreria em todos os riscos, e violaria todos os deveres.

— Talvez devesse ter raciocinado assim, mas não podia. Não podia intuir essas qualidades, pelo meu conhecimento tardio do seu caráter. Não poderia descobri-las. Estavam submersas, vencidas, perdidas com os primeiros sentimentos que me tinham atormentado, ano após ano. Só podia pensar em você como alguém que cedera, que abdicara de mim, que se deixara influenciar por outra pessoa que não eu. Via-a em companhia da própria pessoa que a havia guiado naquele ano de infelicidade. Não tinha razões para crer que ela agora havia perdido sua autoridade. A força do hábito devia tê-la aumentado.

— Devia ter pensado que minha atitude para com você talvez o tivesse poupado parcial ou totalmente de tudo isso.

— Ah, não! Sua atitude poderia ser apenas o resultado da liberdade que o compromisso com outro homem daria. Deixei-a pensando assim, contudo estava resolvido a revê-la. Meu ânimo se refazia com a manhã, e senti que ainda tinha um motivo para permanecer aqui.

Finalmente Anne chegou em casa, mais feliz do que qualquer outra pessoa ali poderia imaginar. Toda a surpresa e a expectativa, toda a parte dolorosa da manhã se dissiparam com aquela conversa. Entrou em casa tão feliz que se viu obrigada a encontrar um motivo para diminuir sua felicidade em alguma apreensão momentânea de que isso não poderia durar. Um intervalo de meditação séria e benéfica era o melhor remédio para todos os perigos que havia numa tão exaltada felicidade; e dirigiu-se a seu quarto, tornando-se equilibrada e destemida na gratidão de sua alegria.

A noite aproximava-se. As luzes das salas de visita foram acesas, o grupo se reuniu. A festa era formal, uma mistura daqueles que ainda não se conheciam com aqueles que já se conheciam demais, uma festa banal, excessivamente cheia para uma intimidade, vazia demais para a novidade. Mas Anne nunca vira uma noite passar tão rápido. Alegre e adorável em toda a sua sensibilidade e felicidade, mais geralmente admirada do que julgara possível ou merecido, tinha os mais alegres e indulgentes sentimentos por todas as criaturas à sua volta. O sr. Elliot ali se encontrava. Evitou-o mas penalizou-se dele.

As Wallises. Divertiu-se ao compreendê-las; Lady Dalrymple e a srta. Carteret também estavam. Logo se tornariam primas indiferentes a ela. Não se importava com a sra. Clay, e não tinha por que se envergonhar pela atitude do pai e da irmã em público. Com as Musgroves, teve a habitual conversa perfeitamente desinibida. Com o capitão Harville, a conversa franca de irmão para irmã. Com Lady Russell, tentativas de conversa, logo interrompidas por uma deliciosa consciência. Com o almirante e a sra. Croft, toda a característica cordialidade e entusiástico interesse que a consciência disso tentava esconder. E com o capitão Wentworth, alguns instantes de comunicação transcorreram inúmeras vezes, sempre na esperança de outros, e sempre com a sensação de que ele estava presente, ali!

Foi num desses rápidos encontros, os dois aparentemente ocupados em admirar uma bela ornamentação de plantas de estufa, que ela disse:

— Estive pensando sobre o passado, e tentando julgar imparcialmente o que foi certo e errado, quero dizer, em relação a mim, e devo crer que estive certa, depois do muito que sofri por isso, perfeitamente certa ao me deixar guiar pela amiga a quem você acabará estimando mais do que eu. Ela era como uma mãe para mim. Não me compreenda mal, entretanto. Não estou dizendo que ela não estivesse errada em seu conselho. Foi, talvez, um desses casos em que só o desenrolar dos acontecimentos vai determinar o que era certo e errado. Quanto a mim, nunca daria, numa ocasião ao menos semelhante, um tal conselho. Mas quero dizer que estive certa ao me submeter a ela, e que, se tivesse feito de outra maneira, teria sofrido mais ao prosseguir o noivado do que sofri rompendo-o, porque teria sofrido na minha consciência. Agora não tenho, tanto quanto é permissível à natureza humana ter este tipo de sentimento, nada por que me reprovar. E se não me engano, um forte sentido do dever não é parte desprezível das qualidades femininas.

Ele a olhou, olhou para Lady Russell e, tornando a olhar para ela, respondeu como se numa fria deliberação:

— Ainda não. Mas há esperança de que a perdoe a seu devido tempo. Creio que em breve poderei estimá-la. Mas também estive pensando sobre o passado e tive uma ideia: se não haveria outro inimigo meu, além desta senhora? Eu mesmo. Diga-me, quando voltei à Inglaterra, em... 8, com mil libras e designado para o *Laconia*, se lhe houvesse escrito então, você teria respondido a minha carta? Enfim, você teria reatado o noivado?

— Se teria? — foi tudo o que Anne respondeu, mas sua entonação era suficientemente clara.

— Bom Deus! — exclamou. — Você teria! Não que eu tenha pensado ou desejado isso como algo que poderia coroar todo o meu êxito. Mas eu era orgulhoso, orgulhoso demais para tornar a fazer o pedido. Não a compreendi. Fechei os olhos e recusei-me a compreendê-la, ou fazer-lhe justiça. Esta é uma recordação que deve me fazer perdoar a todos, antes que a mim mesmo. Seis anos de separação e sofrimento teriam sido poupados. É uma espécie de dor nova para mim. Tinha me acostumado a pensar que tirava todo o proveito das bênçãos que recebia. Tinha-me na conta de alguém digno de todas as justas recompensas por meus honrados esforços. Como tantos outros homens importantes, diante da mudança de situação — acrescentou, com um sorriso —, também preciso tentar submeter minha mente à felicidade. Devo aprender a tolerar ser mais feliz do que mereço.

24

Quem poderia ter dúvidas sobre o que se seguiu? Quando dois jovens resolvem se casar, ganham, pela perseverança, a certeza de poder levar a cabo sua vontade, mesmo sendo pobres, imprudentes, ou com pouca probabilidade de serem necessários à prosperidade um do outro. Isso pode ser moralismo do pior tipo como conclusão, mas creio ser verdadeiro, e se tais pessoas são bem-sucedidas, por que um capitão Wentworth e uma Anne Elliot, com a vantagem da maturidade, da consciência do correto, e uma fortuna independente, fracassariam em derrotar qualquer oposição? Poderiam na realidade ter resistido a muito mais do que tiveram de enfrentar, pois muito pouca coisa lhes desagradava além da falta de generosidade de sentimentos. Sir Walter não fez objeção, e o pior que Elizabeth pôde fazer foi fingir-se distante e indiferente. O capitão Wentworth, com 25 mil libras e tendo uma profissão tão elevada quanto o valor e a ação poderiam dar-lhe, já era alguém. Agora era tido em conta de alguém digno de pedir a mão da filha de um baronete tolo e perdulário, que não tivera princípios ou sensatez suficientes para se manter na situação em que a Providência o colocara, e que agora só podia dar à filha uma pequena parte das dez mil libras que de qualquer forma seriam dela mais tarde.

Sir Walter, na realidade, embora não tivesse o menor afeto por Anne nem motivo para sentir orgulho dela que o tornassem feliz nessa ocasião, estava longe de considerar a aliança má para ela. Pelo contrário, quando passou a ver o capitão Wentworth com mais frequência e pôde observá-lo várias vezes à luz do dia, encarando-o bem, ficou muito impressionado com suas qualidades pessoais, e sentiu que sua superioridade em aparência talvez se equiparasse à sua superioridade de classe. E tudo isso, ajudado por seu nome sonoro, finalmente tornaram possível a Sir Walter, com muita boa vontade, a tomar da pena e incluir no volume de honra o casamento deles.

A única pessoa entre eles cuja hostilidade de sentimentos poderia despertar preocupação era Lady Russell. Anne sabia que ela devia estar sofrendo em silêncio ao compreender sua renúncia ao sr. Elliot e lutando consigo mesma para se tornar amiga e fazer justiça ao capitão Wentworth. Era isso, porém, o que Lady Russell tinha de fazer, agora. Devia compreender que se enganara a respeito de ambos. O fato das maneiras do capitão Wentworth não terem satisfeito suas próprias ideias fizera-a suspeitar depressa demais de um caráter perigosamente impetuoso, e o fato de as maneiras do sr. Elliot terem-lhe agradado precisamente por sua propriedade e correção, sua delicadeza e suavidade fizeram-na aceitá-las rápido demais como prova segura dos mais corretos princípios e estabilidade de espírito. Nada mais restava a Lady Russell que admitir que errara, e adquirir um novo conjunto de opiniões e esperanças.

Há em algumas pessoas certa rapidez de percepção natural, enfim, com a qual nenhuma experiência de outrem pode igualar-se. Lady Russell era menos dotada nessa parte de sua mente que a amiga. Mas era uma excelente pessoa, e se o seu segundo objetivo era ser justa e sensata, seu primeiro objetivo era ver Anne feliz. Amava Anne mais do que as qualidades dela mesma, e quando o embaraço inicial se desfez, encontrou pouca dificuldade em afeiçoar-se como uma mãe ao homem que devia assegurar a felicidade de sua filha.

De toda a família, Mary foi provavelmente a mais satisfeita de início com o acontecimento. Ficava bem ter uma irmã casada, e ela poderia vangloriar-se de ter sido muito útil à união, ao convidar Anne para passar o outono com ela. E como sua irmã devia ser melhor que as irmãs de seu marido, era muito agradável o fato de o capitão Wentworth ser mais rico do que o capitão Benwick ou Charles Hayter. Sofreu por vezes, talvez, quando tornaram a se encontrar, e viu Anne recuperar seu direito à precedência, e dona de uma linda carruagem de quatro rodas. Mas ela achava que havia um futuro, de grande consolação. Anne não tinha um Uppercross Hall, nenhuma propriedade rural, nem presidia a uma família. Se conseguissem evitar que o capitão Wentworth fosse feito baronete, não invejaria o lugar dela.

Teria sido melhor para a irmã mais velha se também estivesse satisfeita com sua situação, pois uma transformação não era muito provável ali. Logo teve a humilhação de ver o sr. Elliot se retirar, e ninguém com uma situação adequada apresentar-se daí por diante, mesmo para despertar as esperanças infundadas que desapareceram com ele.

A notícia do noivado de sua prima Anne irrompeu como uma surpresa para o sr. Elliot. Desconcertou seus melhores planos de felicidade doméstica, suas melhores esperanças de manter Sir Walter solteiro, por meio da vigilância que os direitos de um genro teriam permitido. Mas, embora derrotado e desapontado, ainda podia fazer alguma coisa em seu próprio interesse e satisfação. Logo partiu de Bath, e como a sra. Clay também partisse pouco depois — ouvindo-se dizer que se havia estabelecido em Londres sob sua proteção —, ficou evidente o jogo duplo que estivera fazendo, e como ele estava, pelo menos, decidido a evitar ser derrotado por uma mulher astuta.

Os sentimentos da sra. Clay venceram seus interesses, e ela sacrificara, pelo jovem, a possibilidade de prosseguir nos seus planos concernentes a Sir Walter. Ela, porém, tinha suas habilidades e seus afetos; e agora é duvidoso qual das astúcias sairá vencedora, a dele ou a dela. Se, ao evitar que fosse a mulher de Sir Walter, não seria enredado e atraído no final a torná-la mulher de Sir William.

Não se pode duvidar de que Sir Walter e Elizabeth tenham ficado abalados e mortificados com a perda da amiga, e com a descoberta de que haviam errado em relação a ela. Tinham suas importantes primas, é certo, a quem recorrer como consolação, mas deviam perceber que lisonjear e seguir a outros, sem ser por sua vez lisonjeado e seguido, é uma situação apenas parcialmente satisfatória.

Anne, convencida de que Lady Russell muito em breve gostaria do capitão Wentworth como devia, não encontrou qualquer outro empecilho à felicidade de seus planos, além da consciência de que não possuía parentes que reconhecessem nele o que um homem sensato merecia. Ali sentia agudamente sua própria inferioridade. A desproporção de suas fortunas não significava nada; não lhe trazia um instante de tristeza. Mas não ter ninguém da família para recebê-lo e estimá-lo como seria devido, nenhuma respeitabilidade, harmonia e boa vontade para oferecer em troca de toda a consideração e aceitação imediatas por parte dos parentes dele, era uma fonte de dor tão dolorosa quanto sua mente podia suportar, em circunstâncias que de outra forma seriam de intensa felicidade. Só tinha duas amigas no mundo para acrescentar à lista dos amigos dele! Lady Russell e a sra. Smith. Mas ele estava disposto a ligar-se a estas. Apesar de seus erros anteriores, ele se sentia inclinado a apreciar Lady Russell sinceramente — e, contanto que não tivesse de considerá-la com a razão ao tê-los separado no início, poderia dizer quase tudo o mais em seu favor. E quanto à sra. Smith, tinha atributos dos mais diversos tipos a recomendá-la rápida e permanentemente.

Seus bons préstimos junto a Anne tinham sido por si só suficientes. E o casamento, em vez de privá-la de uma amiga, assegurou-lhe dois. Foi a primeira visita que receberam depois de casados, e o capitão Wentworth, ao ajudá-la a recuperar a propriedade de seu marido nas Índias Ocidentais, escrevendo para ela, agindo por ela, e acompanhando--a nas menores dificuldades do caso, com a presteza e diligência de um homem destemido e um amigo resoluto, retribuiu largamente os serviços que ela prestara ou pretendia prestar a sua esposa.

A alegria da sra. Smith não foi alterada por esta melhora em suas rendas, por uma certa recuperação na saúde e a aquisição de tão bons amigos a quem sempre podia frequentar, pois alegria e vivacidade mental não lhe faltavam. E, enquanto subsistissem essas fontes essenciais de felicidade, resistiria até mesmo a acessos maiores de prosperidade mundana. Poderia ser absolutamente rica e perfeitamente saudável, e ainda assim continuaria feliz. A fonte de sua felicidade estava na vivacidade de seu espírito, da mesma forma que a de Anne estava no fervor de seu coração. Anne era toda ternura, e encontrava toda a sua retribuição no afeto do capitão Wentworth. A carreira dele era a única coisa que podia fazer suas amigas desejarem que esta ternura fosse menor; o temor de uma guerra no futuro era tudo o que podia toldar-lhe a ventura. Orgulhava-se de ser esposa de um homem do mar, mas devia a todo instante pagar o ônus do sobressalto por ele pertencer a essa carreira que é, se possível, ainda mais notável por suas virtudes domésticas do que por sua importância nacional.

VIDA E OBRA DE JANE AUSTEN (1775-1817)

1775: A 16 de dezembro, nasce Jane Austen, no presbitério de Steventon, Hampshire, Inglaterra, do qual o pai era reitor. Ali vive até os 26 anos, a mais nova dentre oito irmãos. Os cinco irmãos seguem a carreira da Marinha, do Exército e profissões liberais, exceto George, nascido em 1776; por problemas de atraso mental, foi criado longe da família, como era hábito na época. Cassandra, sua única irmã, dois anos mais velha que ela, sempre foi sua melhor amiga.

1781: A prima Eliza — filha da tia Philadelphia Hancock e do Dr. Tysoe Hancock —, que passara grande parte do tempo com os Austen, após a morte do pai, casa-se com o oficial francês Jean Capotte, conde de Feuillide, indo morar em Paris.

1790: Antes dos 16 anos, Jane Austen já escreve uma paródia dos romances em moda, sob a forma epistolar *Amor e amizade.*

1792: Escreve uma obra de ficção intitulada *Kitty ou o caramanchão.*

1793: O conde de Feuillide, monarquista, é decapitado durante o período do Terror, na França. A prima Eliza retorna à Inglaterra e após alguns anos casa-se com um dos irmãos de Jane, Henry. Nem a Revolução Francesa, o Terror, ou as Guerras Napoleônicas — grandes acontecimentos políticos de sua época — são mencionados pela autora em cartas ou romances.

1796: Escreve *Primeiras impressões,* que foi recusado em 1797 por um editor e, revisado, transformou-se no seu mais famoso romance: *Orgulho e preconceito.*

1797: Escreve *Elinor e Marianne,* romance epistolar que seria a base do futuro *Razão e sentimento.*

Escreve *A abadia de Northanger,* uma paródia do romance "gótico" ou de terror, do tipo desenvolvido por Horace Walpole, Clara Reeve e Anne Radeliffe. O livro, vendido em 1803 para uma impressão que não ocorreu, foi recuperado pela autora em 1816 para revisão, mas só foi publicado postumamente.

1801: O pai de Jane Austen, George Austen, reitor das paróquias de Steventon e Deane, resigna em favor de James, o primogênito, e resolve mudar-se para Bath, em companhia de Jane, Cassandra e a esposa, adoentada.

1805: Morre o reverendo George Austen, pai de Jane.

Escreve *Lady Susan,* romance epistolar, publicado postumamente — o único em que tentou captar uma atmosfera política e mundana mais geral, além das fronteiras do seu mundo familiar e provinciano.

1806: As duas filhas e a mãe mudam-se para Southampton. Martha Lloyd, órfã de pai, o antigo reverendo de Deane, e agora também órfã de mãe, passa a residir com as Austen.

1808: Morre a esposa do terceiro irmão de Jane, Edward. Jane e Cassandra, que permaneceram solteiras, passam a cuidar dos onze sobrinhos e sobrinhas.

1809: As três Austen e Martha Lloyd mudam-se para a residência de Chawton, em Hampshire, que o irmão Edward, herdeiro da rica família inglesa Austen-Leigh que o adotou, coloca à sua disposição.

1810: Revê *Razão e sentimento* e *Orgulho e preconceito.*

1811: Após receber várias recusas de publicação de seus trabalhos, Jane Austen publica *Razão e sentimento, ou as duas razões de amar,* um dos seus romances mais famosos.

Começa a escrever *Mansfield Park.*

1813: Publica *Orgulho e preconceito.*

1814: Publica *Mansfield Park ou as três primas.*

Inicia o romance *Emma.*

1815: Começa a escrever *Persuasão.*

1816: Publica *Emma,* dedicado ao Príncipe Regente, futuro George IV.

1817: Enferma, viaja para Winchester, em busca de tratamento. Não obtém melhora, ficando paralítica, cada vez mais presa ao leito. Mas continua escrevendo quase até o fim, num sofá da sala. Falece a 18 de julho de 1817, sendo sepultada na Catedral de Winchester. A mãe viveu até 1827, e Cassandra até 1845, falecendo não sem antes queimar grande parte da correspondência mais íntima e ardorosa da irmã, com o fito de manter uma imagem equilibrada e racional da mesma, tão a gosto do século XVIII e de uma família religiosa.

Jane Austen deixa o romance *Sandition* inacabado.

1818: Os romances *Persuasão* e *A abadia de Northanger* são publicados postumamente num mesmo volume.

1871: O romance epistolar *Lady Susan* e fragmentos de *Os Watsons* são publicados por seu sobrinho e primeiro biógrafo, James Edward Austen-Leigh, que escreveu *Biografia de Jane Austen* (1871).

1925: O romance inacabado *Sandition* é publicado.

Standard edition das obras de Jane Austen: Chapman, R. W., 1923-54. *Letters:* 1932, 1952.

Direção editorial
Daniele Cajueiro

Editora responsável
Ana Carla Sousa

Produção editorial
Adriana Torres
Carolina Rodrigues
Pedro Staite

Revisão
Carolina Vaz
Frederico Hartje

Capa
Rafael Nobre

Diagramação
Filigrana

Este livro foi impresso em 2019
para a Nova Fronteira.